OBRAS DE MÁRIO DE ANDRADE

Edição Comemorativa dos 80 anos
da Semana de Arte Moderna
(1922-2002)

1. OBRA IMATURA
2. POESIAS COMPLETAS
3 AMAR, VERBO INTRANSITIVO (Romance)
4. MACUNAÍMA (rapsódia)
5. OS CONTOS DE BELAZARTE
6. ENSAIO SOBRE A MÚSICA BRASILEIRA
7. MÚSICA, DOCE MÚSICA
8. PEQUENA HISTÓRIA DA MÚSICA
9. NAMOROS COM A MEDICINA
10. ASPECTOS DA LITERATURA BRASILEIRA (ensaios literários)
11. ASPECTOS DA MÚSICA BRASILEIRA (ensaios musicais)
12. ASPECTOS DAS ARTES PLÁSTICAS NO BRASIL
13. MÚSICA DE FEITIÇARIA NO BRASIL (Folclore)
14. O BAILE DAS QUATRO ARTES (ensaios)
15. OS FILHOS DA CANDINHA (crônicas)
16. PADRE JESUÍNO DO MONTE CARMELO
17. CONTOS NOVOS
18. DANÇAS DRAMÁTICAS DO BRASIL (folclore)
19. MODINHAS IMPERIAIS
20. O TURISTA APRENDIZ
21. O EMPALHADOR DE PASSARINHO (crítica literária)
22. OS COCOS (Folclore)
23. AS MELODIAS DO BOI E OUTRAS PEÇAS (Folclore)
24. TÁXI E CRÔNICAS NO DIÁRIO NACIONAL
25. O BANQUETE

O Empalhador de Passarinho

OBRAS DE MÁRIO DE ANDRADE

Vol. 21

Capa
CLÁUDIO MARTINS

EDITORA ITATIAIA
BELO HORIZONTE
Rua São Geraldo, 53 — Floresta — Cep. 30150-070
Tel.: 3212-4600 — Fax: 3224-5151

Mário de Andrade

O Empalhador de Passarinho

EDITORA ITATIAIA
Belo Horizonte

FICHA CATALOGRÁFICA
(Preparada pelo Centro de Catalogação-na-Fonte,
Câmara Brasileira do Livro, SP)

Andrade, Mário de, 1893-1945.
A568e O empalhador de passarinho. 4. ed. Editora Itatiaia, 2002.
VI, 298 p.

1. Literatura brasileira — História e crítica I. Brasil. Instituto Nacional do Livro, co-ed. II. Título.

CCF/CBL/SP-72-0339
CDD: 869.909
CDU: 869.0(81)-85

Índices para catálogo sistemático (CDD):

1. Literatura brasileira : Crítica e história 869.909
2. Literatura brasileira : Crítica e crítica 869.909

2002

Impresso no Brasil
Printed in Brazil

SUMÁRIO

CONTOS E CONTISTAS

(13-IX-38)

A "Revista Acadêmica" abriu recentemente um inquérito na ingênua esperança de saber qual os dez melhores contos brasileiros. Ou, sem ingenuidade alguma, desejosa apenas de botar mais fogo na cangica. O importante é que o inquérito pegou, vai despertando um interesse enorme, tem ocupado articulistas pelos diários, e aerocronistas pelos rádios.

As respostas são solicitadas, e escolhidos para o inquérito, em geral, escritores conhecidos ou novos. Não importa verificar, creio eu, as deficiências, vícios e defeitos deste critério, como, aliás, de qualquer outro critério. Uma verdade preliminar se impõe: nem sequer uma unanimidade conseguida, resolveria sobre os dez melhores contos nacionais, pelo que há de falaz em julgamentos de arte ou pela transitoriedade histórica dos sentimentos humanos e seus juízos conseqüentes.

O que é conto? Alguns dos escritores do inquérito se têm preocupado com este inábil problema de estética literária. Em verdade, sempre será conto aquilo que seu autor batizou com o nome de conto. Uma vez, numa aula de literatura da Faculdade de Filosofia e Letras, de São Bento, Monsenhor Sentroul estudava, a pedido nosso, a obra de Edmond Rostand. Inútil dizer que a maltratava com bastante razão e energia. O que não me vem à memória é si no momento o ilustre professor criticava "Chantecler" ou a "Princesse Lointaine". Sei que o irritava a extrema vagueza de caráter, a adiposidade acomodatícia da concepção de Rostand, e houve um momento em que o lente se perguntou o que era a obra, si comédia, si drama, si o quê? Incapaz de decidir por si, recorreu ao livro em cima da mesa, e ficou quase sufocado de raiva, uma daquelas raivas coloridas que sabia ter bem generosamente. "Ah, pièce!", murmurou com desprezo. Edmond Rostand, com infinita e asiática sabedoria, classificara a sua concepção como "peça" em tantos atos. Serei incapaz de lhe tirar o menor pedregulho por isto e jamais soube de conto, romance ou peça, que tenha mudado de subtítulo por erro do autor na classificação.

Num artigo sobre o inquérito, Osório Borba se refere ao enorme desprestígio do conto na massa dos leitores, isto é, naqueles que decidem do movimento editorial. Eu creio que há muito que distinguir nesse aparente desprestígio. Há razões de ordem prática que deverão com efeito fazer o leitor comum hesitar muito mais na aquisição de um volume de contos que de um romance. O leitor de livros, si não é todo o público que lê revistas, é provavelmente um ledor de revistas também. Ora, o conto, material e mesmo esteticamente falando, é muito mais próprio da revista que o romance. Se pode afirmar, preliminarmente, que qualquer trabalho, não apresentando uma importância técnica infalível a que tenhamos de recorrer fatalmente, deve ser publicado de uma só vez. O romance, publicado aos pedaços mensais pelas revistas, é um psicológico desacerto, que diminui de metade os seus leitores possíveis. O conto, não; a revista é o seu lugar. Poder-se-ia mesmo definir o conto "um romance pra revista". É mesmo uma forte pena que ele tenha nascido das intrigas de conversação, anteriores às revistas e por certo coetâneas dos nossos primeiros pais porque, se assim não fôsse, o conto nasceria fatalmente dos mensários, comprovando toda esta minha engenhosa teorização.

Voltando ao que importa, imagino o leitor normal escolhendo livros numa livraria. É um livro de contos. Ele o põe de lado. Contos ele os lê com freqüência nas revistas, há mesmo revistas feitas exclusivamente de contos. Outra razão de ordem psicológica, aplaude esse leitor. O livro de contos fatiga muito mais que variado, merece a censura e a desatenção geral. A leitura de vários contos seguidos, nos obriga a todo um esforço penoso de apresentação, recriação e rápido esquecimento de um exército de personagens, às vezes abandonados com saudade. É incontestável esta impureza estética com que, nas histórias de qualquer tamanho, nosso ansioso poder de amor e de ódio nos faz acompanhar apaixonadamente os personagens, em suas vidas livrescas. E estas são razões muito objetivas, espero, a freqüência do conto nas revistas, a maior fadiga psicológica a que nos obriga em geral o livro de contos, pra que o leitor comum se desinteresse, não dos contos propriamente, mas dos livros de contos. Não de todos porém. Os livros de Machado de Assis, de Monteiro Lobato, de Afonso Arinos, tiveram êxito muito grande e mantêm venda constante. Já que estamos num período de muitas leis e mais numerosos projetos, creio seria bem possível e bem justa a lei que impedisse os escritores de publicar livros de contos, antes que estes fossem experimentados nas revistas. Porque assim, só seriam possíveis em livros justificáveis de contos, os grandes contistas verdadeiros, os Bocaccio, os Hoffman, os Kipling, os Mark Twain, os Machado de Assis, bem mais numerosos que esta curta evocação sentimental. E também deixariam de publicar livros de contos os autores dum ocasional conto bom.

Porque mais esta delicada verificação se impõe, muito posta em relevo pelo inquérito atual: há bons contistas e há contos bons. Muitas vezes um simples encontro de rua ou mais provável intriga, põe o escritor medíocre na trilha de um conto excelente. O imperturbável romance não resistiria à mediocridade do escritor, sairia ruim; mas o conto é bem mais volúvel nos amores e muitas vezes se dá perfeitamente nas volúpias da infinidade. Não serão raros por aí contistas medíocres que guardem na bagagem algum dó-de-peito plausível, pra não dizer algum soneto de d´Arvers. Deus me livre de afirmar com isto sejam medíocres alguns dos contistas nacionais vastamente votados no inquérito em um só dos seus contos, mas a verdade é que se deu um fato curioso na votação. Os autores mais sufragados até agora foram Machado de Assis e Monteiro Lobato, e no entanto, contos de outros autores obtiveram maior número de votos que os desses dois escritores.

Aqui, tem de entrar neste artigo o maior dos contistas existentes, Guy de Maupassant. Si me obrigassem a escolher dentre os contos dele o que eu havia de levar comigo para a minha ilha deserta, ou levaria uns vinte de contrabando ou desistia da ilha. O mesmo se deu quando tive de iniciar minha votação com Machado de Assis, fiquei perplexo. "Uns Braços"? "Missa do Galo"? "O Alienista"? E logo me vieram saudades da "Causa Secreta" e de outros mais. E si votei no "Alienista" foi porque cinicamente me lembrei de que não partiria tão cedo (não sou político) pra nenhuma ilha deserta e posso recorrer quanto quero aos livros que estão mesmo aqui.

E talvez seja esta a melhor lição do inquérito. Os verdadeiros contistas não escrevem contos que se salientem, pela simples razão que os têm freqüentemente bons. De Flaubert creio ser impossível a uma alma bem nascida não preferir "Un Coeur Simple" às fantasmagorias quase exclusivamente verbais dos outros dois contos. De Maupassant, de Machado de Assis, já literariamente adultos, não há o que preferir, porque não são descobridores de assuntos pra contos, mas da forma do conto. E sente-se o homem, lhe sentimos a obra oceanicamente boa, em que algumas cristas mais espumarentas e batidas de sol, são nossas reminiscências de momento, rotinas injustificáveis ou coincidências de espírito. Nova leitura porá em luz outras histórias. E volta a pergunta angustiosa: o que é conto? Em arte, a forma há de prevalecer sempre esteticamente sobre o assunto. O que esses autores descobriram foi a forma do conto, indefinível, insondável, irredutível a receitas.

PARNASIANISMO

(2-IX-38)

O Ministério da Educação acaba de editar a "Antologia dos Poetas Brasileiros da Fase Parnasiana", coligida por Manuel Bandeira. Tão boa como a primeira, que versou sobre os poetas da fase romântica, a antologia de agora me parece uma vitória bem mais difícil, do colecionador. Fazendo boa ou má poesia, pouco importa, o certo é que os nossos românticos perseveraram sempre dentro desse fundo fugidio e perfeitamente indefinível que sentimos ser a poesia. Talvez (meu Deus)! que terreno vago...) se possa esclarecer um bocado a essência da poesia, observando a diferença que vai entre o "eu sou" e o "eu possuo"... O "eu sou" deverá ser o fundo mesmo da poesia, pouco importando se trate de uma identificação com o bandeirismo de Fernão Dias Pais ou tristuras de Inês de Castro, de que nos apropriamos um dia. O narcisismo de Bilac, o que ele "era", é perfeitamente transitável através do "Caçador de Esmeraldas", do "Ora, direis, ouvir estrelas...", das "Virgens Mortas", ao passo que a "Tentação de Xenócrates", por exemplo, será somente a posse de um conhecimento sem experiência. Há uma poesia de um parnasiano, tida por blague, que me parece bem característica do "eu possuo"; aquela em que Artur Azevedo, se dirigindo à noiva, recusa-se a saber si ela é flor, e ele o que seja. E termina com esta quase definição do parnasianismo:

> "Eu sou Artur Azevedo,
> Tu és Carlota Morais."

Justamente o que ambos não "eram", uma simples posse exterior, um mero verbalismo. Esta restrição da poética a um realismo verbalista, é tanto da consciência dos nossos chamados "parnasianos", que um dos primeiros nomes que a tendência tomou, entre nós, foi "realismo", antes que lhe importassem de França o nome definitivo.

E era mesmo natural que o parnasianismo se definisse pela França, que é terra de menos poesia... Creio que disso talvez derive em grande parte ser a França o país em que melhormente aparecem, e com mais freqüência, escolas de "fazer poesia", nitidamente separadas umas das outras. Reconheço a existência de cinco ou seis grandes poetas em França, mas nem ela os possui imensos, como Salomão, Camões ou Shakespeare, nem muito menos, apresenta, em sua evolução literária, aquela continuidade de "poesia", que encontramos principalmente na Inglaterra e em Portugal. Nestes países as tendências, as transformações da poesia não se condicionam a escolas demasiado características, porque permanece na constância nacional o instinto da poesia.

Dentro da sublime tactilidade com que a palavra nos atinge, será possível, de modo grosseiro, distinguir dois aspestos diversos: a crueza de sentido universal, que lhe dá uma objetividade escultórica, e seu mistério que lhe dá uma essencialidade musical. Reagindo contra o sentimentalismo romântico, como bem observa Manuel Bandeira, os nossos parnasianos não deixaram de se desmascarar brasileiros, por diversas manifestações de exageração do sentimento. A diferença vasta foi de ordem técnica, foi principalmente na maneira de considerar a palavra. A possível impassibilidade parnasiana foi especialmente uma desconsideração à fluidez riquíssima da palavra, suas sugestões, suas associações, sua música interior e vagueza de sentido pessoal. Pregaram e realizaram o emprego da palavra exata, a palavra em seu valor verbal, a palavra concebida como um universo de seu próprio sentido, enfim, a palavra escultoricamente concebida.

A mudança foi realmente muito profunda. Manuel Bandeira quis lhe dar, com razão, um motivo social mais legítimo que uma simples mutação de escolas literárias. A razão invocada, que aliás o prefaciador não pensa ser a única, me parece bastante insuficiente. "O lirismo amoroso dos parnasianos foi de resto condicionado pelas transformações sociais. Com a extinção da escravidão, acabou-se também em breve o tipo da "sinhá", que era a musa inspiradora do lirismo romântico, e a moça brasileira foi perdendo rapidamente as características adquiridas em três séculos e meio de civilização patriarcal." Creio que a transformação do conceito social e familiar da mulher não coincide com o período parnasiano fixado por Manuel Bandeira; lhe é anterior; ao passo que psicologicamente a moça brasileira só veio a sofrer mudanças caracterizadoras neste século.

O parnasianismo, entre nós, foi especialmente uma reação de cultura. É mesmo isso que o torna simpático... As academias de arte, algumas delas, até ridículas superfetações em nosso meio, como a de Belas Artes da Missão Lebreton, mesmo criadas muito anteriormente, só nesse período começam a produzir verdadeiros frutos nativos, na pintura, na música. Se dava então um progresso cultural verdadeiramente fatal, escolas que tradicionalizavam seu tipo, maior difusão de leitura, maior difusão da imprensa. Essa difusão de cultura atingiu também a poesia. Excetuado um Gonçalves Dias, a nossa poesia romântica é fundamentalmente um lirismo inculto. Todo o nosso romantismo se caracteriza bem brasileiramente por essa poesia analfabeta, canto de passarinho, ou melhor, canto de cantador; em sensível oposição à poética culteranista anterior. Mesmo da escola mineira, que, si não se poderá dizer culteranista, era bastante cultivada, principalmente com Cláudio Manuel e Dirceu. É possível reconhecer que os nossos românticos liam muito os poetas e poetastros estrangeiros do tempo. Isso lhes deu apenas uma chuvarada de citações para epígrafe de seu poemas; por dentro, estes poemas perseveraram edenicamente analfabetos.

A necessidade nova de cultura, se em grande parte produziu apenas, em nossos parnasianos, maior leitura e conseqüente enriquecimento de temática em sua poesia, teve uma conseqüência que me parece fundamental. Levou poetas e prosadores em geral a um... culteranismo novo, o bem falar conforme às regras das gramáticas lusas. Com isso foi abandonada aquela franca tendência pra escrever apenas pondo em estilo gráfico a linguagem falada, com que os românticos estavam caminhando vertiginosamente para afixação estilística de uma língua nacional. Os parnasianos, e foi talvez seu maior crime, deformaram a língua nascente, "em prol do estilo". Manuel Bandeira cita o caso positivamente desaforado de Olavo Bilac, vendo erros em Gonçalves Dias, corrigi-lo ingratamente.

Essa foi a grande transformação. Uma necessidade de maior extensão de cultivo intelectual para o poeta, atingiu também a poesia. Da língua boa passou-se para a língua certa. Uma atenção especial para a gramática materna, uma timidez de afirmação pessoal na expressão, e conseqüentemente a obediência, não tanto à palavra exata, como ao banal da palavra, ao seu sentido por todos reconhecível. Se o parnasianismo de França não tivesse existido, o nosso, em sua essência, seria o mesmo que foi. Os erros que praticou, as dificuldades que criou pro futuro resolver foram fatais: reação culteranista que fatalmente havia de se dar, num país que o progresso leviano empurrava, sem dar tempo às sedimentações bem mais lentas de uma legítima nacionalidade. Bilac o teria sentido, porventura, quando se tornou o primeiro "racista" de credo político, entre nós...

Manuel Bandeira estava, pois, numa dificuldade grande. Dar uma antologia do nosso parnasianismo, que o revelasse em seus caracteres mais típicos era prejudicar os poetas verdadeiros que dentro dele se manifestaram. O colecionador, que justamente em nosso tempo é dos que mais sentem o que seja poesia, se decidiu. Buscou não trair os poetas verdadeiros, nem a verdadeira poesia. Pra tanto, traiu resolutamente o parnasianismo. Os exemplos, com alguma rara exceção de valor histórico, como a escolha da "Profissão-de-Fé" de Bilac, são colhidos entre o que os parnasianos nos deixaram de mais lírico, de mais fluido, de mais delicadamente evasivo e interior.

Embora aplauda francamente essa atitude do colecionador, não sei, às últimas páginas do livro, justamente as dedicadas ao mais apegadamente parnasiano dos nossos poetas, Francisca Júlia, tive algumas saudades do parnasianismo.

A escultura de palavras também tem suas belezas. A solaridade, a luz crua, a nitidez das sombras curtas de certos verbalismos enfunados, pelo próprio afastamento em que estão da verdadeira poesia, têm seu sabor especial, pecaminoso... E se Manuel Bandeira pôs no livro a inútil "Profissão-de-Fé", pela necessidade histórica das suas aspirações, talvez houvesse benefício em que a "Ode ao Sol", "Os Argonautas", o "Sonho Turco", figurassem na antologia. Mas eu é que não irei buscar meus poetas e reler esses poemas agora, tenho medo. Talvez eles me obriguem a modificar admirações antigas, e dar razão completa ao colecionador. Ora, uma certa dissenção, em artigos de crítica, não fica mal.

BELO, FORTE, JOVEM

(12-III-939)

No "Poema para todas as Mulheres", Vinícius de Morais clama, sem nenhuma solicitude por todos nós, veteranos:

"Homem, sou belo, macho, sou forte, poeta, sou altíssimo"
"E só a pureza me ama, e ela é em mim uma cidade
[e tem mil e uma portas."

Tudo isso é bastante verdade, apenas com algum exagero quanto ao "altíssimo", exagero que deriva de uma outra qualidade do poeta, que ele esqueceu nessa orgulhosa enumeração: a juventude. Com toda a sinceridade não o considero ainda o "altíssimo poeta", no grave sentido dantesco dessas palavras, mas confesso gostosamente que Vinícius de Morais aspira à poesia altíssima, e já tem produzido alguns poemas que são de elevada poesia.

Os "Novos Poemas", que nos deu nos últimos dias do ano passado, são o seu quarto volume de poesia em cinco anos, e o melhor de todos. Não o mais ordenado porém. Pelo contrário, é bastante irregular e desequilibrado, e onde estão os piores e os melhores versos do poeta. Desapareceu aquela firmeza dos livros anteriores e aquela personalidade entregue que, conhecido um poema, não nos preocupava mais, reconhecia em todos.

Porém, a personalidade demonstrada por Vinícius de Morais nos livros anteriores, era, senão falsa, pelo menos bastante reorganizada por preconceitos adquiridos. Era uma personalidade que se retratava pela doutrina estética adotada, muito mais que uma real personalidade, vinda de fatalidades interiores. O que há de admirável no poeta é justamente, em plena mocidade, ter conseguido autocrítica bastante pra reconhecer o descaminhamento, ou melhor, o perigo em que estava, e tentar se enriquecer de mais profunda, mais humana, mais pessoal realidade. Estes "Novos Poemas" são assim um esforço muito perceptível do poeta pra se justificar mais alargadamente. Nada mais daquela tese de estandarte, que valia, ou procurava valer muito mais para beleza de suas cores que pela ação da própria poesia. Esse fora o maior engano de Vinícius de Morais, engano derivado em máxima parte, senão exclusivamente, da crítica e da visão muito honestas mas estreitamente doutrinárias dessa curiosíssima figura intelectual que é Otávio de Faria. Otávio de Faria chegou mesmo a escrever, sobre Vinícius de Morais e esse outro admirável poeta que é Augusto Frederico Schmidt, um livro todo, em que no vagalhão de certas verdades essenciais utilíssimas, borbulhava uma espumarada de opiniões críticas defeituosas, falsificadora visão da realidade poética.

Ora, Vinícius de Morais estava pra ser vítima dessa prisão de grandeza em que o enfermara o seu mais alargado crítico, mas felizmente teve saúde bastante pra se limitar nos compromissos. Sem rejeitar tudo, pois que havia muito de nobre e verdadeiro nas doutrinas de Otávio de Faria, abriu, porém, o coração, dantes tranqüilo, às influências do outro lado e às pesquisas. E aos instintos também. Disso derivou o livro de agora, que, num país de maior clarividência intelectual, teria feito mais ruído.

A uma influência nova muito grande, e no caso fecunda, Vinícius de Morais se entregou: à da poética de Manuel Bandeira. Com isso, um sopro novo de vida real e da maior objetividade veio colorir aquele hermetismo um bocado exangue que havia dantes, e no meio do qual, aliás, o poeta já conseguira dar mostra da sua esplêndida qualidade lírica.

Mas a influência de uma poesia tão marcadamente pessoal como a de Manuel Bandeira não deixa de ter seus perigos. O perigo transparece de fato, como na primeira estância do poema "Amor nos três Pavimentos", que chega a imitar a mais dolorosa invenção contida no poema já famoso "A Estrela da Manhã":

> "Eu não sei tocar mas si você pedir
> Eu toco violino, fagote, trombone, saxofone.
> Eu não sei cantar, mas si você pedir
> Dou um beijo na lua, bebo mel himeto,
> Pra cantar melhor.
> Si você pedir eu mato o papa, eu tomo cicuta,
> Eu faço tudo que você quiser."

Também na "Balada para Maria" há trechos que se diriam escritos por Manuel Bandeira. E certos preciosismos gramaticais e verbais de Manuel Bandeira, que talvez lhe venham de amizades invejáveis com alguns ilustres filólogos, transparecem agora inesperadamente, em Vinícius de Morais. A "Ária para Assovio", sem copiar, na realidade pertence às poesias pré-modernistas do grande poeta do "Carnaval". Da mesma forma, o encantador "Soneto a Katherine Mansfield", dir-se-ia uma das traduções de sonetos ingleses, de palavras meticulosas, feitas pôr Manuel Bandeira. Mas a influência espiritual deste poeta, no geral benéfica, deu também ao poeta novo uma das suas mais comoventes criações, o lindíssimo poema do "Falso Mendigo".

Aliás, de passagem, quero salientar um pouco o preciosismo em que insiste, talvez desatentamente, Vinícius de Morais. Talvez não seja diamante de boa água dizer, "Que passa, e fica, que pacifica", e em principal abusar das antíteses, cheirosamente fáceis. Estas não são em pequeno número, infelizmente. Eis algumas :

"Tu trazes alegria à vida, ó Morte, deusa humílima";

"Amo-te, como se ama todo o bem,
Que o grande mal da vida traz consigo";

"Que te perdia si me encontravas,
E me encontrava si te perdias";

"Aquela em cujos braços vou caminhando para a morte
Mas em cujos braços somente tenho vida";

"Pelo ardor com que estávamos unidos
Nós que andávamos sempre separados."

Sei que uma vez por outra semelhantes antíteses vivem, mas sua sistematização me parece abusiva.

Principalmente num poeta que repôs o artesanato francamente como uma das necessidades da sua poesia atual. Eis um ótimo sintoma destes "Novos Poemas". Até agora, Vinícius de Morais usara e abusara, como estão fazendo todos os moços, do ritmo livre, principalmente do verso de feição bíblica, longo e impessoal. Ora, eis justamente um dos perigos, uma das facilidades da poesia moça do Brasil. Não se trata absolutamente mais do verso-livre, que é dificílimo, e quando não utilizado por figuras de real personalidade como um Carlos Drumond de Andrade, um Augusto Meyer, ou um Murilo Mendes, se torna baço, prosaico, desfibrado, sem caráter. Mas poetas altos, como Augusto Frederico Schmidt e Jorge de Lima, bons poetas mas menos bons artistas, tinham posto em circulação e salientado toda a facilidade cadencial do verso longo, à feição do versículo bíblico.

Isso, a nossa mocidade toda, apressadíssima e desleixada, foi-lhe atrás, com raras exceções. E o verso deles vai perdendo em caráter e riqueza rítmica, o que vai ganhando em banalidade de fácil ondulação. Neste sentido, acho mesmo que as novas gerações vão bem mal quanto à poesia. Desapareceram os artistas do verso, e o que é pior, poesia virou inspiração. Uma rapaziada ignorantíssima da arte e da linguagem, sem a menor preocupação de adquirir um real direito de expressão literária das idéias e dos sentimentos, se agarrou à lengalenga das compridezas, que, si era uma necessidade expressiva pra os que lançaram entre nós o versículo bíblico (ou claudeliano, si quiserem) não representa, para aqueles, a menor necessidade, a menor fatalidade lírica. Representa, pura e simplesmente, um processo de não se preocupar com a arte de fazer versos. Neste sentido, quase todos os nossos poetas novos, e alguns veteranos, são uns desonestos. Ora, a poesia é uma arte também, e isso de cantar como sabiá, só fica bem para os sabiás do mato. Aliás, não deveria lembrar o sabiá, que é um grande lírico, mas citar apenas qualquer um dos pássaros imitadores do canto alheio — que outra coisa não fazem, quanto à feitura do verso, os nossos poetas novos.

Vinícius de Morais, com os "Novos Poemas", fez um grande e bem sucedido esforço pra se tornar também artista. O soneto, por exemplo, que poucos, dentre os nossos poetas realmente vivos não tinham abandonado, ele o retoma como uma necessidade do seu dizer. Chega mesmo a preciosismos de composição, como o menos feliz "Soneto Simples", que ora rima ora não, traz os tercetos adiante das quadras, e vem exposto à maneira de prosa. Só há de mais apreciável, na técnica dessa obrinha, a deliciosa invenção de, no decorrer dos decassílabos, não contar às vezes certos monossílabos, como se dá com "na" e "foi" dentro da última quadra.

O livro tem uma série de interessantíssimos sonetos. Alguns são da milhor qualidade sonetística, como o "Soneto à Lua", o "Contrição", o "Devoção" e outros ainda. No último citado, se percebe no poeta um certo quê português, de tradição portuguesa, que não lhe fica mal e é saboroso. Creio mesmo que o sumarento "Soneto de Intimidade" é um pequeno engano de forma, temático em demasia pra soneto de boa tradição. Imagino que dessa delícia descritiva Cesário Verde teria feito, mais razoavelmente, quatro quadras.

Aliás, sob o ponto de vista da delicadeza conceitual do soneto, também o de "Agosto" me parece um grande engano parnasiano. Olavo Bilac não o teria feito pior, com a exposição das idéias sistematicamente de dois em dois versos, com a brutal antítese do último verso, que, ainda por cima, não passa de um violento e barulhento verso-de-ouro, um enorme engano. Vinícius de Morais ainda está hesitante quanto a conceito e forma do soneto, mas já nos deu quatro ou cinco deles, que são dos bons sonetos do Brasil.

Mas o erro que denunciei por último, deve derivar de uma causa mais profunda, a poderosa sensualidade que domina toda a poesia do poeta. Sensualidade que nem sempre se apresenta bastante artista, é de uma rudeza braba, e faz o poeta não hesitar diante de coisa alguma. Que não hesitasse diante das fatalidades necessárias, que são as mais numerosas, estou perfeitamente de acordo, mas não posso concordar com as notas de mau gosto tais como a do sonêto citado, e a brincadeira sem o menor interesse essencial que termina o " Amor nos três pavimentos". Grande poema neste sentido é a “Viagem à Sombra”, absolutamente admirável, onde a sensualidade do poeta se mostra mais equilibrada em sua violência solta, que não hesita diante de qualquer palavra. Aqui também não hesitou, mas por felicidade nossa não surgiram as palavras que às mais das vezes ferem inutilmente. E foi a felicidade.

Creio que Vinícius de Morais tem que tomar bastante cuidado pra, na maior largueza de sua visão poética de agora, não esquecer aquela boa lição, tanto insistida por Otávio de Faria, que é a busca do essencial. Aliás, ainda aqui, temos que nos entender: Acho que o essencial, em poesia, não é o Amor, a Vida, Deus, e outras maiúsculas, mas a própria poesia, a indefinível poesia, que faz a “Canção do Exílio”, de Gonçalves Dias, como o “Pingo de Água”, de Ribeiro Couto, serem igualmente essenciais. Haverá sempre o essencial mesmo na poesia que, integralmente poética, trate do rabo do gato. Havia nos livros anteriores do poeta uma nebulosidade, às vezes esotérica, que lhe vinha da bandeira estética. Si às vezes a dificuldade ou impossibilidade de compreender logicamente ainda permanece em vários dos poemas atuais, o esoterismo desapareceu, felizmente. Sobrará talvez apenas na segunda página da “Invocação à Mulher Única”, menos originado, aliás, de um credo estético, que de uma tal ou qual necessidade de explicar, a que o poeta se entregou diante do seu atual e curiosíssimo emprego simultâneo de diversos modos diferentes de pensar.

Esta será talvez a maior contribuição de Vinícius de Morais com os “Novos poemas”. Nas poesias não regidas pelo pensamento lógico, manifesta-se uma admirável liberdade de processos de pensar, em que a associação de imagens, a de idéias, as constelações de imagens e de idéias, o juízo perfeitamente concluído, as obsessões, os símbolos, os recalques e suas transferências, se estressacham, se conjugam, se corrompem mutuamente, se auxiliam, para o estabelecimento de uma linguagem de poesia de extraordinária riqueza e lirismo. Talvez eu volte a lhe analisar a feitura espiritual de qualquer poema... Uma das milhores coisas neste gênero é a “Balada Feroz”, esplêndida, amarga, entusiástica imploração sobre o destino e a finalidade do poeta.

O destino do Poeta e da Poesia, neste período de mudança e de pesquisa que o livro revela, é mesmo uma das dominantes do poeta, sendo a outra o problema da virilidade. Do problema da poesia decorrem vários poemas, como ainda o "Mágico" e o "Falso Mendigo", e várias estâncias, como o final da "Invocação à Mulher Única", a 3ª estância da "Máscara da Noite" e este lindo passo de que cito apenas a segunda estância pra não me alongar demais :

"Qual o meu ideal sinão fazer do céu poderoso a Língua,
Da nuvem a Palavra imortal cheia de segredo,
E do fundo delirante proclamá-los
Em Poesia que se derrame como sol ou como chuva?"

Mais duas estâncias esplêndidas, verdadeira "iluminação" sobre o convívio e a entidade de Deus, terminam esse poema, que não me parece todo de igual altitude.

Das obsessões, quero lembrar apenas as que mais me chamaram a atenção: a coreografia (pgs. 18, 22, 25, 28, 62, 72) e um tal ou qual infantilismo, no geral manifestado pela necessidade de presença ou de carinho da mãe (pgs. 32, 29, "Lamento não sei onde", 95, 96, 99).

Vinícius de Morais, com estes importantes "Novos Poemas", firma, creio que definitivamente, o seu lugar entre os grandes poetas do Brasil contemporâneo. E ainda não citei alguns dos mais belos poemas do livro, como a "Máscara da Noite", "Vida e Poesia", "A brusca Poesia da Mulher Amada", "Solilóquio", e a deliciosa "Ternura".

É possível que, pela irregularidade do livro, se possa concluir que o poeta está num período de transição. Mais que isso, porém, o que interessa especialmente é salientar a qualidade eminentemente poética de todo o livro, aquela qualidade em que, da parte do sentimento, a arte se equilibra com a ciência: a procura da definição das coisas. Esta inquietação domina agora todo o livro, e de maneira atraentíssima, depois que o poeta abandonou aquela calma interior que lhe derivava de uma um pouco simplória estética. Estética que era provavelmente de combate, como são as dos moços. O poeta ganhou em humanidade e em humildade o que perdeu de verdade preconcebida. O que me parece um passo enorme para... só pra a própria grandeza não, mas para a poesia.

NOÇÃO DE RESPONSABILIDADE

(19-III-39)

Que fim levaram aqueles rapazes literatos de São Paulo, que a Semana de Arte Moderna lançou em 1922?... Me refiro exatamente aos "novos", que ainda não tinham nenhuma fé-de-ofício literária, e apareciam então pela primeira vez. Eram uma bem numerosa companhia e ajudaram decisivamente a que nos fingíssemos de exército, quando aparecemos todos juntos do palco do Teatro Municipal, formando um luzido segundo plano pra que a vaidade de Graça Aranha se sentisse satisfeita de falar. Bom, mas não quero ser apenas maldoso, e reconheço com facilidade que, da parte de Graça Aranha, não havia apenas vaidade, mas, principalmente, uma forte dose de convicção e entusiasmo. Entusiasmo por nós? Convicção pela arte que fazíamos? Certamente não, e nem por isso ele merecerá pedradas. A nossa arte era bastante incerta e continha em sua pesquisa exagerada germes de caducidade que a lucidez do mestre havia certamente de enxergar. O fato é que toda aquela rapaziada paulista, se ainda luziluziu nas páginas da revista "Klaxon", que viveu nesse mesmo ano, aos poucos desapareceu; por que desapareceu?

Há, certamente, aquela primeira razão pela qual jamais se poderá augurar continuidade à evasão artística dos moços. Arte aos vinte anos, será sempre muito mais um problema de psicologia da virilidade que da criação estética, porém esta razão me parece insuficiente pra explicar por que todos aqueles moços desapareceram. É que todos eles não desapareceram exatamente, nem foram devorados pela vida, e sim devorados pelo interesse das realizações coletivas. De um deles, o único que ficou literariamente e de quem quero hoje falar, Sérgio Milliet, vem nos seus recentes "Ensaios" está convidativa explicação: "De uma idéia nova surgem no Norte e no Sul (do Brasil), grandes poetas, grandes romancistas, produções individuais. Em São Paulo, nascem instituições, movimentos coletivos. O senso paulista da realização utilitária, do aproveitamento social da inteligência, empurra os seus intelectuais para o campo da aplicação, tanto quanto possível imediata, de seus ideais. Todos descem à arena das lutas políticas e educacionais. São professores, pesquisadores de sociologia e de história, diretores de repartições culturais e institutos científicos. Invadem todos os domínios da realização." E Sérgio Milliet enumera, então, um bom grupo de realizações paulistas, que, na sua parte de trabalho concreto, são devidas exatamente a vários daqueles rapazes, que em 1922 apareciam na Semana de Arte Moderna, com a intenção exclusiva de se dedicarem à festa da vida, com seus versos, contos e fantasias.

E si tivesse lembrado o Partido Democrático, os teria englobado a todos, pois que esse partido, a primeira reação política perfeitamente sistemática, organizada contra o regime da primeira República, nasceu da mão desses rapazes, e mais alguns amigos. Me lembro mesmo de uma das reuniões preliminares da formação do Partido Democrático, quando ainda o velho conselheiro Prado hesitava comprometer-se nele. Na casa de Paulo Nogueira Filho formávamos quase exclusivamente uma repetição da Semana de Arte Moderna. Eu seria o decano entre os presentes e por certo o único que descria daquilo tudo. Mas ninguém falou literatura, nem poesia, escarrou-se ódio ao regime, descreveu-se lutas políticas, sonhou-se um caminho milhor para o país, voto secreto. Eu mudo, imensamente insulado no ambiente. Que era confortável e com ótimo uísque.

E, com efeito, a política empolgou em seguida todos aqueles intelectuais disponíveis; fizeram-se jornalistas, criaram jornais; o Sr. Couto de Barros dispersava no "Diário Nacional" notas sobre política, imigração e outros assuntos, de uma elevação aristocrática absurda, que tornava os seus escritos tão belos quanto inúteis; vieram revoluções. E depois veio um terrível silêncio. Dir-se-ia que esses rapazes, já agora homens-feitos, esperam alguma coisa pra voltar à tona da vida. Mas o mais provável, é não saberem, nem eles mesmos, exatamente o que esperam.

A razão lembrada por Sérgio Milliet, pra explicar a escassez literária de São Paulo, é justa, apenas em parte. Si é certo que o Sr. Rubens Borba de Morais, por exemplo, deixou-se empolgar pela realização, dirigindo com mão hábil o movimento biblioteconômico de São Paulo, tornando-o incomparável no Brasil; por outro lado, o próprio Sérgio Milliet, não menos realizador, dirigindo com igual maestria o movimento de pesquisas históricas e sociais, tornando, por seu único e exclusivo mérito, a "Revista do Arquivo", a mais universalmente conhecida e citada dentre as publicações brasileiras, Sérgio Milliet nem por isso deixou a produção literária. Vai nos dando anualmente o seu volume, ora ensaios, ora pesquisas estatísticas, ora poesias, ora romance, mantendo com admirável segurança a sua equilibradíssima figura de intelectual.

Equilibradíssima. Eis, ao que parece, a melhor explicação de Sérgio Milliet, e que o torna uma figura rara em nosso meio artístico. Talvez isso lhe venha de uma formação intelectual feita na grave Suíça e, também, parcialmente, de uma convivência profunda, embora um bocado exclusiva com a numerosa mentalidade francesa; mas sempre é certo que Sérgio Milliet se destaca entre nós pela segura noção de responsabilidade com que organizou a sua literatura. Ora isso, num ambiente literário como o nosso em que noventa por cento, não exagero, dos escritores são intelectuais improvisados, é um verdadeiro caso de exceção. Seria mesmo justo indagar quais dentre os nossos escritores, principalmente romancistas e poetas, são, realmente, merecedores de quanto escrevem. Quantos deles sabem, exatamente, o que querem fazer e buscaram com honestidade os elementos de cultura e experiência que lhes permitissem realizar a própria personalidade com toda a sua força e na exata expressão do seu destino? A grande maioria dos nossos escritores são indivíduos desarmoniosos, pouco sabedores de sua própria língua e tradições, frágeis em sua cultura geral, e manetas dotados de uma arte só. São verdadeiros robinsons, exilados espetacularmente na ilhota da literatura de ficção, só de ficção; se desinteressam totalmente de música, e só conhecem das artes plásticas a sensação. Mas é tão fácil a gente se dourar por fora com o folheio das revistas... Geniais e geniosos, os nossos literatos vencem a golpes de uma generosidade criadora digna de maior completamento. Não fosse isso, não resistiriam à onda de sonho e irresponsabilidade, que torna inconsistentes muitas das nossas figuras intelectuais de agora, si examinadas de mais perto. Mas consinto em reconhecê-las geniais. E geniosas.

Sérgio Milliet prova com estes "Ensaios", que está alcançando uma grande maturidade de pensamento, e dos seus livros de artigos e de ensaios, este é, certamente, o milhor. Duas partes, em principal, a dedicada a estudos brasileiros e a dedicada a estudos sobre artes diversas, se notabilizam pelo conhecimento muito refletido dos assuntos, documentação numerosa e riqueza das idéias. É possível verificar que as idéias expostas por Sérgio Milliet si são ricas em número e firmeza, não são, todavia, muito originais. Mas, isso mesmo, ainda vai na conta daquela noção de responsabilidade que faz deste escritor o utilitarista que busca mais energicamente a razão justa dos fenômenos e das coisas, em vez de procurar iluminá-los com qualquer invenção mais apaixonada. É o antipelotiqueiro por excelência. Jamais impingirá gato por lebre, mas também jamais tirará nem gato nem lebre da manga, lealmente amarrada ao pulso. Para Sérgio Milliet, a crítica certamente não será uma obra-de-arte.

Esse utilitarismo, esse bom-senso crítico, estou que é a maior deficiência de toda a literatura de Sérgio Milliet. Não há, por certo, em nossa literatura de hoje, escritor mais desapaixonado, mais serenamente calmo. Ele só escreve para acertar uma possível verdade. E deve provir disso o seu amor ao ceticismo, que ele chega a pregar como atitude orientadora do Brasil. Então, afirma coisas... apaixonadas como esta: "O ceticismo construiu o mundo grego, o Império Romano, o classicismo francês, a ciência ocidental. O misticismo deu-nos as trevas da Idade Média, as guerras de religião, o estilo barroco, o racismo, o expansionismo militarista. De que lado devemos colocar o destino do Brasil?"

Considero tudo isso uma síntese desastradíssima e, principalmente, me parece incrível que um escritor desapaixonado como Sérgio Milliet ainda considere a Idade Média como uma idade de "trevas". Além disso, onde iremos ficar? Foi o ceticismo que fixou a certeza nos cânones todos que regeram a arte grega, e ao mesmo tempo criou a curiosidade, a dúvida e o amor da ciência e da invenção a que Sérgio Milliet chama de "ciência ocidental"? E o Império Romano não foi um período de "expansionismo militarista"?... Sérgio Milliet considera o misticismo um sentimento e o ceticismo um raciocínio... Estou que levado a tão exageradas afirmações, o ensaísta, num pequeno instante de exacerbação, se tornou um místico do ceticismo.

Já, mais razoavelmente, compreendo que Sérgio Milliet se desagrade tanto do sarcasmo, do escárnio e da caçoada. São, de fato, maneiras psicológicas de revolta que a calma, o desapaixonado, a vontade nítida de explicar a justa razão das coisas e melhorá-las, caracteres de Sérgio Milliet, não podem aceitar. Mas que o escritor afirme que o escárnio e o sarcasmo sejam expressões de almas pobres e de "espíritos inferiores que precisam transformar o seu sinal menos em algo de positivo", isso me parece quase um sarcasmo. E, certamente, uma estreiteza enorme de visão psicológica. O sarcasmo, o escárnio mais cruel, a própria vaia, são, às mais das vezes, legítimas expressões de amor. E sempre expressões de paixão. São paixões. E onde Sérgio Milliet terá visto que as paixões sejam características das almas pobres e de espíritos inferiores! Mas, uma frase, logo a seguir, vai nos explicar o vasto engano psicológico de Sérgio Milliet, é quando ele se reconhece capaz de aceitar a ironia. "Já a ironia não se apresenta com a mesma indumentária grosseira!, *ecce homo!*" A serenidade de Sérgio Milliet, a delicadeza do seu espírito, que dá a todas as suas obras uma suave tranqüilidade, estremecem feridas à violência, muitas vezes grosseira, das paixões desiludidas que estouram, que golpeiam, que reagem, que assassinam a revolveradas de sarcasmo, ou a punhaladas de escárnio. Mas, acredite Sérgio Milliet, ninguém arrebenta em sarcasmo sinão depois de muito amar. Não se trata de uma pequenez, se trata exatamente de uma grandeza enceguecida. Mas o romancista do "Roberto" ainda estará muito apegado à definição do "Homo Sapiens", o que me parece de pouco ceticismo. Pra ele, o poder do raciocínio dominará o mundo e a vida humana, e, neste caso, qualquer enceguecimento será uma degradação. Mas devo estar me defendendo contra Sérgio Milliet...

Não; é na procura de uma verdade mais obj etiva que se percebe milhormente o valor de Sérgio Milliet, como ensaísta. Os seus estudos brasileiros são notáveis, assim como os estudos sobre artes plásticas. Estes últimos, então, si sempre é certo que o escritor se restringe demasiadamente à pintura francesa e suas colônias, são das poucas coisas úteis e sensatas, escritas entre nós sobre pintura. Excelente entre todos o ensaio sobre a "Posição do Pintor", em que Sérgio Milliet castiga o cerebralismo das artes plásticas atuais. A sua conclusão talvez se possa mesmo generalizar um bocado mais, estendendo-a a todas as artes, quando verifica que ao pintor "um novo casamento com o povo precisa realizar-se. Mas um casamento de verdade, com aliança e confirmação religiosa". Mas é sempre terrível respigar assim num volume escrito à maré montante dos assuntos. Parece que estamos longe do ceticismo, nessa pregação de uma "arte honesta, sincera, feita de sangue e carne", destituída de cerebralismo e confirmada misticamente.

Mas, si algumas idéias de Sérgio Milliet são passíveis de discussão, prova, aliás, da franca vitalidade destes seus "Ensaios", abandona-se o livro na certeza de ter vivido com um espírito muito nobre, honestíssimo e consciente da sua responsabilidade de escritor. Há mesmo que chamar a atenção para a bonita linguagem do livro. Não que Sérgio Milliet se esforce em nos manifestar graças de estilo, pelo contrário, sem ser desataviado, o estilo do ensaísta se caracteriza pela sua limpidez correntia, fugindo a qualquer originalidade de expressão. Mas é que ainda aí vejo uma conquista do escritor, que a princípio, acostumado que estava a lidar e escrever a língua francesa, sofreu séria dificuldade em voltar à mais liberdosa linguagem pátria. Hoje, o escritor domina a sua própria língua com grande segurança e uma elegância por vezes admirável. Há trechos, nos "Ensaios", que são antológicos pela perfeição com que o pensamento vem expresso. Como este, sobre a vida das obras-primas consagradas:

"Pois eles (certos fatos históricos), são como as obras-primas que vivem na imobilidade das estantes fechadas. Sabe-se que são trabalhos admiráveis assim considerados universalmente e por isso mesmo de inútil verificação. Mas surja um crítico mal-humorado e jogue sobre elas o azedume de uma digestão difícil: imediatamente se formará em torno delas uma corrente de curiosidade. Voltam a ser manuseadas, lidas, discutidas. Vencedoras novamente, e não raro por motivos bem diversos dos que lhe deram a fama e perenidade, conquistam no barulho mais alguns anos de vida sossegada, em meio à admiração de novos espíritos. Ou, vencidas, saem das estantes, abandonando definitivamente o lugar que até então haviam usurpado."

Creio que raros serão os escritores do Brasil contemporâneo capazes de igual limpidez na expressão das idéias. A verdade, porém, é que não citei esse passo, apenas pela sua perfeição estilística, citei-o com alguma inquietação, lembrando certas obras-primas da nossa atual literatura. Levianas, irresponsáveis, construídas a golpes de genialidade sem mais nada, é também muito possível que algum dia, "vencidas, abandonem definitivamente o lugar que agora usurpam".

FEITOS EM FRANÇA

(26-III-39)

Um amigo veio me contar: "Você viu! Justamente agora que o inquérito da "Revista Acadêmica" pôs em relevo tantos contistas e contos ótimos brasileiros, acaba de sair, traduzida para o francês, uma antologia de contos nossos, que é uma coisa detestável. Já se sabe, foi a Academia Brasileira que organizou essa borracheira, você precisa atacar!" Com a informação, que me parecia pura, tive uma curiosidade fortemente mal-humorada contra o livro e fui comprá-lo.

Assim mesmo, já era alguma coisa, eu pensava... enfim principiam lá fora prestando um bocado de atenção mais constante aos nossos artistas. Principalmente em se tratando da França, que no geral se satisfaz tão facilmente consigo mesma, isso é muito sintomático. Anteontem traduziam o "Dom Casmurro", que tive medo de reler na tradução, onde, mesmo si conservadas toda a malícia e a grave impiedade do grande Machado, eu não encontraria mais aquela línguagem clara, triunfalmente clara, que foi sem dúvida a mais incontestável vitória obtida pelo infeliz, contra a sociedade. Contra a própria vida. Não tive coragem pra reler a obra-prima na sua volta de França.

Mas agora mesmo nos vem, das mãos de um dos maiores editores franceses, outro romance brasileiro fortíssimo, o "Jubiabá", de Jorge Amado, muito mais generoso por certo, e onde algumas realidades brasileiras estão expostas com uma agudeza tão nítida que chega a doer. E enfim alguns dos nossos contistas acabam de ser refeitos em França, para serem conhecidos desse mundo por aí, que docemente ignora a existência da tão elogiada língua de Camões. Serão os contistas, ou pelo menos os dois grandes romances, lidos com a curiosidade que merecem e estimados na medida dos seus altos valores?

Indiscreta pergunta minha... Precisamos ser francos: nem o "Jubiabá" terá o sucesso que merece, nem Machado de Assis conquistará por enquanto o nicho de altar que um dia lhe será cavado na história das literaturas. Porque obras há que merecem apenas imensa celebridade sem que devamos culto aos seus autores, da mesma forma que há autores que merecem mais culto que unânime celebridade as suas obras... Não estou aqui insistindo naquela concepção dos artistas-heróis, talvez um bocado facciosa, apesar de socialmente generosíssima, a que Romain Rolland se dedicou. O que eu quero exatamente dizer é que certos artistas, pela raridade uniforme de pensamento e visão crítica da vida, pela obediência agressiva com que se revelaram a si mesmos, merecem muito mais o nosso culto que o nosso amor. Si a gente se entrega à isolada tragédia individualista que tais criadores representam, a gente admira com silêncio, observa com respeito, há culto, há nicho. Jamais a gente toma com esses artistas cultuados as sublimes e devoradoras liberdades do amor. Machado de Assis, como um Antero de Quental, como um Hoelderlin, está entre esses artistas merecedores mais de culto que de amor. Si os aceitamos, temos que aceitá-los integrais, tais como são. Também teremos com eles volúpias, pois que em qualquer culto há sempre uma boa dose de sensualidade, mas jamais poderemos amá-los como se ama um Aleijadinho, um Castro Alves, tomando todas as liberdades, preferindo violentamente umas tantas obras, esquecendo outras, traindo, fazendo as pazes. Os que caíram um dia na teia de encantos, de mistérios e grandezas, de misérrima tragédia pessoal de um Machado de Assis, jamais apostarão dele em seguida. Poderão sim desautorizá-lo em público, acossados por qualquer política, vaidade ou moda, mas jamais, no segredo da inteligência, deixarão de cultuá-lo até o fim.

Onde que ficou o meu assunto? Eu garantia preliminarmente que todas estas obras brasileiras traduzidas não obterão ainda do mundo o aplauso que merecem. O problema é talvez muito mais social que estético. Eu encaro com muito otimismo, sob o ponto de vista da criação, a nossa literatura e demais artes contemporâneas. Positivamente não as considero inferiores às de muitos outros países artisticamente mais conhecidos, nem vários dos nossos criadores menos dignos de aplauso que muita celebridade correndo mundo hoje em dia. Certos fatores, porém, alheios ao valor intrínseco das obras e dos artistas, intervêm com uma constância sinuosa desviando a atenção internacional, de todo esse bom exótico.

O fator econômico será por certo um dos principais. As artes dos EE. UU., por exemplo, participam hoje normalmente da preocupação estética universal. Seus escritores são lidos e traduzidos, sua música aparece nos concertos de quase todos os grandes países, um Whistler entra definitivamente para os compêndios de artes plásticas, embora não tenha aberto nenhum caminho. Por outro lado, as artes de certos países fascistizantes está se rinharizando de maneira ridícula e pomposa, encabrestada, amordaçada e obrigada a óculos de cor. Mas semelhantes ninharias continuam sendo universalmente comentadas, da mesma forma como, após a fixação do Comunismo na Rússia, muito romance soviético foi traduzido, sem que trouxesse a contribuição incontestavelmente importante do "Cimento". Mas é que tais países pesam com muita força na balança universal, a sua moeda vale ou finge valer, os seus exércitos vão decidir muita coisa na guerra que vem. Esses países, enfim, pertencem à ração quotidiana do pensamento político do mundo, de que derivam todos os outros pensamentos, desgraçadamente. Por outro lado, certos países infelizes, que por esta ou aquela razão, mantêm o triste destino de espoletas das universais conflagrações, vêem suas artes sustentarem rubrica fixa ou permanente na crítica das revistas internacionais. Não vou até explicar a universalização de um Ibsen no drama ou de um Rivera nas artes plásticas, exclusivamente pelas razões econômicas e políticas que denunciei acima, e sempre é certo que a genialidade acaba sempre devastando as incompetências e obstáculos que encontra diante de si, mas tenho como certo que, mais que os gênios, a permanência das artes de um determinado país na atenção do mundo, está na razão direta da importância político-econômica desse país. O caso de Vila Lobos me parece bem característico. Vila Lobos, aos golpes da sua criação importantíssima, irregular, mas tantas vezes genial, é o único dos nossos criadores contemporâneos que conseguiu realmente se universalizar. Mas o que me melancoliza é ver que, embora executado, ao passo que obras francesas, inglêsas, espanholas, italianas e alemãs, de uma mediocridade quase larvar, frequentam diariamente os programas internacionais, Vila Lobos só de raro em raro aparece no cartaz. Não: os nossos criadores terão que esperar ainda um bocado. Valesse o nosso mil-reisinho o quanto deveria valer, estivéssemos em condições de despejar aviatoriamente um regimento inteiro na capital de Orapírulas, e, já não digo os ases, mas até o segundo time das nossas boas artes, namoraria com o mundo.

E foi empenhado nestes acomodatícios pensamentos que me internei na leitura da "Anthologie de Quelques Conteurs Brésiliens". Desde início, percorrendo os índices e prefácio, como sempre faço preliminarmente, aprendi várias coisas importantes sobre a nossa literatura. Aprendi, por exemplo, que para os nossos estetas da Academia Brasileira (o volume foi organizado pela Academia), o conceito de conto é tão generoso que, entre nós, já não basta considerar como tal tudo quanto o seu autor chame de "conto", mas até excertos de romances e crônicas de viagem, tudo é conto. Aprendi também, não sem uma tal ou qual inquietação, que os Srs. António Austregésilo, Afonso Celso, Levi Carneiro, Alcântara Machado (o senador), eram contistas. Deste último aprendi mesmo uma coisa espantosa: que não só era contista mas até romancista, autor de um romance (sic) intitulado "Vida e Morte do Bandeirante".

Depois de assim furiosamente esclarecido, principiei a leitura. E aos poucos foi me nascendo uma impressão bastante salada. O volume por muitas partes se sustenta, não tem que ver, e surge a consciência de que ele é uniformemente bom. Mas aqui a canção é outra. Me surpreendi encontrando certas páginas, minhas velhas conhecidas, que eu sempre tivera por medíocres ou mesmo integralmente ruins. Pois não é que essas páginas, vindas agora refeitas de França, me agradavam lerdamente, algumas chegaram a francamente boas! Ah, o prestígio da língua!... Na realidade, nós não sofremos apenas o mal de possuirmos uma língua de que o mundo ignora a existência, o pior é que essa língua, quer na pena portuguesa, quer brotada dos nossos lábios mais largos, jamais chegou a se constituir em língua literária. Em língua culta. Será este, talvez, mais um sinal doloroso do nosso incorrigível individualismo luso-brasileiro... Nós possuímos uma linguagem que pode ser rica, ser viva e expressiva, não discuto, com a qual podemos perfeitamente conversar, amar, sofrer. Mas, desleixados da ordem social e da unanimidade, quer saudosistas das aventuras ultramarinas, ou incapazes de nos sentirmos como um todo indissolúvel, ou quem sabe si por incapazes de continuada cultura, não conseguimos até agora possuir uma língua deveras abstrata, um veículo perfeitamente adequado à expressão escrita do pensamento. Linguagem de campo aberto, de uma liberdade espantosa de normas e de regras; liberdade que é pobreza e depaupera a claridade e a nitidez do pensamento em mil e uma névoas de cacoetes e peculiaridades individualistas; linguagem desabrida e sem sala de visitas; linguagem em que é impossível errar porque não há quase erro que não se justifique... com os clássicos; tudo isso não é riqueza, é uma verdadeira indigência intelectual. Não é possível a gente ser claro, pois não há uma claridade normalizada de expressão e cada um é claro só pra consigo mesmo; não é possível ser sutil, pois que tudo são sutilezas de um individualismo desbragado; não é possível elegância onde não há conformidade; não é possível vigor verdadeiro, certeza, mecanismo, abstração, pois que tudo é sumarento, é desregramento, desobediência e espontaneidade. Em comparação, por exemplo, com essa língua tão maravilhosamente organizada que é a francesa, uma verificação primeira logo se impõe: ao passo que todos os nossos grandes escritores são "estilistas", quero dizer aqui, são criadores de uma expressão lingüística que lhes é peculiar, em França são muito mais raros os verdadeiros estilistas. Entre José Régio e Aquilino Ribeiro, entre José Lins do Rêgo e Gilberto Freire, entre Sérgio Buarque de Holanda e Prudente de Morais Neto há diferenciações profundas de dizer, há um acomodar-se aos trambolhões, entre sacrifícios doloridos, dentro de uma mesma língua, que são outras tantas linguagens: onde isso na clara e nítida língua francesa? Em compensação, toda a gente que escreve em França, escreve bem, e um principiante pouco se distingue ou nada, lá, dos veteranos, quanto à felicidade do bem dizer. Em verdade todas as nossas fantasmagóricas riquezas lingüísticas redundam numa indigência geral; e não saberemos nunca o que de ainda maior teriam escrito um Eça de Queiroz e um Castelo Branco, um Aluízio de Azevedo e um Euclides da Cunha, si para construírem as suas criaturas não tivessem conjuntamente que tirar, quase do nada, as suas línguas também.

Pondo agora de lado Portugal, pois que positivamente não me agrada tutorar terras alheias, pra nós, brasileiros, mais uma vez o grande Machado de Assis se impõe. De toda a língua portuguesa, daqui e de além-mar, não excetuando o próprio Vieira, tenho a convicção de que foi Machado de Assis quem mais conseguiu se aproximar de uma língua culta, de um verdadeiro, útil, simples, esquecido de si, mecanismo de expressão do pensamento em prosa. Si conseguirmos qualquer espécie mais constante de unidade nacional, de Machado de Assis deverá partir, creio, a sistematização da nossa língua escrita. Não nos competia aos do meu tempo lhe estudar a lição e continuá-la, porque não há nada de mais incompreensível e velho a uma geração que tudo quanto imediatamente a antecedeu, mas o que estão fazendo esses moços, que mais uma vez não se revoltam contra nós! É no velho Machado que irão encontrar aquela claridade, aquela pureza, aquela elegância esquecida, aquela desestilização e a fonte legítima da uniformidade infatigável. E então, não precisaremos mais ser refeitos em França, pra que até a mediocridade possa de alguma forma, pacatamente, agradar.

Mas o volume está longe de apresentar apenas coisas medíocres. Tem mesmo dentro dele uma obra-prima encantadora e que me culpo de ter ignorado até agora. Me refiro ao conto "Page Relue", de Carlos Magalhães de Azeredo, uma definitiva delícia, de uma grave graça, uma análise intensamente verdadeira, suavíssimo. Ao meu ver, é a milhor página do livro e merecia estar entre os dez milhores contos do Brasil. Aluízio de Azevedo também não está mal; nem Medeiros e Albuquerque, apesar deste último se apresentar numa invenção muito fácil. Ribeiro Couto também se apresenta num dos seus contos milhores, mas houve decerto hesitação na escolha, porque ele os tem numerosamente bons. Quem surpreende gratamente é Alceu Amoroso Lima com uma análise fina e cariocamente bem construída. E, no geral, os regionalistas, estão todos aceitáveis. De Machado de Assis apenas duas páginas, o fraco apólogo da agulha e da linha, que ficou muito sem pouco, vertido para o francês, uma pena. Eu não sei quais são as normas de discrição em uso na Academia, mas não pude compreender exatamente as intenções dos organizadores do volume, se dando farto abrigo no livro e a Machado de Assis apenas duas páginas de letra de fôrma. Naturalmente terão pensado que a recente tradução do "Dom Casmurro" compensava a quase omissão. E não quero me esquecer também de celebrar o deliciosíssimo apólogo de Xavier Marques, de uma graça e de uma verdade perfeitamente oriental.

E há os outros, os Acadêmicos. Não me sobram já louvores pra exaltar a notável altura de refinamento estético a que atingiram certos senhores da Academia, é extraordinário. Esses elevaram a sua compreensão da arte com tal firmeza filosófica, com tamanha severidade de concepção, que alcançaram enfim o ideal colimado. Estão fazendo uma arte desligada, desrelacionada, perfeitamente livre de qualquer assunto, isenta de qualquer interesse, estreme de qualquer sentimento e mesmo sensação. É a arte pela arte no limite mais limitrófico da sua sutilíssima elevação; arte minuciosa, em que o nada da inspiração primeira todo se entretece de mil pequeninos nadas, de tal complexo se fazendo afinal um nadinha primoroso, jóia juvenil, em que a vida alcança um tão insolúvel miniaturismo que a milésima parte da ponta de um alfinete já seria grande demais pra ela. Essa prodigiosa libertação estética, essa edênica contemplatividade me entusiasmou na mão de tais mestres. E corresponde exatamente ao destino que a Academia se deu entre nós e vai cumprindo com impassível serenidade.

UMA GRANDE INOCÊNCIA

(2-IV-39)

Em São Paulo, aos domingos e feriados à tardinha, é instrutivo ir a certos logradouros dos bairros populares, a praça da Concórdia no Brás, o Jardim da Luz, observar a tristeza da vida. Fere em principal atenção, a série de vezes numerosas de círculos humanos, dentro dos quais há sempre alguém que fala. Deixemos de lado o Exército de Salvação e os camelôs, são muito fáceis. Em todo caso, até hoje não pude compreender como é que os chefes do Exército de Salvação que, incontestavelmente possuem alguma observação psicológica, ainda não trataram de corrigir um dos costumes mais repugnantes dos monótonos cerimoniais ao ar livre. É quando esses magotes de homens e mulheres faladores querem mostrar ao povo pachorrento que eles, os soldados do Senhor, são felizes e alegres. É uma das coisas mais horríveis que se pode imaginar. No geral é uma mulher que convoca a hipotética felicidade de todos pra cantar um hino a Deus, "alegria! alegria" ela exclama. E o bandinho, dentro daquela farda de incomensurável feiúra, prova virulenta de uma verdadeira sordidez intelectual, fica interinho alegre, à ordem inesperada. São esgares, olhos piscantes, bocas alarmadas. Seria trágico se não fosse irresistivelmente repugnante. Não chega a dar pena; dá ódio, tudo falso, forçado, sem nenhuma espontaneidade, sem nenhuma inocência.

É nos outros grupos que a gente encontrará a inocência. No meio de círculos que não convém muito examinar, um nordestino fala. Abre os olhos grandes, largos, e entrega aos ares a boca franca, convicta do seu dizer. São no geral seres desiludidos; a fé lhes veio depois. Foram dos que, sem pensamento nem forças, se deixaram arrastar pelo refrão do aboio sertanejo; "Vam´mbora pro sul!" que escutavam desde muito. E vieram. Mas não conseguiram siquer entrever as famanadas glórias financeiras da terra paulista, era tudo ilusão. Imediatamente repontou neles aquela tendência para a santidade, que de cada homem do povo do Nordeste faz um Antônio Conselheiro nascituro. E de cada desiludido nasce uma religião. No meio dos círculos onde há sempre algum bêbedo, muitos e algumas que se esfregam, e todos fumam, as santidades pregam pureza, ódio ao álcool, guerra ao fumo e glória a um Deus confuso que apóia os pés na Bíblia pra esconder a cabeçorra nas nuvens mais compreensíveis do catimbó. Uma enorme inocência.

Gonçalves Fernandes, que já nos dera com os "Xangôs do Nordeste" uma excelente contribuição sobre as nossas religiões de franca base africana, se lembrou agora de divulgar a religião popular mais generalizada no Nordeste, o catimbó. O volume, "O Folclore Mágico do Nordeste", não apresenta sem dúvida a mesma unidade do primeiro. É antes uma coletânea de documentos, lastreados em geral de pequena crítica despretenciosa, versando o catimbó, a medicina popular, os tabus populares, e os ritos de morte, a todo terminando com a alegria mais agradável de uma das esplêndidas danças dramáticas do Nordeste, a Chegança dos Marujos. A documentação é muito rica, ultrapassando mesmo sobre o assunto principal do livro, o catimbó, o que de melhor havia sobre ele, a contribuição imprescindível de Luís da Câmara Cascudo. É certo que nem sempre os documentos vêm acompanhados daquela necessária revalidação científica, cuja ausência sistemática em quase todos os nossos estudiosos de folclore torna tão frágeis, tão exasperadoramente insuficientes as suas contribuições, mas o belíssimo capítulo quarto sobre medicina popular, o mais perfeitamente científico de todos pelo cuidado na exposição dos documentos, pode servir de garantia quanto à qualidade do resto da documentação.

Mas em verdade é preciso acentuar o aspecto amatório que tomam certas ciências aqui no Brasil, principalmente a sociologia e as ciências que tendem a se destacar dela, como é o caso do folclore. Si é sempre certo que um Oliveira Viana, um Gilberto Freire e poucos mais, de uma ou de outra forma, apresentam obra honesta ou valiosa, creio que algum filósofo indiano que desejasse saber o que é a sociologia pelo que, com este nome, se faz entre nós, se sairia mais ou menos com está definição : "A sociologia é a arte de salvar rapidamente o Brasil."

Quanto ao folclore chega a ser inimaginável o amadorismo e a leviandade dos que o cultivam, desde Celso Magalhães e Sílvio Romero até os nossos dias. Folclore entre nós é pior que poesia, recurso remançoso dos que desejam a toda força publicar livro. Até cantoras de improviso, que por impossibilidade absoluta de cantar Schubert, deturpam chiquemente a toada e o jongo, se intitulam "folcloristas"! Corre por aí, mais ou menos à socapa, a convicção de que o folclore é ciência subalterna. O Sr. Afrânio Peixoto foi quem nos deu a prova mais contundente disso, naquele artigo lastimável em que confessa com a maior desenvoltura, serem da própria lavra dele várias dezenas dos documentos que expôs no seu livro sobre quadrinhas populares; é espantoso.

Basta uma simples comparação, para se verificar o que há de... o que há de inqualificável num procedimento desses: Seria concebível imaginar-se o Sr. Afrânio Peixoto confessando sorridentemente ter, pra fazer experiência, inventado documentação pra um dos seus livros de medicina legal? Mas é que, pra brasileiro, medicina legal é ciência séria, ao passo que folclore é brincadeira. Quase toda a nossa documentação folclórica recolhida até agora, quando não é todo em todo aceitável, é deficitária, desprovida de elementos acessórios que a valorizem, é não selecionada. Um documento folclórico colhido da memória de um advogado tem o mesmo valor de outro colhido da boca de um vaqueiro; não se faz diferença entre o colaborador urbano e o rural, o alfabetizado e o analfabeto, nem data, nem idade, nem sexo, nem nada; o folclore é o paraíso da "sensação" democrática; tudo é igual.

Sem dúvida que estas observações não se referem absolutamente a Gonçalves Fernandes, mas é justamente por essa intoxicação de leviandade e desonestidade, em que vive o folclore no Brasil, que não tenho palavras pra salientar o valor desse capítulo sobre medicina popular; a minúcia de certas descrições, como a especificação dos conjuntos instrumentais das páginas 21 e 23, ou do capítulo sobre velórios, a união aos textos religiosos da música em que se realizam. Ainda assim, preferiria, que o autor fosse mais minucioso a respeito de elementos acessórios, local e data de certas colheitas, e indicações sobre o colaborador popular, que às vezes faltam. Dada, por exemplo, a extrema infixidez das nossas melodias populares, é de grande importância saber exatamente em que datas foram recolhidas as peças musicais, pra que se lhes possa estudar as variantes e especificar então as tendências e as constâncias. Também algumas inexatidões escaparam ao espírito geralmente atento do autor. Assim a figura da Caiporinha não ocorre apenas no Bumba-meu-Boi pernambucano, mas de outros Estados do Nordeste, como no Rio Grande do Norte, por exemplo. Também me parece que o verso tradicional que está na página 136 foi mal ouvido pelo recolhedor e diz "Lancha no mar quer maré" e não como está. Talvez, aliás, o colaborador popular tenha de fato cantado "que é maré", mas neste caso a comparação com documentos já recolhidos permitiria ao autor não corrigir, Deus me livre! mas aclarar em nota o seu texto. E o mesmo faria naquela deliciosa falha popular de memoriação "Perdido vai no malavro" (sic), que tradicionalmente canta "Perdido vai (ou "lá") no mar largo", verso belíssimo.

Um passo da parte crítica do livro com que não posso concordar é quando o ilustre estudioso afirma que "quanto a essa outra medicina, a dos excrementos, muito observada em diversos povos primitivos, verifica-se facilmente a sua ligação aos princípios do animal totem. O excremento teria qualidades curativas divinatórias do animal" (p. 175). Em primeiro lugar, a terapêutica excretícia é universal; não somente de alguns povos primitivos, mas entra pelas classes populares e até pela medicina erudita européia, até do século XIX. Mais grave me parece, porém, lhe dar origem exclusivamente totêmica, pois o costume freqüenta igualmente, e com os mesmos princípios, tanto as civilizações patriarcais, como as do matriarcado. E jamais se circunscreve à utilização do totem. O princípio em que se baseia a terapêutica dos excretos é mais geral, é o princípio de contaminação. O excreto expelido pelo ser em saúde participa da saúde vital deste, conserva um "resto de vida", como diz Bargheer, as propriedades de saúde. Utilizado terapeuticamente por ingestão ou mais acomodatício emprego, transfere ao paciente essas mesmas propriedades. Não se baseia, pois, no princípio eucarístico, mas naquele outro, muito mais generalizado, de transmissão de propriedades, que foi também a base da antropofagia mística dos nossos índios.

Nos dois passos em que Gonçalves Fernandes especifica as origens do catimbó, gostaria bem que ele tivesse lembrado ainda as práticas de baixo-espiritismo e acentuado a íntima ligação dessa religião popular nordestina com as outras religiões populares do Brasil. Entre os nossos folcloristas, principalmente musicais, muito se tem discutido ou negado categoricamente a persistência de tradições ameríndias no povo brasileiro. A feitiçaria nacional vem fortemente depor em contrário. Já Nina Rodrigues em seu tempo se referia à existência, na Bahia, de um rito que se desencaminhava da influência diretamente africana, chamado "candomblé de caboclo". No Recôncavo, num desses candomblés de caboclo, o grande baiano encontrou viva e cultuada a idéia mística do Boitatá, a que chamavam de Meu Baitantã. Aí se encontrava, também, a bebida da jurema. Artur Ramos, para os nossos dias, demonstra a grande persistência dos candomblés de caboclo, na Bahia, já agora, também, chamados de "religião de caboclo".

A insistência da jurema, nos candomblés de caboclo, os liga incontestavelmente ao catimbó, em que quase se pode falar em fitolatria, pela verdadeira obsessão da jurema. Também nas macumbas cariocas a tradição ameríndia aparece no rito, que tem o nome especial de "linha de mesa". Quanto ao extremo-norte, a sua pajelança é insistentemente de inspiração ameríndia. Mais de inspiração que de tradição, está claro.

Quanto à dança dramática da "Chegança dos Marujos", senti o autor perfilhar, sem alguma dúvida, a opinião de Pereira da Costa, sobre as suas origens. Na Paraíba, chamam a esse bailado de "Barca", arcaísmo curiosíssimo, a meu ver, que só permaneceu por uma espécie de etimologia popular, que identificou a pequenina barca com a "nau-fragata", que o brinquedo comemora em seus trabalhos do mar.

Minha impressão, porém, é que o título paraibano do bailado lhe veio de outra tradição, também morta noutras partes. "Barca", efetivamente, apresenta todas as probabilidades de estar por abreviatura de "Auto da Barca", ou mesmo relembrar as "barcas" que pertenceram à terminologia teatral primitiva dos portugueses, anterior ao naufrágio de Jorge de Albuquerque Coelho.

Mas Pereira da Costa, no seu "Folclore Pernambucano", acha que a Chegança dos Marujos se originou do romance da Nau Catarineta, que por sua vez se originou do naufrágio de Jorge de Albuquerque Coelho. Nada disso é verdade. O Sr. Afonso de Taunay, num dos seus livros, lembra que uns religiosos italianos contaram o romance da Nau Catarineta, colhido de boca de marujos lusitanos, bem antes do naufrágio do donatário de Pernambuco.

Por outro lado, me parece certo que a Chegança dos Marujos não se originou do romance da Nau Catarineta, mas antes que este foi ajuntado àquela, pois não é rara a junção de romances velhos aos nossos bailados tradicionais. Não quero alvitrar, porém, decisoriamente, que a nossa chegança tomasse sua origem das "barcas" teatrais, com as já quinhentistas de Gil Vicente, que revelam outra ordem de idéias, e não têm como assunto inspirador os trabalhos do mar. Mais razoável, então, seria a nossa herança ter se originado dos vilhancicos melodramáticos em que surge, creio que pela primeira vez, uma prova concludente de que os portugueses já transportavam para o teatro social a celebração do seu maior sentido histórico.

"A POESIA EM PÂNICO"

(9-IV-939)

O problema poético de Murilo Mendes por muitas partes deixa de ser pessoal, para se confundir com o da própria poesia. Tendo estreado já com uma coleção importante de poemas, foi possível, em seguida, perceber que Murilo Mendes ainda não estava muito fixo no seu destino criador. É que, de início, tanto a poesia como o trocadilho, e o jogo-de-espírito são parentes por bastardia, derivando todos eles, junto com a ciência, de uma contemplatividade profundamente intuicionante e definidora. Pra verificarmos está identidade definidora inicial tanto da ciência como de poesia e jogo-de-espírito, basta observar a convenção "um e um são dois" que, enquanto crítica, define por abstração e é ciência; como fusão, define por lirismo e é encantação, é magia, é vaticínio (vate), e portanto é poesia; e ao mesmo tempo não passa de um jogo verbal, por ser uma definição eminentemente corruptora da realidade. "Dois! Que "dois"? Não há "dois!" gritava o meu amigo filósofo. Entre os povos primitivos, tanto ciência como poesia, a bem dizer existem confundidas com a encantação e a magia. E são aferradamente trocadilhescas. Si não bastasse a onomatopéia, que é a base mesma da conceituação primitiva das coisas, quem quer analise as fórmulas de afirmar, de curar ou de rezar das magias e religiões primárias (transvazando para a liturgia das mais altas religiões e para o mecanismo de pensar dos mais profundos místicos...) verificará sem dificuldade como, inicialmente, algumas das criações mais alta do espírito humano, sinão tôdas, foram meras logomaquias, verbalismos assombrados, minuciosos trocadilhos.

Com as civilizações mais adiantadas, a ciência enveredou nitidamente no seu rumo definidor, aterrada no pensamento lógico; mas poesia e jogo-de-espírito continuaram de mãos dadas, muitas vezes dormindo no mesmo incestuoso leito. E o trágico é que, justo nos momentos em que a poesia tenta mais energicamente se definir em suas essências, mais ela se entrega ao incesto, mais se prende à volubilidade das palavras, aos jogos-de-espírito e aos trocadilhos. É lembrar Rimbaud, Laforgue. É lembrar as pesquisas da poesia contemporânea. E é curioso constatar que os povos mais intimamente dotados de lirismo são ao mesmo tempo os menos sensíveis a estes estouros pesquisadores do essencial poético.

Não se compreenderia um fenômeno Rimbaud na Inglaterra, nem um caso Guilherme Apollinaire em Portugal, porque estes povos, sendo líricos por natureza, jamais necessitariam de revoltas antilogísticas tão exasperadas pra se reintegrar na poesia.

Murilo Mendes, entre nós, vem se demonstrando como um aferrado e unilateral pesquisador de poesia. Tem pesquisado e muito, mas somente no sentido de encontrar uma essência — não fosse ele um dos inventores do "Essencialismo" que andou pilotando com bastante engenho neste mar tenebroso. Ora, depois do livro de estréia, com alguma inquietação vi Murilo Mendes soçobrar no jogo-de-espírito e na própria piada, com os seus romances cômicos inspirados na história do Brasil. Assim, o primeiro livro não fora ainda uma definição, como não o serão, logo em seguida, as pesquisas teóricas bem mais sérias do Essencialismo. O que fixou Murilo Mendes, a meu ver, foi a religião, que ele herdou desse amigo tirânico que foi Ismael Néri. A religião, dando valor ao tempo e organizando a eternidade, colocou o poeta dentro do alto espiritualismo da sua poesia.

E aqui sou obrigado a ressaltar um lado que me parece desagradável no catolicismo de Murilo Mendes, a sua falta de... universalidade. Tenho a certeza que este católico se deseja perfeitamente ortodoxo. Por outro lado, não esqueço que se pode ser católico e falar inglês ou jogar nas corridas. Mas o "regionalismo" da religião de Murilo Mendes está em que, dentro dela, Nossa Senhora é que fala o inglês e o próprio Jeová joga nas corridas. Quero dizer: a atitude desenvolta que o poeta usa nos seus poemas pra com a religião, além de um não raro mau gosto, desmoraliza as imagens permanentes, veste de modas temporárias as verdades que se querem eternas, fixa anacronicamente numa região do tempo e do espaço o Catolicismo, que se quer universal por definição. Neste sentido, o catolicismo de Murilo Mendes guarda a seiva de perigosas heresias.

Não tenho intenção de insinuar seja insincero este poeta; me inquieta apenas a sua complacência com o moderno e a confusão de sentimentos. Por confusão de sentimentos entendo aqui a identificação de sentimentos profanos com os religiosos, identificação principalmente de ordem sexual. A Igreja se apresenta como uma grande mulher que o poeta lança como rival da sua bem-amada. Noutra poesia ela é a "Igreja Mulher" toda em curvas que abraça com ternura. Cristo, numa litania delirante, é apelidado "Eros Christus". Por outro lado, os jogos verbais se manifestam freqüentemente, justificados aliás, pelo estado de delírio em que tal poesia é concebida, raro porém se entregando a simples trocadilhos. Mas de um destes trocados Murilo Mendes vai tirar uma das invenções mais esplendidamente confusionistas do poema. O seu amor irrealizado lhe proíbe o conhecimento completo da bem-amada, conhecimento que uma paixão assim não prodigiosa exige: "Ter um conhecimento de ti que nem tu mesma possuis." Ora esse meio desconhecimento, aliado à exigência de castigar a amada naquilo em que ela não concorda com o ideal ("Eu quisera te destruir para te construir uma outra criatura — Para fazer nascer de ti uma outra forma inda mais perfeita"), deram ao poeta uma ânsia de definir, que enche os versos de títulos, de nomes, de apelidos por vezes esplêndidos. A amada é conjuntamente Regina e Berenice; é deusa, é a "adorável pessoa", é a devoradora, a complexa, a desordenada, etc., mas é ao mesmo tempo um "misto de demônia, atriz e colegial". Sempre um largo jogo de palavras, vermelhamente lírico: o poeta precisa agarrar, possuir, definir, em sua compreensão, essa dona incontrolável e contraditória, "desordenada"; e então o delírio classificador vai culminar naquele trocadilho vibrantíssimo, não sei a que tempestades de tragédia herética nos atirando, que é a identificação da amada como Cristo:

"Eros!
Eros Christus!
Eros Christina!
Kyrie!
Kyrie eleison!"

E o poeta passa a nomear a amada, a sua Christina. Aliás, esta identificação do ideal religioso com o profano já se apresentara quase fatal, desde o final de "Ecclesia", que é também um jogo de palavras, por associação de imagens.

O próprio poeta sente que o seu misticismo devastador (religião é coisa construtiva, social) não é a religião dos padres, embora ele não esteja longe de ser um apologista. Dessa inquietação ("inquietação" é pouco pra lírico tão veemente), desse desespero vêm as características essenciais da religiosidade deste livro: a sexualidade com que o poeta se atira sobre a religião, a Igreja, a Divindade com um verdadeiro instinto de posse física, a predominante colaboração do pecado; a abjeção de si mesmo. "Eu me aponto com o dedo à execração de todos — E à minha própria execração." Gritos destes são freqüentes (ps. 36, 29, 14, 26); e ainda derivam da mesma abjeção, o magnífico poema do "Meu Duplo" e a não menos admirável condenação da poesia :

"A grandiosidade do mundo cresce em fogo na minha
[cabeça.
Pela força do espírito faço levantar o sol com um aceno.

. . . .

Que adianta isto
Si não tenho nos meus braços a bela e misteriosa Regina?

Eu sinto crescer em mim e na minha vida
A terrível e mórbida poesia que vem da irrealização.
Estou detestando esta grande poesia negativa."

Não cito o final porque, meu Deus! é duma vulgaridade leitosa. Mas como se vê, o poeta se apercebe de que levar ao pânico a poesia, é mórbido, é detestável. Ora, si não tenho os mesmos motivos pra detestar esta "grande poesia negativa", reconheço que ela se conserva mais dentro do lirismo que da verdadeira poesia.

Esta é a observação técnica que o livro impõe. Ele se apresenta cheio de pequenas falhas técnicas, provando despreocupação pelo artesanato. Si o que mais se salienta na religiosidade do poeta é a colaboração do pecado, havemos de convir que ele põe o pecado mais no espírito que na carne. Os elementos da perfeição técnica, os encantos da beleza formal estão muito abandonados. O verso-livre é correto mas monótono, cortado exclusivamente pelas pausas das frases e das idéias. A linguagem é oralmente correntia, vazada em geral dentro do pensamento lógico: o poeta abandonou aquele seu saboroso jeito de dizer, tão carioca, do primeiro livro. O ritmo é bastante pobre, principalmente porque, pela altura do diapasão em que está, o poeta lhe deu um movimento muito uniforme, sempre rápido. Quem ler ou disser lentamente qualquer poesia do livro, lhe destruirá o caráter. Às vezes há mesmo uma velocidade irrespirável. As frases não expiram: acabam. Mas novas frases lhes sucedem, montando umas nas outras, galopada tumultuária envolta numa polvadeira de gritos, imprecações, apóstrofes. E o movimento toma a contextura de um pranto convulsivo. Tudo isso é belo, vigorosíssimo, mas não há descansos, não há pousos, isto é, não há combinação. É uma criação espontânea, derivada de uma fatalidade psicológica, e não de uma intenção artística. As pequenas falhas de habilidade rítmica são freqüentes, como aquela preposição "de" ("preciso de voltar") que torna capenga um verso de "O Exilado". De muita importância é a desatenção rítmica com que Murilo Mendes termina às vezes os seus poemas. Observe-se este final:

"Por que atiras um pano negro na estrela da manhã,
Por que opões diante do meu espírito
A temporária Berenice à mulher eterna?
Ó meu duplo — ó meu irmão — ó Caim — eu preciso te
[matar!"

Positivamente, no movimento em que o poeta vinha, este último verso não tem ritmo artístico nenhum, pura objurgatória em família, briga entre irmãos. O admirável "Patmos" termina :

> "O Princípio vem sobre as nuvens em fogo
> E clama para mim e para todo o universo;
> Tudo será perdoado aos que amaram muito!"

Ora, eu garanto que o Princípio, da mesma forma que todas as forças místicas, tem o costume de falar em cadência e com muito ritmo, pra que suas frases fiquem bem impressas na memória humana. O Princípio repudiaria essa frase. (Cf. mais: ps. 100, 68, 96, 17, 78, 75.)

Na sua procura da poesia essencial, Murilo Mendes se descuidou bastante do problema estético. "A Poesia em Pânico" é um livro mais de lirismo que de arte. O poeta não foge às mais rudes banalidades, que chocam no meio de uma invenção lírica no geral rara e bem achada. É possível que o poeta trabalhe os seus poemas, porém será sempre em função do maior realismo da idéia, da maior eficiência do sentimento vivido, não será por certo em função da obra-de-arte. Enfim: sempre essa inflação do artista e esse esquecimento da obra-de-arte que vem sendo o maior engano estético desde o Romantismo até os nossos dias. Com um bocado mais de intenção artística, uma porção de rugas desapareceriam, versos inúteis, reuniões fáceis de palavras por contraste (igreja e bordel, três vêzes aparecem enumerados juntos), banalidades ineficazes, terminologias transitórias, "o poeta é o fã da sua musa", que o essencialismo em que se vai deve julgar inaceitáveis. Mas cabe sempre perguntar: Até que ponto o varrimento de tudo isso prejudicaria a grandeza mesma deste poema? Em verdade todo este cisco concorda com a higiene sentimental do livro e concorre pra lhe dar o seu caráter. Murilo Mendes volta estranhamente ao rapsodismo das rezas inventadas na hora, das declarações improvisadas, dos apelos e das apóstrofes irrompidas. Daí um vigor virulento, um tom de sinceridade, ou melhor, de espontaneidade, de uma percussão, de uma exatidão magníficas. Mas me parece um grande exemplo que não deve ser seguido. Porque poesia não é essencial apenas pelo assunto. Porque poesia não é apenas lirismo. Porque a poesia não pode ficar nisso.

Tenho de salientar a importância decisória que assumiu, na religião do poeta, a colaboração do pecado. "Eu digo ao pecado: Tu és meu pai." Noutra poesia, o lírico nos afirma que somos mais unidos pelo pecado que pela graça, para na "Danação" verificar :

> "A fulguração que me cerca vem de Satã.
> Maldito das leis inocentes do mundo
> Não reconheço a paternidade divina."

Creio que poucos terão assim posto em evidência, a parte integrante do pecado dentro do Catolicismo. Baseando a vida humana no pecado, dando corpo de doutrina ao pecado original, tão freqüente, como princípio escuso, em outras religiões mais primárias, o Catolicismo aceita o pecado como constância da religião e uma das suas bases terrestres. O pecado é mesmo uma das maiores forças da religião, porque, para os católicos, ele é uma espécie de morrer. É mesmo a própria imagem da morte, pois que ambos não passam de uma transição. Não sei quantas amarguras juntadas levaram Murilo Mendes à formidável estância "Viver Morrendo", mas creio que aí se contém toda a selvagem angústia de quem fez da convivência do pecado, isto é, da separação do convívio da Igreja, o próprio alimento deste convívio. A religião de Murilo Mendes se converteu, assim, quase apenas numa saudade da religião. E foi por isto que o xinguei de apologista...

Em todo caso há uma verdade incontestável: Murilo Mendes conseguiu provar com expressão dura, infalível, mesmo genial, que entrando para o Catolicismo, não se entregara ao recurso de uma paz, porém, se dera conscientemente à grandeza de mais uma luta. Esta verdade, Lúcio Cardoso soube salientar muito bem na sua crítica percuciente ao livro. A conquista de uma religião, bem como, aliás, de qualquer verdade definidora do ser dentro de uma categoria social, tais conquistas não nos dão o sono, antes nos proporcionam o encontro do arcanjo com que iremos brigar a inteira noite.

Ora, fixado em seu conceito de poesia pela religião, eis que Murilo Mendes nos aparece agora fecundado pelo amor. Um amor insolúvel, ao que dizem os versos, mais uma outra luta que, unida à religiosa, torna "A Poesia em Pânico" tão excepcional, e a elevou a alturas tão excepcionais. Oh, como sabe amar essa gente mineira! Depois da pastoral de Marília (em que o vate, aliás, não era exatamente mineiro...) vem agora a epopéia de uma outra mulher, "qu´il faut bénir et taire":

"Fui envolvido na tempestade do amor.
Tive que amar até antes do meu nascimento.
Amor! Amor! palavra que cria e que consome os seres.
Fogo, fogo do inferno! Milhor que o céu!"

———

"Em toda a parte vejo está mulher, até nas nuvens.
O céu é um grande corpo azul e branco de mulher.
Esta mulher não me vê e o céu não me ouve,
Quem recolherá meu clamor, quem justificará minha
[existência?"

Talvez não seja ainda oportuno estudar este amor e lhe fazer a exegese, mas não hesito em confessar que poucas vezes a nossa poesia atingiu tais acentos de paixão e de angústia.

Uma dor perdulária levada impiedosamente ao extremo limite da autopunição; um desregramento congestionado que descrê da sua própria fé, maltrata seus próprios ideais, ignora o escândalo; uma paixão enceguecida, marcada por uma sinceridade silvestre, emperrada no espontâneo, que desiste de seus prazeres na grandiosa volúpia de sofrer; um grito, um grito imenso, um choro, um chôro violento, uma audácia temerária feita entre medos e covardias; um desespero sexual que vê pra castigar a amada e constantemente a doura de encantos vulgares e infiéis: era natural que tantos desequilíbrios assim juntados pusessem a arte em fuga e a poesia em pânico. Mas juntados que foram por um espírito absolutamente invulgar, criaram um dos momentos mais belos da poesia contemporânea e, por certo, o seu mais doloroso canto de amor.

PINTOR CONTISTA

(21-V-939)

Outro dia, num artigo, como faço freqüentemente, joguei algumas idéias meio extravagantes no papel, idéias de que não tenho muita certeza não, só pra ver as reações que despertavam e o destino que teriam na sua luta pela vida. Falava sobre a natureza do desenho e insisti sobre o seu caráter antiplástico. Com efeito, me parece que o desenho, por se utilizar do traço, coisa que já Da Vinci reconhecia não existir no fenômeno visual; por ser uma composição aberta e não fechada, como são pintura, escultura e arquitetura, isto é, não exigir aquelas correlações absolutamente primordiais de volumes, luzes, cores, ritmos, etc.; e finalmente por ter a sua validade imediatamente condicionada ao assunto, exigência que não se dá com as outras artes plásticas: o desenho é na realidade mais uma caligrafia, mais um processo hieroglífico de expressar idéias e imagens, se ligando por isso muito estreitamente às artes da palavra, poesia e prosa.

Ora, acaba enfim de sair o volume de contos "Maria Perigosa", com que Luís Jardim venceu o prêmio Humberto de Campos. Luís Jardim é pintor. Mais desenhista que pintor, aliás, pois que a própria aquarela, de que se utiliza freqüente, segundo vários estetas, é mais um processo de desenhar que de pintar. Aliás é no branco e preto, a meu ver, que Luís Jardim tem colhido os seus milhores louros de artista plástico. Pois ao ler estes contos de "Maria Perigosa", fui me dando ao prazer de buscar o pintor no literato novo, e posso lhes garantir que não encontrei. Julgo mesmo impossível, a quem ignore a carreira que vem realizando este artista, descobrir no contista de agora um antigo manejador de pincéis. Observemos está descrição de corpo:

"Era a visita da beleza, visita a rosto feio que já foi bonito! Os olhos agateados se alargaram, tomaram uma expressão nova de vida. E a luz do sol se refletia neles, acendendo o que estava apagado havia muito tempo. Comparando mal, ficaram duas estrelas. E a boca então se ajeitou naquele antigo dengue, aquele dengue que amolecera tanta natureza de homem. O corpo aprumou-se, os seios imparam, como se tivessem tomado um fôlego renovador. Subiu-lhe à face um sangue novo, escondendo todo o sujo do rosto maltratado. E teria ela conseguido, naquele milagre estranho, cheirar tão bem como as flores dos campos? Teria vindo de Perigosa aquele cheiro bom de fruta madura? Não sei. Havia por perto muito mato cheiroso, muita flor aberta."

Ora, é notável neste trecho colhido ao acaso, a ausência de descritividade plástica. A descrição é adorável, bastante impressiva, e de uma riqueza múltipla, como no geral toda a parte descritiva deste livro. Mas as imagens visuais são divagantes, raro alcançando a objetividade firmemente plástica. O caso dos olhos é bem típico do que afirmo: o escritor imagina (mais imagina que observa) a luz do sol diretamente refletida neles, coisa que não si dá porque a gente não agüenta a luz do sol direta. E si assim imagina é pra usar, no caso como muito a propósito, o lugar-comum dos olhos-estrelas, muito lírico, mas verdadeiro absurdo plástico. E assim vai o descrevedor, como que propositalmente fugindo aos valores plásticos, dando explicação fisiológica ao impar dos seios, dizendo da boca que tomara "um dengue" que não descreve, explicando pela sua própria sensação o esquecimento da sujidade que cobria a cara de Perigosa. O rosto dela era moreno. Plasticamente, imagino que a sujeira se disfarçava aí muito mais do que junto à cor quente do rubor. E a descrição termina com uma preocupação de ordem olfativa.

Mas agora, pra não trair, escolho de propósito uma aliás admirável descrição, de imagens necessariamente visuais: "O cavalo vencia o caminho, subindo, descendo lombadas, passando do barro à areia, quebrando curvas. Iam pelo corte de barro vermelho. Estavam perto da mata. A mata escura chamada, a célebre e misteriosa mata do Brejão. Logo de início, mal se entrava nela, era fechada, intrincada. Era um túnel de folhas, de cipós, de paus grossos, finos, por onde dificilmente penetrava um raio de luz. Mas as clareiras se abriam aqui e acolá, como bocas escancaradas por onde a mata parecia tomar fôlego. Formavam bonitos contrastes. Os descampados arredondavam-se nos aceiros, os matos iam subindo gradativamente, desde a grama até aos paus-d´arco, e por sobre esse declive escuro de formas várias, caprichosas, a luz da lua punha reflexos de enganar a vista dos menos experientes. Quem não diria, por e xemplo, que aquela árvore esguia destacada em tufos negros de folhas, balançando-se com tanta elegância, era um perfeito perfil de mulher, adornada de rendas luminosas? Era uma mulher direitinho! o cabelo, os ombros, o arqueado dos seios, e seios que arfavam, e por baixo a cauda comprida do vestido cor da noite. No entanto era tudo invenção da noite."

Não se pense nem de longe que estou censurando um poder descritivo que, ao contrário, acho de riqueza e força. Mas, além da pouca plasticidade desta página linda, apesar do valor itinerante, sem composição, dos motivos escolhidos, nenhum artista plástico, tendo fixado a imagem do "perfil" feminino, se esqueceria tão rapidamente dele em seguida, pra cuidar que a árvore era um corpo todo, "por baixo a cauda comprida do vestido cor da noite".

É que quase todos os valores visuais, postos nessa página, são de ordem psicológica. Talvez mesmo Luís Jardim tenha os seus complexos, assunto que não estudei nas leituras que fiz do livro. Noto agora que nestas duas descrições colhidas em contos diferentes, vem a mesma explicação fisiológica do fôlego, e mais uns seios que arfam. E de uma das vezes o fôlego aparece como desnecessário apêndice de metáfora, a bocarra das clareiras do mato. Si alguma coisa é possível decidir destas observações, suponho que, nas artes plásticas, Luís Jardim será sempre muito mais desenhista que pintor. Esse seu livro não demonstra instintividades de artista plástico. Em compensação, bem desenhisticamente, Luís Jardim é um ótimo contador.

"Maria Perigosa", a meu ver, coloca desde logo o artista no primeiro time dos nossos contadores. Luís Jardim principia por ter essa felicidade de ser nordestino, felicidade de que sabe se aproveitar habilissimamente. Seguindo naquela trilha em que Lins do Rêgo se tornou mestre, Luís Jardim se aproveita daquele contacto mais íntimo que existe, lá nas suas bandas, entre casa grande e senzala, pra um estilo de dizer que é de extraordinário e delicioso sabor. Sumarento sabor. Também escritores de outras regiões procuram às vezes revelar a língua das nossas massas populares regionais, e as revelam admiravelmente. Valdomiro Silveira, por exemplo, cujos livros são verdadeiramente clássicos, como expressão do dizer caipira. Porém há que distinguir profundamente entre a lição deste e seus pares e a feição literária de Lins do Rêgo e agora de Luís Jardim, além de alguns outros nordestinos. E, creio que está distinção provém, pelo menos em grande parte, de formas sociais de vida bastante diferentes. Nós também, sulistas da casa grande, vivemos em contacto com caipiras e meninotes da senzala. Mas os pais e avós da casa grande não permitiram jamais que desse contacto nascesse qualquer forma, qualquer espécie de igualdade. Si, já por si mesmo, esse contacto era menos freqüente na meninice, os moços, já pela própria mocidade, dotados de maior liberdade de ação, quando buscavam a senzala ou a colônia, o faziam sempre com um sentimento antigo de concessão. Concediam esse convívio, em vez de o tomarem como fato natural.

Esta diferença se caracteriza muito em nossos estilistas contemporâneos, mais objetivos, e mais livres dos preconceitos de linguagem castiça, à lusitana. Valdomiro Silveira, Amadeu Amaral e tantos outros, concedem dar passeios mais freqüentes à colônia, na intenção erudita de pegar do vivo as originalidades do dizer. Assim, os contos deles são sempre, de alguma forma, um processo comparativo. Ao passo que Luís Jardim, no seu inconfundível modo de dizer, faz suas, faz esquecidamente suas, a psicologia verbal e as formas expressionais do povo. E será este, porventura, o maior valor do seu livro. Uma espontaneidade popularesca, um vigor, um ineditismo de expressão, em que as imagens, as comparações, as metáforas, saltam, vibram, ora novas, ora conhecidas, mas com aquela necessidade mesma, aquela aparente ausência de literatura, própria da boca do povo. E como isso vem ordenado, regulado por uma discreta vontade artística: isso é arte, é forma indiscutivelmente literária e culta. E de excelente qualidade.

Quanto ao assunto dos contos, embora se prendam todos eles a costumes nordestinos e sejam nitidamente de inspiração nordestina, predomina em todos a criação psicológica de tipos. Tipos particulares, "casos" psicológicos, perfeitamente próprios da natureza do conto, e não, desculpem, "normotipos". Conceição, que é ainda um exemplo de como continua de alguma forma o íntimo entrelaçamento nordestino entre casa grande e senzala, Maria Perigosa, Manuel Querino, Manuel Três Braças, estão otimamente estudados e valorizados em suas fatalidades individualistas. João Piolho então é uma verdadeira obra-prima tragicômica, em celebração do sentimento da amizade. Assunto difícil de tratar sem cair no ridículo, mas que Luís Jardim, talvez pelo seu convívio com os livros ingleses, soube conduzir com uma delicadeza saxônica e uma ironia condescendentemente comovida, uma delícia. Outro conto que me agradou enormemente, "Os Cegos", se valoriza em principal pelo tom de angústia, de suspensão diante de uma tragédia iminente, em que o artista sabe deixar o leitor durante a narrativa. Habilidade de grande artista já. Creio que Luís Jardim vem completar muito bem essa rica literatura de ficção nordestina, que si nos apresenta tão ótimos e numerosos romancistas, se ressente da falta de contistas marcantes.

TRÊS FACES DO EU

(8-V-939)

Três poetas, de que talvez não se tenha falado suficientemente, apareceram estes últimos tempos, procurando com insistência apaixonada encontrar o sentido do amor. Evidentemente a pesquisa não é nova. Mas é eterna, o que permite de vez em quando ainda aparecerem livros de amor tão originais e admiráveis como " A Poesia em Pânico".

Os três poetas de que vou falar, se definiram de maneira tão distinta, que me pareceu curioso reuni-los numa crônica. São eles Fernando Mendes de Almeida ("Carrussel Fantasma"), Oneida Alvarenga ("A Menina Boba") e Rossine Camargo Guarnieri ("Porto Inseguro"). Nem serão livros propriamente, nenhum deles pertence àquela classe dos volumes que "param em pé", tão do gosto de Alberto de Oliveira: mas, embora todos menores de cem páginas, como beleza e força da contribuição, garantem a vitalidade da nossa poesia contemporânea.

O mais original e, decerto por isso, menos compreendido do terno, é Fernando Mendes de Almeida. Os seus versos só obtiveram elogios reticenciosos, o que não foi de todo desarrazoado. O poeta assusta um bocado a gente. Enquanto escrevia o seu "Carrussel Fantasma", Fernando Mendes de Almeida estava visivelmente, pelo que os seus poemas dizem, em pleno período de aprendizado do amor, e o seu verbo amar ainda é completamente intransitivo.

"Tu não és outra,
Senão a mesma:
Clotilde,
Mudada em Luísa,
Em suma :
Tu és Margarida!"

Mas o que caracteriza esse aprendizado é a personalidade do poeta. Ele se atira sôfrego ao amor, com uma sexualidade atropelada, bastante física, que o deslumbra e perturba ao mesmo tempo. É perceptível a insatisfação do poeta diante desse estado de coisas, que apenas se entremostra e que ele procura ocultar, voltando-se para o seu eu profundo. Livro de perquirição. Mas de revolta também, porque o poeta positivamente não está satisfeito consigo. Era natural que nos viesse com isso um livro de grande irregularidade, como arte.

Não são belezas que faltam ao "Carrussel Fantasma", mas a Beleza. O poeta como que se despreocupa da arte, se colocando intransigentemente sob o signo da psicologia. É a sua psicologia profunda, as clarinadas longínquas do inconsciente, os conselhos do subconsciente que busca trazer ao limiar das claridades intelectuais; é o movimento lírico, o "lirismo" (no sentido técnico da palavra) em sua virgindade inicial que o poeta nos oferece, apenas agenciado, em geral, por meio de certos processos primários de versificar em nossa língua, a redondilha, a quadra, o dístico. Mas, com razão, desdenha a rima, em cuja procura poderia prejudicar a rapidez da inspiração. Não usa sinão raro o verso-livre, mas, um como que sadismo rítmico, o leva sistematicamente a quebrar as fórmulas métricas e estróficas que está usando. Chega a infantilidades de revolta, como nesta disposição de redondilhas, da admirável "Nênia dos Penates" :

> "De menino eu não era
> Aquele caso perdido que agora
> O tempo afirmou?
> Era, mano Joaquim!

Mas não é apenas a técnica que o poeta maltrata assim. Reage contra tudo. Si lhe nasce uma suavidade amorosa, logo retruca com uma aspereza mais física, ou com uma nota braba de humorismo. O processo de concatenar imagens e idéias por contraste derivará talvez muito mais desse estado de revolta, ou milhor, de fúria, em que o poeta está, do que propriamente de uma associação passivamente lírica e subconsciente:

"Olhai a cidade dos pregões!
Rita! Nau! Vitória! Esconderijo!

O amor é um grande pão vermelho
E almocei uma grinalda multicor!
Sinto um dedo entrar-me pela boca
Em precipício alígero do corpo!
Oh, agonias de fatais recursos!

Mas, como este último verso, são freqüentes em Fernando Mendes de Almeida versos coruscantes, de grande beleza poética: "Nem Proserpina em vão procurarei"; "O encantamento de querer ser concha"; "Pálidos remendos, sósias espectrais"; "O meu mundo eras tu, porque pucela!", etc. E cheios de versos como estes, acrescentado ainda o interesse invulgar do que revelam, poemas como o que dá nome ao livro, o "Rito da Dona Ingrata", o "Rondó da Morena" e o "Trailler n.º 5", são ainda admiráveis, das mais interessantes exposições do mecanismo lírico, em nossa poesia atual.

Si o pronome de que Fernando Mendes de Almeida tem maior conhecimento é o "eu", Oneida Alvarenga prefere mais amorosamente o "nós". Livro surpreendente o seu, de que falarei rápido, nesta crônica, porque pretendo analisá-lo mais longamente com o tempo. Ardente, aspirando ao amor, esta "Menina Boba", desejosa de agradar ao príncipe que a despertaria, se colocou, intransigentemente, sob o signo da arte. Este seu livro será talvez o mais característico documento da poesia artista em nossa poética recente. Nada é deixado ao acaso da primeira inspiração. A concisão voluntária, a cor dos sons, o equilíbrio dos ritmos, a volúpia das cadências, a expressão adequada à idéia, a pureza das imagens, a raridade sem petulância ofensiva.

"O vento levanta de leve a cortina.
Entram vozes de crianças brincando,
Entra a noite, um pedaço de céu.
... A tua lembrança é como a harmonia leve
Dos gestos brancos da cortina... "

E assim vai este livro admirável, buscando nas relações do par, aquela verdade de amor, que a poetisa, depois de uma indisciplina inicial, não quer mais encontrar em si mesma:

És como um sossego de fim de tarde
É por isso que junto de ti eu sou tão boa.
Tenho a leveza de um sino que cantasse no ar.

És como um sossego de fim de tarde
E eu me acolho na paz que vem de ti."

Poucas vezes a nossa poesia terá explorado assim está evanescência verbal, está diafaneidade delicadíssima de vozes, e conseguido tal segurança rítmica de versificação livre. Poder-se-á mesmo ainda chamar de verso-livre a está vontade técnica? Se observem a lentidão sossegada do primeiro verso, lentidão sublinhada pela obrigatoriedade de acentuar monotonamente de duas em duas sílabas a segunda metade do verso. Em seguida, uma frase prosaica, de simples verificação, é dada sem ritmo propriamente, como prosa, evitando as repetições de números acentuados de sílabas. O terceiro verso dança como a idéia que traduz, mais rápido, mais leve, mais líquido pela corridinha a que obriga, em busca do apoio intelectual e rítmico na palavra "sino". Volta em seguida a lentidão sossegada do primeiro verso, que o verso final acentua, perfeito decassílabo, insistindo nos apoios binários do anterior. Está conjugação íntima da técnica de versejar com a idéia a expressar, faz do livro de Oneida Alvarenga um verdadeiro vademecum de arte, digno de ser mais estudado pelos nossos poetas moços.

Quanto a Rossine Camargo Guarnieri, que recebeu aplauso quase unânime, abre logo o seu "Porto Inseguro" com um "Canto Novo", que pode não ser muito novo, mas é admirável e parece definir o poeta :

"Meu coração atravessa os oceanos,
Passa por cima dos mares,
Das montanhas e dos rios

E vai em todas as terras
Levar minha mensagem sem fronteiras,
Meu canto novo de irmão!
(. . . . .)

E o meu canto novo não se perderá como coisa inútil
Porque ele se destina ao coração seco dos homens,
Como chuva amiga,
Como chuva irmã..."

E Rossine Camargo Guarnieri vai encontrar a definição do seu amor na inteira humanidade, se colocando apaixonadamente sob o signo do social. E o seu canto vem todo ele dito num dizer tão liso, tão sonoroso, tão espontâneo e suavemente harmonioso; as palavras se ajuntam sem choques violentos, tão encadeadas, tão naturalmente unidas, que, sob o ponto de vista lingüístico, é incontestável que este poeta surge dotado de um "estilo" excepcional pela harmonia e suavidade. Um Frei Luís de Sousa do nosso tempo...

Já como poética, convertido popularescamente aos interesses sociais, inflamado por ardente proselitismo, buscando unanimidades humanas, o poeta é bem menos feliz. Ou por outra, a sua poética se define essencialmente pelas exigências mais fáceis das coletividades, e não raro se eiva dos vícios técnicos da demagogia. Observe-se esta pequena obra-prima:

"Amigos, salvemos a Vida
Que a Vida vai perecer!
Os homens já não entendem
As falas que vêm da Terra,
Os homens já não compreendem
As vozes que vêm do Mar...
A Vida diz: "É preciso!"
Os homens dizem: "Não é!"
E a Vida luta, se cansa,
Se arrebenta a forcejar,
E os homens, amigos, não deixam,
Não deixam a Vida passar...

Amigos, salvemos a Vida
Que a Vida vai perecer!"

Excesso de interjeições, excesso de invocações, apelo aos amigos, aos companheiros, aos irmãos, ar profético; as repetições de tudo, de versos, de imagens, de ritmos, de idéias... Freqüentemente, de apenas duas idéias associadas por contigüidade ou contraste, o poeta, repetindo de vário modo essa conjugação, constrói poemas inteiros. Si em "Quando, Irmãos?", em "Porto Inseguro"; no esplêndido "Pogrom", de grande força de síntese; no "Como posso cantar?", Rossine Camargo Guarnieri nos oferece já neste seu primeiro livro verdadeiras obras-primas: é certo, que ele terá muito que refletir sobre os caminhos técnicos que aceitou passivamente para construir a sua poesia. Terá muito que trabalhar a sua técnica e enriquecê-la pra não soçobrar na facilidade e no banal. Porque, passados certos interesses de momento histórico, que nos fazem aceitar agora com calor a poesia deste moço, si ela não se garantir de uma arte mais rica e de um pensamento mais profundo, nada a sustentará. E foi por estas coisas que eu disse do "Canto Novo" à fraternidade universal, que apenas "parecia" definir o poeta. Na realidade não o define totalmente, sinão na sua aspiração. O teor do livro falseia o belo ideal, e, em vez do pronome "nós" fraternal, o pronome que falsificadoramente entra em jogo, nos sentimentos do poeta, é o "eles". Não é tanto a fraternidade que valoriza as dores e o não-conformismo do poeta, mas, sub-repticiamente, um sentimento burguês de comiseração, de piedade... quase vicentina. Neste sentido é que muita literatura social de hoje em dia me irrita. Não a determina uma verdadeira e dura fraternidade, tal como a que vibra nos milhores versos de um atual Aragon, do Maiakowski da boa fase, ou de Whitman, mas os vícios de uma desigualdade tradicional, glutonamente chorosa e esmoler. "Porto Inseguro" é um belo livro, mas seu autor tem que tomar muito cuidado.

UMA SUAVE RUDEZA

(4-VI-939)

O que há de mais desagradável quando se escreve sobre uma literatura que não é a da gente, é a predisposição para os erros de julgamento coletivo. Isto me parece inevitável, mesmo aos mais informados, porque eu sou dos que defendem a tese de que é humanamente impossível se penetrar o sentido total do que não nos pertence, penetrar uma arte estrangeira em si mesma e isolada, com aquela "usualidade" com que compreendemos o que é nosso. Porque literatura, uma arte, uma escola, não é apenas uma procissão de indivíduos desconexos entre si e desrelacionados da coisa nacional em que vivem. Além de uma verdade individual ou universal, que eu poderei compreender e usar completamente, outras verdades existem no artista, verdades de ordem social, nacional, regional e até de grupo, que jamais poderei ressentir, tornar usual pra minha entidade psíquica, de forma a compreender esse artista com exatidão. O caso de Fernando Pessoa, para esta crônica portuguesa, me parece característico do que afirmo. Os poucos brasileiros meus amigos, mais ou menos versados nessa notável inteligência portuguesa, se assombram um bocado com a genial idade que lhe atribuem certos grupos intelectuais de Portugal. Ora, nem portugueses nem brasileiros estaremos provavelmente errados nisto. É que Fernando Pessoa representa, em certos grupos portugueses, uma concretização de ideais múltiplos que nos escapa. E desconfio que à infinita maioria dos portugueses o nosso Machado de Assis estará na mesma posição.

E por todas estas delicadas circunstâncias, ao ajuizarmos de uma literatura estranha, surgem freqüentes os erros de julgamento, as confusões de valores, supervalorização de temas e indivíduos, recordações indiscretas, saudades extemporâneas; e muitas vezes toda a nossa boa vontade, o nosso amor por uma literatura estrangeira causa aos seus co-nacionais, que assim se vêem dilacerados em sua integridade e corrompidos em sua significação vital, no mínimo um mal-estar intestino bem bêbado. Não tem dúvida nenhuma que nós todos praticamos erros de julgamento, às vezes volumosíssimos, tratando da nossa coisa nacional. Mas a distinção é profunda porque, neste último caso, nós exercemos um direito de vida daquela própria entidade que somos, ao passo que no julgar da coisa estranha nós exercemos primordialmente aquela delícia bem sutil de desviver, que também está na mais íntima função da arte. De modo que o erro de julgamento, quando nacional, é usualidade, é pragmatismo, é verdade, ao passo que em referência a estranhos é um erro, e nada mais.

E se os erros intestinos de julgar sucedem aos mais bem informados, o que não acontecerá com os que o são pouco! E poderei bancar de informado a respeito da inteligência contemporânea de Portugal?.. É certo que leio várias revistas e bom número de livros portugueses de têmpera escolhida, mas já por si esta escolha é a primeira porta do êrro... Agora mesmo tenho sobre a secretária, ajuntados e lidos para a crítica de hoje, alguns livros e revistas portugueses, que me foram enviados pra este fim. Talvez nem convenha nomeálos todos, porque a simples indicação de alguns irá causar o tal de mal-estar nos meus admirados amigos de Portugal. E isto eu não quero porque os estimo com a mais quente e desambiciosa das amizades.

No n. 54 da ótima revista "Presença", vem um artigo de Casais Monteiro, em que este poeta notável meio que se queixa dos brasileiros não entendermos suficientemente os atuais escritores portugueses, ao passo que estes fazem um real esforço pra conhecer e estimar a produção nova do Brasil. Ora, as razões dadas por Casais Monteiro, razões de ordem editorial, me parecem precárias. Ou milhor, muito insuficientes. E também não haverá um erro de julgamento em Casais Monteiro atacar com importância um certo órgão de intercâmbio luso-brasileiro que se publica entre nós, esquecido totalmente do que vem fazendo a "Revista do Brasil"? É um esquecimento que me soa como verdadeira injustiça. No último número desta revista quase que havia mais escritores portugueses que brasileiros, e nomes que são justamente José Régio, João Gaspar Simões, Casais Monteiro, pra só citar figuras das mais importantes do grupo de "Presença".

Mas, dado que haja maior interesse da parte dos portugueses pela nossa literatura, que de nós pra com eles, várias razões muito mais importantes que o problema editorial e mais profundas, justificariam semelhante suposição. É coisa incontestável que a literatura brasileira atual se afasta violentamente do dizer português. Não vou já discutir o problema da língua "brasileira", que, a meu ver, não existe, embora seja da maior verdade falarmos, de preferência, em "língua nacional". Não deixa por isso de ser menos verdade que muitos de nós erramos em português. Sei bem que para a lúcida inteligência de Casais Monteiro e às do seu grupo, este é problema que não interessa e fenômeno que compreendem. Mas o mesmo não se dá com a maioria dos portugueses para os quais somos sempre uns iconoclastas. E mesmo uma das maiores culturas lingüísticas de Portugal vem se demonstrando a respeito desse problema duma incompreensão larvar. No entanto, é inteligente!

Daí dois problemas delicados. É preciso que os portugueses, apesar de suas prioridades de mais velhos e mais gloriosos, tomem a iniciativa das aproximações. Além de absurdamente incompreendidos durante séculos e nos mantermos marcados por essa incompreensão, posso dizer mesmo, esse desprezo tradicional, a isso se acrescenta agora o problema da delicadeza. Como poderão inicialmente muitos escritores brasileiros enviar seus livros aos confrades portugueses, si sabem que estão a lhes maltratar voluntariamente o patrimônio lingüístico? Buscar ser agradável sabendo desagradar será menos gentileza que má criação. E como resultante deste recato, um tal ou qual desistimento de saber o que vai por lá. Mas poderá Casais Monteiro me afiançar que, quando ele e seus amigos de "Presença" tomaram a iniciativa de se aproximar dos brasileiros, não foram correspondidos com intensidade de alma?

Mais intensidade de alma que de compreensão, talvez... E surge o novo problema delicado. A diferença de posição social entre o artista brasileiro e o português, nem é diferença, é abismo. Portugal pode muito bem ser que atravesse um período de afirmação nacional, e talvez seja resultante disso, um certo esquecimento dos novos portugueses por mestre Aquilino Ribeiro. A nós, brasileiros, isso parece injustiça. Raro o nome do grande romancista comparece na boca dos novos, e quando surge é com um certo respeito desatento. Mas pensando bem, talvez este erro de julgamento seja "necessário" aos novos portugueses. A mim me parece que Aquilino Ribeiro representa uma significação concêntrica da terra portuguesa, e até do "terroir", enfim, um nacionalismo por encurtamento do sentido português, que deverá ser ofensivo aos novos, em cuja afirmação portuguesa predomina o valor excêntrico do mar — essa aura nova de universalidade tradicional, que será, talvez o elemento mais característco da nova literatura lusitana. Não escrevi à toa a palavra "lusitana". Não estará na psicologia, até política, deste Portugal novecentista, a aspiração de ser mais "luso" que propriamente "português"?... Quero dizer, sem a menor censura: se dar um destino racial expansionista, escolhido dentro da lição histórica?...

Pois bem: há no escritor brasileiro, não o desejo de afirmação nacional, somos até desleixados nisso, mas em compensação nos apaixona, nos envaidece, nos conforta a nossa puberdade. Há no escritor brasileiro a paixão da sua puberdade. É incontestável que a nossa literatura está entre as mais ricas da América, e que a nossa música não sofre comparação deste lado do Atlântico. Suponhamos que o artista brasileiro esteja um pouco... delirante, não haverá possibilidade dos portuguêses nos perdoarem por algum tempo este delírio? Inda mais: poderão os portugueses compreender que si a nossa literatura não lhes faz mal nenhum, a deles pode nos ser, no caminho da nossa puberdade, um perigoso descaminho? O escritor português é secularmente português em sua literatura. Leio, por exemplo, este encantador "Carnaval Literário" de Teixeira Gomes, que tradição! O sentimento imediato é de um Bernardes leigo, e de toda uma literatura fradesca que tinha suficiente descanso de espírito pra criar todo um museu de estilos pessoais, igualmente admiráveis. Essa mesma literatura que, já no século XIX, nos deu, não apenas um, mas vários estilos à procura de assunto.

Quererá aceitar Casais Monteiro esse drama dos escritores do Brasil? Um escritor português tem um grande passado que não só lhe determina a força expressional como lhe evita se contagiar com as más companhias. Um erro gramatical, um estilo brasileiro não é, para um escritor português, convite ao erro. Mas pra nós os portugueses não representam apenas uma atualidade misteriosa e estrangeira que podemos contemplar sem perigo. Os portugueses são pra nós todo um passado, um passado próximo e por isso mesmo perigosíssimo, um eterno e sedutor convite a "acertar em Portugal e errar no Brasil" como no epigrama. Me permita o meu admirado poeta e tão bom amigo Casais Monteiro afirmar está verdade, hedonisticamente repulsiva, mas pragmaticamente indispensável: qualquer enlevo mais assíduo que sintam agora os escritores brasileiros pelos seus camaradas de além-mar, será dissolvente da nossa realidade, ao passo que nós não podemos representar pra Portugal nenhum veneno. E por está opinião não posso compreender por que José Régio perdeu tanto tempo, pelo último número de abrir dessa outra valiosa revista que é "Seara Nova", em discutir e condenar uma "possível influência do romance brasileiro na literatura portuguesa". É certo que o notável escritor reconhece não ter partido de brasileiro essa pretensão ridícula, mas que José Régio chegue à infelicidade de perguntar si "a moderna literatura brasileira será mais rica do que todas" no que falte à literatura portuguesa contemporânea, me parece pelo menos malvadez. Desejaria José Régio que eu perguntasse aos ventos si é nos sonetos de Antero de Quental que nós, brasileiros, deveríamos buscar as bases da nossa formação filosófica? Há desproporções que não se dizem sem correr o risco de ferir. Ferir inutilmente.

É possível que haja falhas na literatura portuguesa atual, e sempre lhe faltaram figuras fundamentais do pensamento puro. Mas Portugal tem hoje ensaístas esplêndidos, entre os quais lembro logo José Osório de Oliveira, não por nos ser particularmente grato, mas pela macieza do estilo e a verdadeira volúpia com que se deixa pensar. E na poesia, então, Portugal conserva galhardamente aquela força, incomparável na latinidade, com que já produziu alguns dos maiores líricos do mundo. Só Portugal conserva ainda a boa tradição do soneto.

Mas também é certo que jamais aprendeu o segredo de metrificar alexandrinos. Coisa que me veio trazer violentamente à memória a reedição da "Arte de Amar", de Ovídio, traduzida por Castilho António. Ritmos "de zabumba e caixa", como dizia Castelo Branco, duros, sem aquela rica elasticidade do alexandrino brasileiro. Mas por que tantas comparações?...

CECÍLIA E A POESIA

(16-VII-939)

Eu acuso Cecília Meireles de várias culpas contra a poesia. E nem me parece duvidoso que a maior destas culpas seja ter ela se candidatado a um prêmio da Academia. Que estranha volúpia, muito feminina, de perder, a teria levado a essa aventura?... E disso lhe aconteceu a outra culpa não menor de conquistar o prêmio!

Como esclarecer tais incontinências? Antes de mais nada, não se pense que sou exatamente contra a Academia, embora por muitos lados a considere perniciosa e pouco fecunda: mas a respeito de Arte, Poesia, Cultura, como no epigrama de Ronald de Carvalho, a Academia não é boa nem é má, é indiferente. Ora, apesar dessa indiferença, ou quem sabe si por causa dela mesmo, todos nós, extra-acadêmicos, mantemos secretamente uma secreta, não sei si ternura ou esperança por esse hospital da parlapatice, onde se pratica diariamente, "in anima nobile", a experiência do medalhão.

A Academia é um mal necessário, embora, como fenômeno de cultura social, devesse ser um necessário bem. Cecília Meireles talvez coincida comigo nesta pequena ternura pela Academia. E terá querido por isso elevar a coletividade acadêmica (notem que me refiro à coletividade acadêmica, pois que separadamente até existem bons escritores lá dentro), Cecília Meireles terá querido ternamente elevar a coletividade acadêmica, se sacrificando a si mesma em ser premiada pela Academia. E eis-nos diante da madrigalesca lição da maior "sinuca" literária destes últimos meses: a Academia acaba de ser premiada por ter concedido um prêmio à poetisa Cecília Meireles.

Com efeito, este prêmio significa que pelo menos uma vez a coletividade acadêmica conseguiu descobrir fora do seu cultivado jardim, na floresta maldita das estéticas, uma das raras grutas azuis onde a poesia mais profunda mora, mas, ira! o que é poesia? "Ah! não me pergunteis por que padeço!..."

Não saberei dizer o que é poesia, mas desde pouco um dos mais admiráveis poemas de Cecília Meireles me chama os ouvidos. É um poema duro, rijo, em que certas frases muito secas batem com uma firmeza clássica de pedra, entre frases emolientes, cheias dessa sensibilidade sensual, que faz nascer o adjetivo :

"Alta noite o pobre animal aparece no morro em silêncio.
O capim se inclina entre os errantes vagalumes.
Pequenas asas de perfume saem das coisas invisíveis.
No chão branco de lua, ele prega e desprega as patas com
[sombra.
Prega, desprega e pára:
— deve ser água o que brilha em estrelas na terra plácida?
— serão jóias perdidas que a lua apanha em sua mão?

Ah!... não é isso.

E alta noite, pelo morro em silêncio, desce o pobre animal
[sozinho.

Em cima vai ficando o céu. Tão grande! Claro. Liso.
Ao longe, desponta o mar, depois das areias espessas.
As casas fechadas esfriam. Esfriam as folhas das árvores.
As pedras estão como muitos mortos — ao lado um do
[outro, mas estranhos.

E ele pára e vira a cabeça. E mira com seus olhos de homem.
Não é nada disso, porém...

Alta noite, diante do oceano, senta-se o animal em silêncio.
Balançam-se as ondas negras. As cores do farol se alternam.
Não existe horizonte. A água se acaba em tênue espuma.

Não é isso! Não é isso!

Não é a água perdida, a luz andante, a areia exposta...
E o animal se levanta, e ergue a cabeça, e late, e late...
E o eco responde.
Sua orelha estremece. Seu coração se derrama na noite.
Ah! — Para aquele lado apressa o passo, em busca do eco."

Eis o que me soa como definição do mais íntimo sentido de poesia. A nossa grande poetisa busca penetrar os arcanos do simples animal, o "pobre animal", que depois das obrigações fisiológicas, do seu dia, aparece alta noite no morro em silêncio. Quem já observou, por acaso, um pobre animal num destes momentos de gratuidade, sabe como ele é prodigiosamente dramático. Dir-se-ia, com efeito, que ele procura e ao mesmo tempo se desinteressa de procurar alguma coisa a mais, algum sentido pra si mesmo. A sua inquietação é apenas um dos momentos de sensibilidade dessa insuportável vagueza, dessa inexplicável insolução do ser e da vida, apenas terrestremente concebidos. Cecília Meireles, pela sua força lírica de conhecimento, ainda unifica nisso os homens aos irracionais, naquela pincelada firme em que indica que o animal "mira com seus olhos de homem". Não diz "com olhos de homem" o que seria apenas uma comparação, mas "seus" olhos de homem, com excelente felicidade expressiva nos identificando a todos, nessa mesma tristeza de buscar um eco, um sentido, uma identidade maior. Mas por outro lado, com uma escolha inventiva extraordinária, ela caracterizou o trágico da nossa insolubilidade, transpondo uma observação comezinha, sublimando-a numa síntese nova, e iluminando o seu valor de drama, por conservá-lo no mutismo trágico, no mistério dessa alma irracional. Apenas, "Não é isso! Não é isso!". Ficamos sabendo que essa incógnita infeliz não achou o seu sentido, nem encontrou a sua correspondência. E então, tragicamente lhe nasce a reação que é de todos nós, o clamor, e ele late e late. O eco responde. Sensualizado, cheio de esperança e de amor, sua orelha estremece. "Seu coração se derrama na noite. Ah! -Para aquele lado apressa o passo, em busca do eco."

Creio não ser difícil penetrar o esplêndido valor dramático e o que há de terrível definição nesta legítima obra-prima. O pobre animal clama e lhe respondem, quem? Apenas um fenómeno acústico, diriam os raciocinantes, sistemáticos aplicadores das relações de causa a efeito. Mas estamos em poesia: aquele eco, aquele fenômeno acústico... quem criou isso? quem permitiu a existência do eco? quem responde? Será Deus? um mistério, uma insatisfação terrestre... Será apenas a natureza? em que o animal já por todo o poema não achou sua correspondência... Ou será ele mesmo quem se respondeu? pois que a voz é dele, e neste caso, ele só achará a sua correspondência em si mesmo? Mas então nós sabemos que se trata apenas de um eco, e o pobre animal jamais que o achará, nem achará portanto o seu sentido ou o sentido da vida...

Ora, os leitores que ainda me restarem, por certo já perceberam onde os quis conduzir, e onde, em que gruta mora de preferência, pra mim, a verdadeira poesia. Positivamente eu estou divagando cá com as minhas caraminholas e não tenho elementos pra saber até que ponto o que "revivi" neste poema admirável, foi posto aí por Cecília Meireles. Ou quem sabe mesmo se o sentido do poema é totalmente outro? Saint-Saens conta que um dia, tendo lido numa revista um soneto de Mallarmé, se aplicou com todo o carinho em lhe descobrir o sentido. Afinal, custosamente, julgou perceber alguma coisa e na primeira vez que encontrou o poeta, chamou-o de parte e lhe confiou a interpretação, perguntando se estava certa. Mallarmé confessou que não fora aquele o sentido que tivera na criação do soneto, mas considerava milhor que o seu próprio, o sentido que Saint-Saens lhe dera, e o adotava.

Há muito de blague, nesta resposta de Mallarmé, mas a anedota nos reintegra ao sentido mais interior e essencial da poesia — uma arte que, se joga necessariamente com palavras que são o seu material, por outro lado, prescinde daquilo para o que a palavra foi criada: o raciocínio lógico, a concatenação de idéias, a formação de juízos e conseqüente conclusão. Que tudo isto é o domínio da prosa. A poesia é também, pois que o seu material é a palavra (elemento em que se move a inteligência consciente), a poesia é também um processo de conhecimento. Ela, porém, se coloca no pólo oposto a esse outro processo verbal de conhecimento que é a ciência, a qual se utiliza da prosa. E neste sentido, a própria prosa de romance ou conto, é ainda manifestação "científica", isto é, uma coisa que nos deixa cientes, processo lógico, descrevedor, concatenado e conclusivo de conhecimento. Mas não quero me perder. A poesia com a ciência são os dois processos verbais de conhecimento. O que os distingue essencialmente é que a poesia é uma intuição, ao passo que a ciência (ou a prosa, si quiserem) é uma dedução. Como dedução a ciência tem que ser fatalmente lógica, ao passo que como intuição a poesia prescinde da lógica. Galileu, murmurando o "Eppur si muove!" ainda não estava ou já não estava mais no domínio da ciência, mas no da poesia. Porém nos raciocínios, nas concatenações de idéias, nas conclusões anteriores e posteriores a esse momento de intuição, ele pisava terreno de ciência e dele tirou uma lei útil para a prática da vida. Si tivesse ficado apenas no seu clamor, como qualquer criança que grite "Mamãe, o lampião está mexendo!", ele teria se confinado ao mundo da poesia. E se penetrarmos agora nesse ambiente da criança ou do homem paralogísticos, imediatamente perceberemos que multidão de interpretações fecundas e fantasmáticas tiraremos dessa frase de poesia, mundo em que se interpretam imagens, idéias, juízos, sensações, movimentos físicos, rítmicos e dinâmicos do ser completo, não apenas do ser inteligência consciente, mas integral com todas as milionárias co-participações da vida, do eu e do não-eu. E agora não pararemos mais, porque essa integridade é de uma prodigiosa riqueza geratriz, e pra cada indivíduo é uma unidade irredutível, incomparável, inadaptável a leis gerais: é o seu mundo. Poderemos em vão, analisar e sentir a criança que exclamou. Na verdade estaremos nos analisando e sentindo a nós mesmos, e adquirindo um conhecimento amplo, misterioso, entranhado e ao mesmo tempo luminosíssimo, que estoura em nós com a verdade, o divinatório, o divino da revelação: "Tanto era bela no seu rosto a morte"? "Isso é amor, e desse amor se morre"; "As armas e os barões assinalados"...

E assim, pude retirar do poema de Cecília Meireles o meu poema, a minha intuição, o que pra mim foi uma definição nova de certo momento irracional, que eu já observara mas ainda não sentira, não "conhecera" poeticamente, no seu poder de comparação, de experiência, de simbologia. Sentimento profundo, definição reveladora que só pude ter pela graça da poesia. E pela força criadora de Cecília Meireles.

DO CABOTINISMO

(23-VII-939)

Às vezes, em meio do caminho dos grandes enriquecimentos técnicos humanos, não é nada inútil rever certos ideais e certas noções que as novas descobertas científicas fizeram abandonar. Serão realmente de todo inúteis aqueles pressupostos e aquelas doutrinas velhas?... O exemplo da medicina, voltando às divisões temperamentais, correntes na mais alta antiguidade e largo tempo abandonadas, e tirando delas fonte nova de observação e possibilidade de certeza, é bastante salutar.

A psicologia contemporânea também começou esmiuçando, com suas mais fortes luzes, o mecanismo da individualidade artística, as razões do indivíduo se tornar artista, as razões e efeitos anestésicos da arte, e com isso muita verdade nova surgiu. Hoje falamos em sublimação, em transferência e muitas outras palavras importantes e incontestavelmente valiosas. Um novo ar de possível verdade científica abafa as esbeltezas românticas com que o artista foi considerado, um tempo, eleito dos deuses, amigo íntimo das musas e jóquei venturoso de vários pégasos alados. Hoje o artista é um pobre de um incapacitado vital, devorado por fobias insones. Quem não sabe ganhar dinheiro com valentia, queixa-se da vida em versos livres. Quem não tem coragem pra uma declaração de amor, pinta Vênus e esculpe várias amazonas complacentes. Enfim, a psicologia, a sociologia, estão criando uma fase histórica que bem se poderia chamar do artista apeado, que, por ser verdadeira não deixa de ser um particularismo desolador, absurdo em sua insuficiência. Estou que é preciso montar de novo o artista no seu Pégaso, apresentá-lo novamente às musas, e submetê-lo à votação dos deuses. O homem positivamente não é só tripas, e estas razões muito intestinais da existência do artista e da arte, financeiras, sexuais, de mistura com fobias, incapacidades e ambições inferiores, avançam menos no conhecimento estético da arte que uma análise da anedota dos passarinhos bicando as uvas de Apeles. Digo mais: são profundamente imorais. Os artistas estão se tornando conscientes dos mil e um cabotinismos que adornam a arte verdadeira. Hoje é muito fácil a um artista "inventar" um complexo bem bonitinho e açucarar com ele as suas obras, dando colheita amável a futuros psicanalistas. E em principal, liricamente sensitivo como é, como sempre foi e sempre será, vai esquecer o seu verdadeiro destino humano, e imoralmente se cabotinizar.

O artista que, a meu ver, mais sem-vergonhamente confessou e estudou o seu cabotinismo artístico deles foi Arnold Bennet em "The Truth about an Author". Com uma sinceridade estupefaciente, mesmo bastante repulsiva, Arnold Bennet mostra nesse livro as razões que o levaram a se tornar jornalista, romancista, crítico, autor teatral. Nenhuma dessas ilusões, nobrezas, entusiasmos de arte, de glória, de amor à vida e à humanidade, que perseguem os artistas, que a gente crê serem a causa de existência dos artistas, aí se descreve. Nada do que faz o homem em humanidade, o eu visível, o ser moral o preocupa. São apenas as razões... secretas, as pequeninas vilanias, tudo o que existe dentro da gente e com cuidado escondemos dos outros e de nós mesmos.

Arnold Bennet já tivera, aliás, um precursor de semelhante impertinência em Edgard Pöe (sem falar dos psicólogos da arte...) quando este, num ensaio célebre e irritante, estudou a confecção de "O Corvo"...

Mas estes saxões, dado mesmo que tais ensaios representem uma verdade, não têm absolutamente razão. Não há dúvida que todo artista demonstra muito de cabotinismo, nisso de ser levado a criar também por causas mais ou menos inconfessáveis, pejorativas ou perniciosas, que ele procura ocultar até de si mesmo. Até isso do artista sacrificar grande parte da própria espontaneidade e da própria comoção e das próprias idéias em favor das idéias e comoções alheias: cabotinismo. O artista perfeito nunca perderá de vista o seu público, e isto é cabotinismo. O artista completo jamais perderá de vista a ambição de se tornar ou se conservar célebre, e tudo isto é cabotinismo. E como é o público que faz a grandeza de um artista (falo "público" mesmo no sentido de elite pequena, que alguns artistas possivelmente preferem), estas duas ambições de público a julgar e celebridade a conquistar — alheias ao conceito específico de arte — regem de forma importante o comportamento criador do artista.

Inda tem outras idéias que desnaturam a beleza ideal do artista e provocam a criação das obras de arte. Por exemplo: a rivalidade, a luta pela própria subsistência, a inveja, a vaidade sexual. Apenas, estes móveis, para o artista perfeito, para o artista completo, para o artista legítimo, serão sempre forças subconscientes, sentimentos recalcados, noções e causas secretas enfim. É costume, agora, dizerem que por elas somos dirigidos, e os fins que confessamos aberta e conscientemente perseguir, apenas a máscara que esconde aquelas mesquinhas aspirações inferiores.

Ora, eu creio que é o contrário que se dá e vou dizer minhas razões. Não são, no caso, somente as idéias secretas que nos dirigem, mas principalmente a máscara que lhes damos. Sei e afirmo que os móveis secretos, ambições desprezíveis, imorais, anti-sociais e cabotinismos em geral, principalmente esse terrível e deformador desejo de agradar aos outros, são a origem primeira de todos os nossos gestos de sociedade, dos nossos gestos enquanto sociais. E, conseqüentemente, a origem da maioria infinita das obras de arte *também*. Mas isso de ser o móvel originário, não significa de forma alguma que seja o móvel dirigente. Esses motivos secretos são recalcados, são vencidos dentro de nós, embora vencidos só aparentemente, ou só momentaneamente derrotados. Vencidos porque a vida do homem entre os homens cria essa entidade de "ficção" que somos socialmente todos, e carecemos ser pra que a forma social se organize e corra em elevação moral normativa.

E mesmo, os motivos secretos não são recalcados apenas como um sacrifício ao viver social: há outras razões individuais ainda. É que o maior tempo da nossa existência nós o empregamos em nos escondermos do que somos terrestremente. A nossa inteligência, em principal pela chamada "voz da consciência" ou que nome lhe derem, reconhece que o nosso indivíduo é por muitas partes coisa abjeta que a horroriza. Daí vencermos com paciência e infatigável atenção tudo o que de vil, de mesquinho, de repugnante possa originar a nossa vida e nossos gestos. Então surgem os móveis aparentes, as idéias passíveis de apresentação, não mais idéias-origens mas idéias-finalidades, cujo destino é realmente caridoso e nobilitador. Pura falsificação de valores, cabotinismo puro. Cabotinismo nobre, necessário, maravilhosamente fecundo. Ele é que conserta e salva as nossas obras. Ele é que dá o tom das nossas criações artísticas e as destina. A sinceridade, queiram ou não Edgard Pöe e Arnold Bennet, não morre por isso. Estes móveis aparentemente insinceros, máscaras de uma realidade primeira, fazem parte da nossa sinceridade total.

As idéias secretas, os móveis desprezíveis foram seqüestrados. Deles nasceu a intenção de escrever um romance, esculpir a estátua, celebrar os feitos de um capitão. Mas iremos gritar na praça pública que vamos castigar os costumes, criar a Beleza com maiúscula, celebrar o herói. E vamos repetir está mesma insinceridade cabotina, quando de noite a consciência nos aparece com o seu espelho. Mas que obra de arte surge então? Surge "Guerra e Paz", surge a "Vênus" dos Médicis, e os "Lusíadas". E o sublime de tudo é que estas obras de arte realmente estão castigando costumes, criando Beleza, celebrando heróis. A idéia segunda, a diretriz desculpadora, a máscara é que realmente as realizou. E se realizou.

E é por isto que Edgard Pöe nem Arnold Bennet não têm razão. Dando como origem de "O Corvo" a única e esperta intenção de criar beleza aplaudível ("...I mean that Beauty is the sole legitimate province of the poem...); e dando os meios mais ou menos astutos de que se serviu pra criá-la, a frieza, a desumanidade com que inventou o assunto e os caracteres técnicos da sua maravilhosa poesia, Edgard Pöe simplesmente mentiu. Se esqueceu, ou antes, cabotinamente agora, ocultou da análise da composição, tudo o que pôs nesta de experiências, de sofrimento, de ideais, de humanidade, enfim, tudo o que, além das causas-tripas, entra também e mais determinantemente, no fenômeno assombrosamente complexo da criação. Edgard Pöe deu a possível origem primeira do seu poema, porém cuidadosamente ocultou as forças associativas e líricas que o dirigiram depois, e foram exclusivamente as únicas que tornaram "O Corvo", não uma obra cabotinamente (fingidamente) bela, mas fonte generosíssima de Beleza.

Arnold Bennet, por sua vez, afirmando que unicamente o desejo de ganhar dinheiro e a vaidade de se ver celebrado, fizeram dele o viajante de todos os departamentos da literatura, ocultou que, si essas intenções mais ou menos abjetas originaram as obras dele, em seguida, a comoção, a imaginação criadora, a experiência, a cultura, a inteligência vastíssima vieram se encarregar da construção dos livros, da mesma forma que o cabotinismo das idéias apresentáveis os fortificava e engrandecia. E enobrecia...

Nem Pöe nem Bennet se lembraram de publicar tais confissões antes da publicação das suas obras. Já "O Corvo" era uma vitória, quando Edgard Pöe escreveu a "Filosofia da Composição". Já Arnold Bennet era universalmente conhecido, quando se lembrou de escandalizar a "pruderie" inglesa nos dizendo "A Verdade Sobre um Autor". Só a vitória anterior justifica estas "blagues" de falsa sinceridade.

E por tudo isto, a gente verifica que não foram o Pöe das poesias, nem o Bennet dos romances, os cabotinos. Mas nas suas confissões, pelo masoquismo, pelo sentimentalismo da autopunição, pelo desejo de escândalo, pela ocultação da verdade total, foram cabotiníssimos.

TASSO DA SILVEIRA

(30-VII-39 e 11-VIII-40)

O caso de Tasso da Silveira, poeta notável mas dos menos influentes e lembrados, coloca em discussão o problema do bom comportamento em arte. A necessidade, a intenção de bom comportamento é tão decisiva neste artista, que se tornou a sua concepção estética mais legítima. Dela deriva a técnica e também o sentido geral da sua poesia. E talvez mesmo da sua sensibilidade, o que é grave perigo. Cerceando o ímpeto da criação pelo desejo discutivelmente fecundo de criar apenas dentro do que estivesse esteticamente bem legitimado, limitando a liberdade lírica dentro de um intelectualismo agressivamente cioso das suas possibilidades de raciocínio lógico: raro se encontra na obra do artista o arrebatamento, as coragens temerárias, a proximidade do erro, o pérfido encantamento dos perigos da vida, da paixão, da virtuosidade técnica. Raro, em seu catolicismo, a angústia do pecado ou a transfiguração mística. Apesar do conhecimento filosófico e religioso que o poeta demonstra em sua prosa; em sua poesia só aparece um Catolicismo humilde e modestamente subalterno.

O "Cântico do Cristo do Corcovado" é característico. É admirável, neste poema, como o poeta consegue fugir da demagogia e manter a idéia dentro da espécie lírica. Raras são as frases, como aquela: "Fique como te viu a Ti aquele surpreendente Schwob", em que o sabor prosaico trava, num excesso de intelectualismo crítico, o sentimento lírico do canto. A ideação geral é que me parece infeliz. Embora originada da humildade ritual, do desprendimento católico do poeta, isso de imaginar que Deus pretenderia dar para o Brasil um destino "de sacrifício e de renúncia" terrena, me parece inaceitável. Um monge ou funcionário público poderá viver vida de sacrifício e renúncia; um povo, uma sociedade não. Porque seria se destruir. Imagine-se um Partido Político Católico que tivesse por lema "Sacrifício e Renúncia"! O desprendimento é uma forma do indivíduo; pra qualquer grupo social é um sintoma de delinqüescência. O que para o indivíduo é exercício da humildade, para um povo é mais provavelmente apenas uma humilhação — coisa que não há Catolicismo que exija. Pois quanto a renunciar a certos falsos ideais nacionais ou nacionalistas, de racismo, imperialismo, escravocracia e outros desvarios de predomínio, isso não é sacrifício nem renúncia: é apenas a prática da verdade social, participa das exigências naturais da sociedade humana; é, por assim dizer, direito natural.

O difícil, no espírito de renúncia e sacrifício de certas religiões, como o Catolicismo ou o Budismo, é saber o indivíduo distinguir com nitidez o que realmente seja este espírito, de tudo quanto mais provavelmente serão instintos masoquistas e o exercício inconsciente da autopunição. Embora o "Cântico" permaneça dentro da qualidade poética, a sua ideação me soa como um susto amedrontado ante o poder de Deus.

A isso prefiro de muito a esplêndida "Cruz", já revelada por Andrade Muricy, e incluída no "Descobrimento da Vida", que só agora recebo e motiva esta crônica. Neste poema sim, o artista além de fazer grande poesia, como se deu por destino criar, alcança também as alturas do grande poeta. Mas já agora estamos em pleno domínio da tempestade mística, uma das mais vigorosas expressões da poesia religiosa entre nós.

No geral este não é, porém, o domínio em que o poeta faz questão de se conservar. Antes, a poesia de Tasso da Silveira é uma bem típica expressão do acertado, da virtude técnica, estética, espiritual, lírica. O que equivale a dizer, do meio-termo. O meio-termo da virtude e dos virtuosos... Ora, é possível alcançar a grande arte dentro do meio-termo? Creio que não.

Porque o problema se dispõe desta maneira: a sensatez da virtude, a técnica muito cuidada mas sem virtuosidade, a ortodoxia religiosa, nem apologética nem mística, mas apenas ortodoxa, enfim, qualquer dos elementos de meio-termo implícitos no bom comportamento estético, só podem atingir grande arte quando manifestados com tão rigorosa originalidade, com tamanha e tão genial fatalidade, com tal angélica isenção da vida e do erro, que imediatamente, por estes mesmos excessos, deixam de ser meio-termo pra alcançar as eminências da santidade, da ingenuidade, da perfeição formal. Enfim, o meio-termo só pode ser grande arte quando deixa de ser meio-termo! Chega a ser difícil dar exemplos, em todo caso, o Dante do "Paraíso", a técnica de La Fontaine, o vulgarismo de Cesário Verde, podem ser apresentados como elementos de meio-termo, elevados a tão máximo meio-termo que deixaram de o ser. Alcançam logo a apologética, a mística, a perfeição formal, o intimismo, em grandiosas expressões. E isto nem sempre consegue Tasso da Silveira. Não por incapacidade, mas por sua própria culpa. Como poeta ele está longe do medíocre e por muitas partes é admirável, mas coibiu suas liberdades, evitou abismos, destruiu entusiasmos e forças, com o seu intransigente intelectualismo e a ambição quieta de criar dentro do certo e do já provado. A sua poesia traz freqüentemente aquela monotonia das coisas cuidadosas; e, bem comportada como é, não foge muitas vezes àquela espécie de vulgaridade morna da virtude.

Nas "Alegorias do Homem Novo", Tasso da Silveira tem um prefácio em que diz "escrever livremente, ao sabor dos ritmos espontâneos, e colher na teia aérea dos versos novos a inspiração em toda a sua frescura imorredoura". Mas logo adverte: "Todavia, em cada pequeno poema deste livro há um pensamento lógico: é que eu só alcanço os êxtases do espírito pela inteligência; (...) o sopro mágico da inteligência é que lhe dá (à poesia) a vida imperecível; não compreendo a poesia do subconsciente, também não entendo de "inamismos objetivistas" e outros complicacionismos que por aí andam; NÃO CONFUNDAIS! é o único pedido que vos faço." Assim falava o poeta em 1926, no mais aceso da revolução modernista. Ora, o "NÃO CONFUNDAIS", em maiúsculas exigentes, prova milhor a psicologia de bom comportamento do poeta, que quantas coisas acertadas ele inclua na sua estética. O poeta fazia questão de não ser confundido com a turma cheia de erros e incertezas que andava perturbando tudo, mas estava também mudando o caminho das artes nacionais. Tasso da Silveira não queria errar, como os outros. Fazia questão de jogar no certo. E talvez tenha jogado excessivamente no certo, podando as asas da sua forte veia lírica.

Já no seu primeiro livro importante, "A Alma Heróica dos Homens", de dois anos posterior à Semana de Arte Moderna, o poeta demonstra os principais elementos técnicos que dominariam a sua poética. Na parte que dá nome ao livro, inspirado no espírito das "Villes Tentaculaires" (sem cópia nem imitação), as estâncias ainda se apresentam variadas no tamanho, como as de Verhaeren. Mas as "novidades" deste poeta, principalmente a sua desarticulação tão dinâmica dos metros tradicionais, isso Tasso da Silveira repudiou. Preferiu a tradição. Seus versos se apresentam sempre dentro das medições conhecidas, e nenhum deles ultrapassa o alexandrino. Não se trata de verso-livre, mas de combinados metros tradicionais. Esta preferência continuará por toda a vida. Raro o poeta fará versos-livres propriamente ditos, e ainda mais raro, ultrapassará a soma dodecassilábica. Seus movimentos rítmicos, aliás, são excelentes, concordantes com o sentido dos textos, geralmente leves e dotados de ótimas cadências.

No primeiro poema da "Alma Heróica" já encontramos uma rima em "brumal", evocando o Simbolismo. Dos poetas marcantes de sua geração talvez Tasso da Silveira seja o único a não sofrer influência parnasiana. O fato de cair num verso de estereotipado parnasianismo como "O infindável da terra e o infinito do mar" é único. O poeta vinha de milhor estirpe, a equipe simbolista do Paraná. Porém, mesmo o Simbolismo lhe deixou pequena marca. Repudiou a balouçante liberdade de metrificação de Alphonsus de Guimaraens. A sombra de Cruz e Sousa é que perpassa às vezes na adjetivação, nuns "protofonicamente", "Sonambulicamente", "esplendorar" e em principal nuns "ocasos longínquos e brumais" ou "frêmito auroral", dados em fins rimados de versos. O elemento rima está muito fixo na poética de Tasso da Silveira e ele o abandona raramente. Mesmo nas "Imagens Acesas", de 1927, embora abandonada como sistema, a rima se introduz, saudosa de suas graças. Constantemente o poeta aproveita o processo do romanceiro português, empregando a rima única, ou mais ou menos única, atravessando poemas inteiros. O delícioso "Sótão" mostra o processo no milhor da sua virtude :

> " A escada estreita e comprida
> Com o lustroso corrimão.
> Em baixo, a sala alumiada
> Pelo dormente lampião.
> Em cima, o sótão soturno
> Com o silêncio e a escuridão.
> Na sala ardendo a alegria
> Nas noitadas de serão.
> Tôda a família folgando
> Junto ao dourado lampião.
> Mas eu, no sótão sozinho,
> Com a minha imaginação."

Duas características distinguem a técnica de rimar do poeta: a propensão para os versos agudos e o apego às rimas claras, em "al", "ar", "ais". A língua nacional, pela grande predominância das palavras graves, não repudia o verso agudo, mas não o exige, também, como constância do seu espírito. A seqüência de rimas agudas e graves, a terminação obrigatória das estâncias em agudos, sonetos sistematicamente com agudos, são francesismos importados pela poética parnasiana. Tasso da Silveira sistematiza, talvez com exagero, o verso agudo como elemento de terminação. Assim terminam inumeráveis estâncias dos seus livros, e os agudos predominam como final de poesias. A não ser nas "Imagens Acesas", técnica e esteticamente mais livres, os outros três livros (o "Cântico" não se presta a semelhantes estatísticas) apresentam predominância vasta de finais em agudos. Aliás é curioso observar que, na sua nobre decisão de produzir poesia profunda, o poeta freqüentemente termina os seus poemas com palavras importantes. No "Descobrimento da Vida" seis poemas terminam com a palavra "mundo", três com a palavra "Deus" e três com "Ser". "Beleza", "criador", "céu", "Universal", "vida", "sempre", terminam dois poemas cada uma. Mas, sem trabalho comparativo, esta observação não tem valor crítico. Deixo-a aqui apenas como curiosidade.

A sistematização das palavras agudas, depois do primeiro livro, me parece, em todo caso, menos um francesismo que uma ilação do apego à rima única. A palavra aguda vibra mais e se guarda milhor na memória auditiva, facilitando não só o seu efeito no leitor, como a própria criação poética. Não me parece uma riqueza, mas antes um recurso. E si explicável na poesia inculta, o será menos na erudita. No seu desejo de acertar, Tasso da Silveira converte às vezes os processos em receitas, sem justificação plausível. E assim a sua poética, em que se fusionam conscientemente elementos modernos e tradicionais, implica às vezes a receita, e, por conseqüência, empobrecimento do elemento propriamente estéticos, a forma.

Como espírito, nas "Alegorias" tem o poeta este admirável "Caminho Suave".

"Eu não busquei este caminho,
Mas sabia, desde o começo, que os meus passos
Rumariam por ele...

E sabia que viria esta sombra,
E este silêncio, e esta quietude,
E este adormecimento
De crepúsculo...

Minha alma vai serena... (tão serena!)
E como um vôo leve que eu prossigo...
Dói-me somente, uma infinita pena
Dos que não vão comigo..."

Bem mais verdadeiro que o da "Cidade Interior", será este o milhor retrato do poeta, o mais preferível sentido da sua poesia... Gosta das coisas suaves e delicadas. O seu amor é grave, atinge às vezes verdadeiros achados de delicadeza emotiva; suas pequenas descrições, em que ele completa Ronald de Carvalho (V. "Efeito de Luz", por exemplo), sem a sensualidade verbal deste, mas com mais intensa simplicidade; as pequenas sugestões alegóricas, de uma serena mansidão e um tal ou qual conformismo, lhe fornecem os milhores e mais belos momentos da sua poesia. Sente-se então no poeta um quê de asiático, em que gravidade e delicadeza se aliam. E também uma tendência para o conceituoso, bem disfarçada, mas que por vezes maltrata a asa de tão leve delicadeza. E tais elementos de sensibilidade, a tendência para o conceituoso, a delicadeza, a sugestividade, o asiatismo sem imitação, lhe deram a sua forma estrófica: o emprego sistemático das estrofes curtas, pouco palavrosas, refletindo o espírito do haicai, do rubai, do dístico, indo às vezes até a sextilha. Notável conjugação do espírito e da forma, de uma elegância e mansuetude refinadas.

O que concluir destas observações, resumidas pelo limite da crônica? Alguém já me disse que os artistas que mais respeito são os que mais maltrato, porém creio ser isto leviandade de observação. Os grandes poetas têm, na sua maior fecundidade, também isso de apresentar características particulares utilmente conversíveis a problemas gerais. Positivamente não tenho a menor intenção de siquer orientar um poeta como Tasso da Silveira! Mas, importante como é, estou que restringiu bastante o valor próprio, pelo intuito abusivamente bem comportado de acertar no certo. Mas também, por isto, é ótimo campo de experimentação de idéias críticas e estéticas. Não ataquei nem aplaudi: me pensei.

Estou me lembrando daquele engano pelo qual Graça Aranha se deixou fotografar, quando iniciou a composição da "Viagem Maravilhosa". Ninguém toma da pena pra escrever uma obra-prima. Acontece, porém, às vezes, que uma obra fica obra-prima. Da mesma forma, é esteticamente inútil a intenção da grande poesia só por si, pra tornar alguém grande poeta. E si Tasso da Silveira é um poeta admirável, ele o é apesar da grande poesia que incontestavelmente fez. A sua atitude foi moral, e nisto ela não auxiliou de forma alguma a Beleza. Apenas, como a Beleza aprecia muito particularmente as atitudes morais, ela concedeu com freqüência a este poeta lhe descobrir as formas sempre moças.

* * *

Tasso da Silveira nos oferece, neste ano mais de poesia que de prosa, um novo livro de poemas. O que mais caracteriza este novo livro, composto de duas partes, é a vitória quase absoluta do individualismo, do poeta, sobre as suas intenções, ou milhor, deveres de verdade "religiosa". Já do ponto de vista técnico, o "Canto Absoluto" é o mais pessoal, o mais livre de influências e cacoetes de escola, o mais isento de processos, de todos os livros do poeta. Tasso da Silveira está se movendo agora com uma independência, com uma verdadeira virtuosidade técnica, que se distingue especialmente por ser invisível. Não há cacoetes, não há receitas, não há processos de que a gente se aperceba. Tudo se dilui numa necessidade muito íntima e impressionante, em que se sente que a frase nasce absolutamente derivada daquele intelectualismo irredutível, daquele pensamento lógico que o poeta se orgulha de ter, e a mim me parece a qualidade mais frágil, menos apreciável e mais corrutora da sua mensagem lírica. Se observe neste "Plasma", como o poeta, só se utilizando de boas "mentiras" líricas, as conjuga num pensamento lógico tão nítido, tão cerrado, que o valor de intuição, de definição lírica se prejudica fortemente:

Apanhei à profunda noite
Uma mancheia de estrelas límpidas
E amassei-as com o barro humilde
Ainda cheio de telúricas pulsações.
E assim criei o plasma novo
Que meus dedos pediam
Para a modelagem das minhas formas inaugurais.

Estamos aparentemente próximos do haicai ou da quadrinha ibérica, pela extremada síntese, que é uma das características deste poeta eminentemente antiverborrágico.

Mas estamos, de fato, no pólo oposto dessas formas sintéticas de definição, de intuição lírica, pela verdade lógica com que o poeta destrói das suas imagens quase cinqüenta por cento da fluidez (intelectual, entenda-se) e da sugestividade. Ficamos sabendo demais; o que, a meu ver, prejudica aquele estado de "empatia", de identificação, de transferência, em que continuamos vivendo em nós as idéias e os sentimentos, quando transformados em arte pela beleza transfiguradora. Já quando o artista consegue a conciliação da sua verdade lírica com o seu intelectualismo, temos coisas de muito milhor qualidade poética. É observar este belo pequeno poema, cujo último verso é exatamente articulado, no mecanismo intelectual, como o segundo dístico de numerosas das nossas quadras populares luso-brasileiras: uma conseqüência do resto do poema, mas conseqüência completamente intuitiva, completamente liberta do raciocínio lógico:

> Só tive, amada, do teu corpo,
> As tuas mãos presas nas minhas.
>
> Mas tuas mãos são tão suaves e leves,
> De tão etérea beleza,
> Mas tuas mãos são tão imateriais,
> Que bem posso dizer que não tive,
> Que nada tive do teu corpo, amada.
> Tive a tua alma, e nada mais.

Mas este intelectualismo irredutível, não é o que me interessa mais no poeta. Observando muito finamente que a poesia é para Tasso da Silveira, antes "uma compensação para a sua personalidade do que uma projeção desta", diz Joaquim Ribeiro: "Todos os seus livros de poemas, que são marcos da sua caminhada estética, confirmam essa teoria e demonstram ainda que, cada vez mais, o interior avassala e domina o exterior, treinando todas as energias poéticas num exercício espiritual que tem tanto de superior quanto de renúncias ornamentais." Acho perfeita está verificação.

Ora sucede que nesta evolução, o individualismo do poeta, de que eu já notara, nas obras imediatamente anteriores ao "Canto Absoluto", "uma serena mansidão e um tal ou qual conformismo", o individualismo do poeta alcança cada vez mais as alturas contemplativas e atinge uma serenidade edênica, que começa a lhe condicionar profundamente a atitude religiosa. Sobre isto, aliás, as últimas páginas do "Itinerário", de Joaquim Ribeiro, são na verdade excelentes. Depois de levantar a hipótese menos feliz de ter Tasso da Silveira, na sua concepção poética, "se inspirado" na doutrina do espírito absoluto de Hegel, tem estas afirmações que me parecem muito exatas: "A concepção de arte, de Tasso da Silveira, através da sua obra, confunde-se com essa noção hegeliana do espírito absoluto. O pensamento e o sentimento condicionam-se à intuição, isto é, as raízes filosóficas e religiosas de sua poesia estão condicionadas à forma de sua arte. Não faz Tasso poesia filosófica. Nem poesia religiosa. Apenas a sua poesia revela raízes de pensamento filosófico e sentimento religioso. Essas raízes, todavia, acham-se dentro da terra poética; são como que veias ocultas que buscam seiva, mas por se acharem mergulhadas subterraneamente, mal se adivinham. Só um exame, uma escavação mais minuciosa pode revelar esses elos originários e distantes."

Não tão distantes assim. O sentimento religioso-católico do poeta é por demais sensível em quase todos os seus poemas. Onde porém o poeta está cada vez mais ajeitando o seu teísmo, ou milhor, o seu jesusismo às tendências pessoais da sua personalidade (o que, de forma alguma significa discrepância religiosa) é na sua atitude de contemplatividade, que o converte como que a um selenita, olhando através dos espaços e... dos seus binóculos a miséria da nossa vida terrestre. Eis uma "Canção", que me parece muito típica desta atitude lírica de Tasso da Silveira. Desaparece totalmente a "experiência" da provação, desaparece mesmo a felicidade, a alegria da provação, tão específica da atitude religiosa dos mártires e dos ascetas. A sua alegria não é um sentimento de compensação que joga com o futuro, mas que se satisfaz do presente.

A dor, meu Senhor, é um lume ardente e novo
Que acendeste em meus olhos?

Em vez de noite escura, a dor, meu Senhor,
É alvorada em meu ser?

Estou vendo milhor, mais nítida e profunda,
A beleza das coisas.
E sentindo correr mais pura na minha alma
A água fresca da vida.

E esta é a atitude lírica dominante no "Canto Absoluto". O poeta como que alcançou já aquele estado de sabedoria, "nem alegre nem triste", da concepção socrática. Misturada aliás com bastante asiatismo. Observe-se este poema que o poeta escolheu pra denominar "Legenda" :

Amada, os meus cantos comovidos,
Minha pobre beleza,
São rosas frescas e efêmeras
Sobre o mar.
São rosas sobre o amargo mar ardente
Das minhas ansiedades
E das minhas tristezas
E das minhas renúncias.
Amada, os meus pobres cantos
São rosas sobre o mar.

É quase um faquirismo, uma atitude tipicamente não-participante, não mais apenas um pudor, mas a conversão sistemática, liricamente sistemática das provações em espécies de alegria. O sofrimento tem força de eco e se converte na grande paz que resulta dos ecos. A dor já não é mais dor, pelo menos o poeta (não o homem) já não a pode mais sofrer em si. E num momento de grande desilusão e amargura mística, o poeta chega mesmo a converter a sua dor a uma simbologia pagã, como no estranho e belo poema do "Renascimento dos Sátiros", cuja aparente falta de homogeneidade conceptiva é toda uma transferência para símbolos pagãos mais estratificados e serenos, de imagens e verdades cristãs mais contemporaneamente desagradáveis e sofridas.

Eu não sei nem me interessa saber qual a posição que tomará futuramente na poesia contemporânea do Brasil, o claro e belo poeta do "Canto Absoluto". Sei que, no momento, ele representa um fantasma, quase insuportável, apavorando, castigando a maioria das nossas consciências intelectuais. Com efeito, este artista apresenta a imagem quase brutal, em nosso meio, da coerência, da probidade silenciosa, do respeito pra com os seus próprios ideais. Mas que figura atrasada, que fantasma daninho será este em nosso meio intelectual! A dolorosa miséria do mundo contemporâneo atingiu a superficialidade cultural da nossa inteligência, da maneira mais contagiosa, putrefazendo tudo. Dá nojo. Domina a intelectualidade artística brasileira o comodismo mais bastardo. Sob qualquer pretexto, à brisa do menor boato, os seres desertam, as inteligências se mentem, os atos traem. Ninguém tem ao menos o pudor de emudecer. Pelo contrário, bateu uma aurora de loquacidade em que é impossível perceber qualquer inquietação interior, qualquer dúvida da inteligência, qualquer apelo de consciência, qualquer tristeza do mundo. Dão a impressão de puros, e são puros, são! Mas daquela pureza abjeta que deriva da total irresponsabilidade do ser. E não se pense que estou me referindo à intelectualidade infectada pelos miasmas dos mangues da capital. O que mais me horroriza e me impõe a vontade de emudecer, é a observação das inteligências gordas das províncias, que era de esperar mais fortes, e que se apresentam de repente sem a menor resistência, despudoradamente ansiosas de também falar, falar, e fazem nos seus romances, seus estudos históricos, seus poemas, o processo de sua própria desmoralização. É de semelhante mundo imundo que se ergue a figura capaz de ser igual a si mesma, de Tasso da Silveira, entoando o seu "Canto Absoluto". E os seus poemas, tão mansos e silenciosos, soam como um clamor.

ESTRADA PERDIDA

(20-VIII-939)

Telmo Vergara acaba de produzir com "Estrada Perdida" o mais importante dos seus livros. Com muita segurança e progresso o escritor vinha se realizando em contos e se ensaiando no romance, definindo, desenvolvendo, firmando as suas características pessoais. Estas características se apresentam agora de maneira muito nítida em "Estrada Perdida", e pelo que este romance novo representa como afirmação vigorosa de qualidades e defeitos, imagino que ficará como uma verdadeira etapa, na evolução artística do seu autor. Agora este me parece aparelhado de técnica e personalidade pra realizar algumas obras fundamentais, coisa que o continuado progresso de até agora permite esperar.

Telmo Vergara, seguindo uma boa tradição gaúcha, é um verdadeiro temperamento de contista. Mesmo os seus dois romances são construídos com o desfiar de cenas curtas; e mesmo os próprios capítulos se subdividem em cenas, muitas das quais são pequeninos contos. Embora as dialogações abundem nesses pequenos quadros, o escritor foge com muita habilidade de qualquer tendência para o teatro. O seu estilo é nitidamente romanesco, contístico, descritivo, as rápidas descrições de ambientes, a colaboração, impressionantemente exata da paisagem se unem à dialogação com ótimo apropositado.

Além disso, Telmo Vergara tem o dom raro de pescar a exata frase, o gesto, o traço físico, a situação que melhor caracterize ou faça viver os seus personagens. Raríssimos são os seus deslizes neste sentido e neste romance julgo encontrar apenas dois: a cena familiar da página 52 e a frase do "seu" José à página 247. Não me parece possível que este homem grosseiro chegue a tal acesso de estupidez diante da austeridade da morte. No geral são justo os seres primários os que mais se deixam dominar pelo silêncio da morte. Bastava que o "seu" José tivesse deslizado para o delicioso traço de dizer "muito prazer" na apresentação ao viúvo, pra se definir com firme humorismo. Quanto à outra cena que lembrei, toda ela me parece bastante infeliz, principalmente nas frases do simpático Dr. Ferreira, que aí se vulgariza bem.

Com exceção única destes dois possíveis deslizes, Telmo Vergara tem uma habilidade notável em descobrir o traço exato que valoriza personagens como cenas.

Em geral, o que o artista prefere caracterizar é o lado suave, ou o docemente triste, ou o delicadamente trágico, ou discretamente ridículo, ou francamente lírico da vida e dos homens. O que quer dizer que o temperamento de Telmo Vergara, embora se mantenha dentro da visão pessimista (e haverá romance sem dor?..) é de uma meiguice adorável. As raras frases ou palavras brutais, quando lhe chegam à pena, vêm com tal necessidade, envoltas em tais ambientes — de naturalidade e discrição, que soam apenas como timbres curtos mais vivos numa orquestração de cordas. Telmo Vergara tem um temperamento de música de câmara.

E talvez por isso, nas cenas líricas, ele encontre um dos milhores campos de expansão do que tem de mais pessoal. Em toda a primeira parte de "Estrada Perdida", há uma porção de cenas admiráveis, expondo três meninos. O artista adora as crianças, e as compreende com uma delicadeza raríssima. Já em "Figueira Velha" nos dera um Camilo encantador. Mas houve forte progresso de caracterização. O Camilo era mais anedótico, e menos psicologicamente objetivo que as crianças do novo romance. Roberto, Luís, Mariazinha e o filho da doutora, e principalmente essa Lígia que é a maior invenção do artista até agora, são todo um mundo infantil de excelente objetividade.

Mas não é só com as crianças que se desenvolve o poeta seqüestrado que Telmo Vergara esconde em seu quarteto de cordas. Já o delicioso Marcos (um pouco auto-retrato?...) de "Figueira Velha" permitirá ao escritor desenvolver de "maneira bastante curiosa como técnica (monólogo do escritor segredado aos ouvidos do personagem) o seu lirismo. Agora este lirismo se acentua muito, já não apenas na contemplação das almas e da natureza, como permanecia, com mais certeza técnica, nos contos, mas passando para o próprio estilo do autor. Não se trata daquelas orquestrações possantes, aquelas rajadas de visão poética, de que Jorge Amado tem o segredo atualmente, e de que os milhores exemplos estão no "Mar Morto". Não é este processo mais exato, e de que também Graça Aranha nos deixou manifestações ótimas, como a cena dos vagalumes de "Canaan", que Telmo Vergara emprega. Os seus processos virão, de preferência, da maneira poética de José de Alencar, e se justificam mais no Indianismo. O estilo poético de Telmo Vergara está, em "Estrada Perdida", se estreitando muito em processos que se tornam verdadeiras receitas. E como tais, facilmente perceptíveis e fatigantes. É um perigo muito grave, que chega a ser franco defeito em não poucas páginas do livro.

A mais exagerada receita poética de que o artista abusa no romance é o processo de repetição. Vou citar um trecho típico, pondo entre aspas as palavras repetidas: " A "única e vaga nuvem esfiapada", que é uma mancha rala no azul limpo do céu calmo — a "única e vaga nuvem esfiapada" está imóvel. O "calor", o "calor" intenso e pesado, que é o hálito quente de todos os duendes do mato, ressonando cansados — o "calor" envolve, aplasta o "casarão" batido de sol. Mas a aba do telhado do "casarão", enfeitada de dragões perfurados, projeta a sombra amável sobre o "patamar da escada das hortênsias". Mas o "patamar da escada das hortênsias" é a "ilha de sombra" no mar reverberante e iluminado. Na "ilha de sombra" o Dr. Ferreira...", etc. Na cena da página 172, a expressão "bruxa de pano", que faz imagem, pra descrever uma velha doente, se repete umas duas dezenas de vezes, chegando mesmo a originar esta passagem, que me parece insustentável: "Os olhos negríssimos e pequenos "da bruxa de pano suja e sem recheio" (também estas adições se repetem várias vezes!) têm uma expressão de incredulidade. A "filha da bruxa de pano", que está ali, de pé, apoiada à cabeceira da cama de ferro, a "filha da bruxa de pano", também escura, também "sem recheio", a "filha da bruxa de pano"... etc! E talvez lhe venha deste processo poético, bastante discutível desque virado processo, um cacoete de criação fraseológica, que o escritor repete com enorme abundância. Um exemplo: "VÊ" o lavatório barato. "VÊ" o teto em descida, "VÊ" a máquina de costura, com pedaços de fazenda espalhados na madeira estendida, "VÊ" os recortes de revistas, colados à parede. "VÊ" os retratos de falecidos, "VÊ" o crucifixo"... etc. Eis outro exemplo: "TAMBÉM" festivo, "TAMBÉM" ondulando pelas corcovas do morro, "TAMBÉM" penetrando no mato, "TAMBÉM" ecoando nas pedras faiscantes das pedreiras, "TAMBÉM" se perdendo na lonjura da cidade."

Mas nem sempre o cacoete se apresenta com este exagero defeituoso, e o escritor, que tem, aliás, uma linguagem rica, um vocabulário sulista colorido e natural, sabe tirar do próprio processo frases de bonito efeito estilístico. Aliás o processo de repetição vai mais longe, e ainda preciso insistir, principalmente porque, como elemento geral de estilística, é um elemento também muito característico de Lins do Rêgo, e de alguns dos seus discípulos. Mas aqui se trata já de repetição psicológica. Lins do Rêgo, como alguns romancistas novos do Norte, e ainda Guilhermino César no "Sul", cada vez que um personagem reaparece, fazem com que ele pense as mesmas idéias já pensadas antes, e quase com as mesmas palavras. Em geral, tratando-se de pessoas incultas, o processo caracteriza de forma eficiente (demasiado eficiente porventura e bastante fácil) a mentalidade primária, curta, movida com poucas idéias que são verdadeiras obsessões. Esteticamente me parece impossível negar que isso redunde num verdadeiro defeito muito fatigante, que implica ou pode implicar pobreza de recursos. Não será este, evidentemente, o caso de um criador como Lins do Rêgo, mas o seu cacoete está se espalhando, pela sua facilidade, e si não prejudica a obra do autor do "Doidinho" e antes a caracteriza, aos outros prejudica.

Telmo Vergara também usa a repetição, psicológica, não só do monólogo interior, mas ainda nas próprias falas de muitos dos seus personagens. A construção deste seu novo romance é bastante curiosa, embora não me pareça tão feliz como a de “Figueira Velha”. Na primeira parte o autor imparcialmente se limita a observar e descrever os personagens e casos que gravitam em torno da vivenda do Dr. Figueira, situada num bairro afastado de Porto Alegre. São muitos esses personagens, mas o artista sabe caracterizá-los com excelente firmeza. Porém ainda reforça esse poder de caracterização com o truque de repetir as mesmas idéias e as mesmas palavras descritivas, levando isto ao cuidado de repetir sempre os nomes das mesmas plantas e outros pormenores paisagísticos cada vez que se refere a um determinado lugar, seja a pedreira, a ponte ou o jardim da frente da vivenda. Da mesma forma o negro Peleu não aparece sem a recordação do “Mist´Charle”, o Marciano sem o seu “jóqui”, D. Sinhá sem o seu casamento frustrado, o Dr. Rodrigues sem pronunciar dez vezes “cagarolas”, e o lojista sem esfregar as mãos. Todos estes detalhes são, aliás, saborosos no livro, mas usando o artista o processo de não analisar ele mesmo os seus personagens, mas lhes fazer a psicologia deixando-os pensar ou falar por si mesmos, as repetições não podem ser simples alusões, antes se alongam de maneira exaustiva ao mesmo tempo que tornam os personagens, em vez de dramáticos na recordação de um passeio ou no sonho por um ideal, um bocado maníacos.

A primeira parte termina com um susto no leitor que jamais poderei perdoar a Telmo Vergara: a morte de Lígia. Era a figura mais viva do livro, é a maior invenção psicológica, a mais original, a mais nobre, a mais rica do artista. Não há dúvida que a morte é digna de Lígia e vinha sendo preparada (mas pra outro personagem, nunca pra Lígia) desde o início do livro, mas este engano estético foi a verdadeira causa do defeito de construção do romance. O caso vinha se esboçando entre Lígia e Luís meninos, eis que Lígia morre e o escritor nos transporta pra vinte anos depois. Mas o livro se esvaziou do seu verdadeiro núcleo, os personagens já não interessam mais, embora o artista ainda consiga cenas tão admiráveis como a morte de D. Sinhá. Mas o entrecho está vazio, Luís ficou sozinho, o artista se vê obrigado a fazê-lo viver prodigiosamente só, nem a mulher, nem a deliciosa filhinha contam mais, Luís se torna o personagem protuberante, de uma predominância, que nada, na primeira parte, autorizava.

Assim vejo este importante livro de Telmo Vergara. É uma etapa vencida. Um defeito muito sério de construção, alguns defeitos perigosos mas facilmente corrigíveis de estilística, e qualidades numerosas e fortes de observação, sentimento poético, poder descritivo, caracterização, e linguagem. É muito grande a responsabilidade de Telmo Vergara, que está agora no momento de nos dar a obra-prima que eu espero dele.

A RAPOSA E O TOSTÃO

(27-VIII-939)

O Brasil está sem dúvida num dos períodos mais brilhantes da sua criação artística. Em algumas artes, pintura, arquitetura, a própria música, ainda se apresentam apenas algumas genialidades isoladas, mas na literatura é toda uma falange de poetas e prosadores que, de norte a sul, unificam o país dentro da mesma força criadora e da mesma riqueza de manifestações variadas.

Está claro que não há riqueza sem trocos miúdos, nem força exercida sem suor. Suores e trocos participam da riqueza e da força, mas convém não permitir que o suor se julgue músculo e reconhecer que na riqueza nem tudo são cheques de cinqüenta contos, mas há notas de cem mil-réis, dez mil-réis e até moedinhas de tostão.

Cabe à crítica, mesmo que se torne incivil e antipática, chamar ao tostão pelo seu modesto nome de tostão. Crítica e condescendência são coisas divorciadas desde sempre, mormente nos países de pequena cultura, onde freqüentemente os artistas se improvisam à custa de talento muito e nenhum saber. Substitui-se a técnica pelo brilho disfarçador, o cuidado da forma por uma vaga (e aliás facilmente intimidada) intenção social. O brilho satisfaz às moças, as intenções sociais garantem o aplauso de certos ameaçadores fantasmas. E misturando à receita algumas concessõezinhas ao público, v. g. demagogia, repetição de processos bem sucedidos antes, elogio mútuo nos jornais e álguns eloqüentes malabarismos sentimentais, é fácil a celebridade em vida e a esperança das estátuas para além da morte. E há muito disto tudo na literatura contemporânea do Brasil.

Esta crônica deriva, é certo, de uma nota saída recentemente a respeito da minha atitude crítica, na excelente revista "Dom Casmurro", mas estou falando em geral. Sou incapaz de indiretas grosseiras, e não me refiro, pois, a quem escreveu a nota, pessoa que sempre admirei e continuo admirando, como romancista, o Sr. Jorge Amado. A observação que fez, porém, si maldosa por motivos que ignoro, corresponde à opinião talvez de muitos. Ainda nesta semana, recebo de um moço, já redator de jornal literário, uma carta em que se diz: "Só não compreendemos é quando você fala no valor essencial da forma e quando cata defeitos de linguagem, porque isso nos desnorteia." Como se vê, a censura vale e merece a explicação desta crônica.

Quais os princípios da minha atitude crítica? Na crônica inicial desta série, eu me dizia crente da arte, mas regido pelo princípio de utilidade, só cedendo este princípio diante do "essencial" que porventura viesse a encontrar. E terminava: "E não estará nisto a mais admirável finalidade da crítica? Ela não deverá ser nem exclusivamente estética nem ostensivamente pragmática, mas exatamente aquela verdade transitória, aquela pesquisa das identidades "mais" perfeitas que, ULTRAPASSANDO AS OBRAS, BUSQUE REVELAR A CULTURA DE UMA FASE E LHE DESENHE A IMAGEM." Eis todo um programa que, num meio que vive muito de princípios brotados ao léu da dificuldade a transpor, tem o mérito de ser um programa.

A literatura brasileira está numa fase de apressada improvisação, em que cultura, saber, paciência, independência (só pode ser independente quem conhece as dependências) foram esquecidos pela maioria. E foi principalmente esquecida a arte, que por tudo se substitui: realismo, demagogia, intenção social, espontaneidade e até pornografia. Pouco importa os valores reais e muito grandes que apresentemos. Pouco importa o cuidado artístico admirável de um Graciliano Ramos, o lirismo iluminado de um Murilo Mendes, a personalidade torrentosa de um Lins do Rêgo. Pouco importa a esplêndida força comunicativa de um "Jubiabá", a profundeza humana impregnante de um "João Miguel", a fluidez verbal raríssima da "Menina Bôba". Há os tostões.

Seria simplesmente imbecil negar o valor das obras menores, porém nem seria possível estudá-las sob o ponto de vista do absoluto das obras-primas, que as repudiaria, nem seria útil analisá-las em suas mensagens particulares, demasiado restritas pra irem além do autor e dos amigos do autor. As obras menores são importantíssimas, porém o seu valor é mais relativo que independente. Alimentam tendências, fortificam ideais, preparam o grande artista e a obra-prima, fazem o claro-escuro de uma época, e lhe definem traços e volumes muito mais que as grandes obras. Que estas, por isso mesmo que são grandes, passam imediatamente para o plano do absoluto. Em sua função de quotidianidade, nuas, sem o revestimento aparatoso e eterno da genialidade, as obras menores nos mostram muito milhor os traços, as qualidades e os defeitos duma época. E o que vemos atualmente?

Uma legião de moços, de incontestável valor, mas apressados, inteiramente despreocupados de arte, ignorantes dos problemas da forma, na mais paradisíaca e melancólica convicção de que escrever romances e poemas é deixar correr a pena sobre o papel. O Modernismo abrira certas portas à liberdade da criação, mas eis que se puseram a derruir todas as muralhas!

Seria simplesmente coxo intelectual quem imaginasse eu esteja pregando qualquer volta ao formalismo parnasiano. O Parnasianismo foi muito frágil exatamente pela sua confusão entre forma e fôrma. Destruíram a fluidez da palavra que virou puro valor martelado e silábico. Destruíram a elasticidade das construções poéticas que viraram ossaturas rígidas, sem movimento. Destruíram a expressividade dos ritmos, substituindo-os por métricas de zé-pereira. A graça de um pingo de rima engordou-se na bomba da rima rica. E a exatidão de linguagem virou subserviência à gramática. Foi contra essa grosseira confusão (não de todos mas geral) que ameaçava destruir o sentido da poesia e da própria prosa, que se reagiu. Se reagiu com erros e verdades, com experiências, inovações e retornos a coisas antigas mais legítimas, porém tudo isto não significava dissolução, libertinagem. Os que desejarem saber o que significavam dissolução e libertinagem nos que estavam um bocado conscientes em 1922, vão procurá-las em Manuel Bandeira, este um escritor culto, um esteta, que sabe o dinamismo de um ritmo, o segredo de adequação de uma forma ao seu conteúdo, o valor da expressão lingüística exata, e o perigo de uma palavra em falso, capaz de sacrificar uma mensagem.

Embebedados de glória, com as cabeças alcoolizadas de esperanças fáceis e já se imaginando outros tantos Érico Veríssimo ou Jorge de Lima, os moços escrevem e publicam, célebres de antemão. Pois Marques Rebêlo também não é célebre? Por que não o serei também! E uns se desiludem porque não lhes dou logo ao primeiro livro as honras de um inteiro rodapé, e outros se ofendem porque vou lhes tirar das obras os exemplos que me servem pra desenhar as falhas do tempo atual.

É certo que pratico assim. Há um peso em minha crítica que impõe rodapés inteiros a figuras já feitas ou para a raridade de um estreante excepcional como Luís Jardim. Mas seria injustiça vesga dizer que não dou uma palavra de explicação de qualquer das figuras tratadas mesmo de passagem. Apenas, si acaso nomear livros e nada falar sobre eles, ainda é criticar, pois si há os que trazem mensagens consigo, infelizmente há muitos que nada trazem. Porque nesta questão de riqueza, não existem apenas os contos e os cem mil-réis: há que não permitir no tesouro a entrada das notas falsas.

Os maus modernistas se insurgiam contra a cultura. Hoje é provável que muitos se insurjam contra a cultura também... Acusam os modernistas de não terem construído coisa alguma. Aceito. Mas eu desafio quem quer que seja a me mostrar um só período construtivo de arte em que a preocupação da forma não fosse elemento principal. Ou construímos ou... romantizamos. Mas é bem possível que estejamos, sem saber, em pleno Romantismo...

Não há obra-de-arte sem forma e a beleza é um problema de técnica e de forma. Charles Lalo chega a afirmar que o "sentimento técnico" é o único a ser diretamente estético por si mesmo. E, com efeito, todo e qualquer sentimento outro, toda e qualquer verdade, toda e qualquer intenção, não consegue se tornar beleza, si não se transformar nesse sentimento técnico, que contempla o amor, a verdade, a intenção social e lhes dá forma. Forma estética, isto é, a obra-de-arte. Não mais a realidade, mas como que o seu símbolo — esse formidável poder de convicção da beleza que a torna mais real que a própria realidade. O artista de mais nobres intenções sociais, o poeta mais deslumbrado ante o mistério da vida, o romancista mais piedoso ante o drama da sociedade poderão perder até noventa por cento do seu valor próprio si não tiverem meios de realizar suas intenções, suas dores e deslumbramentos. Ou então qualquer contista de semanário religioso seria milhor que Machado de Assis! E os meios de realizar intenções e deslumbramentos só podem vir de gramática e da criação da forma. Jamais me preocuparam erros de gramática, mas me preocupam "erros" de linguagem que fragilizam a expressão. Jamais exigi de ninguém a forma rija do ditirambo, mas repudio e hei de profligar o amorfo, as confusões do prosaico com o verso-livre, a troca da técnica por um magro catecismo de receitas, o monótono realismo escamoteando em sua estupidez moluscóide aquela transposição para o mundo da arte, em que o mal de um se converte em mal de muitos. Tanto a arte convence...

O caso da literatura é por certo muito complexo porque nele a beleza se prende imediatamente ao assunto e com isso não há mais barreiras para o confusionismo. Si em pintura um crítico se preocupar exclusivamente com os problemas da forma, nenhum pintor se revoltará; e o mesmo acontece com as outras artes plásticas e a música. Mas é que nestas artes, mais facilmente livres de assunto, em que a paisagem, a natureza morta, a sonata, o noturno, e a própria Vênus ou a canção de amor, normalmente se ligam com muito pouca intensidade aos nossos interesses vitais: a beleza, a objetividade meramente formal dos seus problemas podem ser tratados com franqueza, sem que o crítico seja acusado de formalismo, de esteticismo e outras xingações aparentemente pejorativas. E é exatamente pela realização em formas plásticas ou sonoras, pela transposição em beleza, que o assunto, mesmo de violenta intenção social como uma "Heróica" ou num Goya, representa realmente uma concepção estética do mundo e da vida, uma nova síntese, um valor crítico que se inclui no sentimento de beleza.

Em literatura o problema se complica tremendamente porque o seu próprio material, a palavra, já começa por ser um valor impuro; não é meramente estético como o som, o volume, a luz mas um elemento imediatamente interessado, uma imagem aceita como força vital, tocando por si só o pensamento e os interesses do ser. E assim, a literatura vive em freqüente descaminho porque o material que utiliza nos leva menos para a beleza que para os interesses do assunto. E este ameaça se confundir com a beleza e se trocar por ela. Centenas de vezes tenho observado pessoas que lêem setecentas páginas num dia, valorizam um poema por causa do sentido social dum verso, ou indiferentemente pegam qualquer tradução de Goethe pra ler. Que o assunto seja, principalmente em literatura, um elemento de beleza também, eu não chego a negar, apenas desejo que ele represente realmente uma mensagem, como na obra de um Castro Alves. Quero dizer: seja efetivamente um valor crítico, uma nova síntese que nos dê um sentido da vida, um aspecto do essencial. Apenas garanto que esta nova síntese, que é o próprio propósito da arte; ou desaparece ou fica em meio, si o artista não dispõe dos elementos formais necessários que a realizem com perfeição. Mas acontece que muitos, justamente porque ignoram tais problemas, ou não querem o trabalho, a luta de se cultivar, se insurgem contra a cultura, consideram ninharias os problemas da forma, e só exigem o núcleo, a "mensagem". Se esquecem que justamente por isso abundam no mundo os mensageiros que, em vez de mensagens, o que trazem são cartas anônimas, vagas e impessoais notícias, sem caráter nem força, que podem quando muito indicar pra que lados sopram os ventos da vida.

E assim se desenha a fisionomia da nossa atual literatura. Jamais a confusão não foi tamanha. A atividade das casas editoras exigindo livros pra sustento dos mercados, a disseminação urbana da cultura produzindo numerosos núcleos de leitores, a grandeza de algumas figuras realmente admiráveis, o interesse por certos assuntos sociais em que se transfere uma atividade política cerceada, a imitação fácil de sucessos garantidos: produziram uma exacerbação do ânimo produtor. Há um verdadeiro assanhamento de criação literária em que as imitações, as falsificações, as mistificações, ou apenas as pressas, ameaçam confundir tudo. Não é possível à crítica jurar que os seus aplausos de hoje tenham a ratificação do futuro. Mas lhe é possível a posição antipática de ferir os pontos fracos, as falhas, as falsas volúpias, os abusos de liberdade do tempo. Porque tudo isto se garante na comparação do passado. E si nós hoje veneramos um Bocage, um Gonçalves Dias e vemos tantos nomes, vivos um tempo, agora soçobrados em nossa indiferença, nós sabemos que os que ficaram, ficaram menos pela sua mensagem do que por lhes ter dado forma competente. Mensagens que se eternizaram porque belas mensagens.

Quanto a mim... O maior perigo dos que conseguem alguma notoriedade é ficarem escravos dos seus admiradores. Há um pedaço muito saboroso e fecundo na obra de David Garnett: é quando, em "A Mulher que virou Raposa", o marido se apercebe que não é apenas ele que se esforça em dar bons costumes de gente à sua raposinha adorada, mas que está começa a exigir dele tomar os maus costumes dos raposos. Os admiradores são mais ou menos como a raposinha de "Lady into Fox". Depois que admiram não nos concedem mais a liberdade de ser. Fazem de nós uma imagem lá deles, e depois há que corresponder a esse retrato que nunca é do tamanho natural. Si correspondemos, conservamos a claque, mas adeus curva do destino! Viramos repetidores de nós mesmos e macaqueadores da mocidade. Mas si não correspondemos ao retrato encurtado e antes preferimos a lealdade interior, então, ai! somos abandonados e a multidão nos deixa em busca de outras adorações. Progressos, decadência?... Tudo é possível neste mundo vasto, mas também é incontestável que somente na solidão encontraremos o caminho de nós mesmos.

DO TRÁGICO

(10-IX-939)

De repente, de um alto plano como teorista, Otávio de Faria passa com notável segurança para o primeiro plano da ficção nacional, com os seus "Mundos Mortos". Mas nada mais quero dizer sobre um romancista que estudarei em breve, pois que um elogio neste rodapé soaria ridiculamente como compensação, coisa de que Otávio de Faria não precisa. E esta crônica é dedicada às suas "Três Tragédias à Sombra da Cruz", que não me parecem bem sucedidas. Tive, antes de mais nada, a impressão de que desta vez o agitador doutrinário prevalecera demasiadamente sobre o artista. Otávio de Faria, creio, não foi levado a compor estas obras por nenhuma inspiração "fatal", nenhum instinto primeiro de beleza a conquistar. Não. ele "quis" escrever as tragédias desenroladas à sombra da cruz e se desempenhou da obrigação. Daí um certo confusionismo conceptivo e uma forma bastante bamba, desprovida daquela arquitetura nobre que a tragédia exige.

Com efeito, as três peças se apresentam muito amorfas para serem verdadeiras tragédias. Não raro a gente se percebe menos no teatro de arte que nos teatrinhos das congregações. Há quem pense que o teatro das comunidades religiosas é uma forma infecta de arte. Pode não ser. Em si não é. Mas é uma forma interessada em que o propósito edificante sobrevale às exigências livres da arte. Os grandes ideais artísticos, a epopéia, a sinfonia, a catedral, exigem formas muito nítidas. Não se foge à forma da catedral como não se foge à forma da tragédia; e uma epopéia em sonetos nós sabemos de antemão que fracassou. Entre as grandes formas e as formas pequenas como a poesia solta, a casa de lar, a canção, há uma diferença basicamente psicológica. A obra-de-arte de pequeno tamanho se liberta com facilidade de qualquer tradição formal e se afeiçoa folgadamente às exigências do tempo, da raça, do pragmatismo e em principal do indivíduo. Já os grandes ideais coletivos (tragédia, oratório, monumento escultórico) exigem formas muito mais fixas e já provadas pela tradição, pra que possam ser compreendidas. A forma é um elemento direto (e esteticamente imprescindível) da atuação exercida pela obra-de-arte sobre o espectador. E é neste sentido que afirmei ser ela um elemento de compreensão, necessário ao grande ideal artístico. Quero dizer: a tragédia, pra nos dar a sensação presente do trágico, exige que a sua forma tenha aquela grandeza latente, aquela grandiosidade imanente, aquele arrebatamento de proporções que sentimos diante do que é verdadeiramente trágico. A grandeza da fatalidade... Se observe: dá-se na rua um desastre de automóvel em que morrem cinco pessoas. Ao mesmo tempo que sabemos disso, sabemos que em Rincão desmoronou a borda de um poço e um homem ficou vivo lá dentro, está difícil de salvá-lo, e ele vai morrer. Si nos observamos com paciência, veremos logo a distinção psicológica. A primeira notícia é mais propriamente dramática, é tristíssima, porém houve no caso uma colaboração do poder humano que não a transporta para o plano ilimitado da fatalidade. Mas aquele homem morrendo no fundo do poço, as horas passam, aquela terra malvada que desmorona cada vez mais: o sabor trágico da coisa é violento, o limitado humano já não colabora mais, inteiramente à mercê do Fatum, da fatalidade. E é por isso que (desumanamente) o desastre inexplicável de um submarino nos infunde mais horror e mais piedade (isto é, os sentimentos mesmos do trágico) que uma declaração de guerra. A guerra não é trágica, é dramática — vício nojento imposto à vida pela imbecilidade do limitado humano. Mas o terremoto é profundamente trágico, até no Japão, porque nele as forças incontroláveis da fatalidade assoberbam o nosso limite. E o exaltam!

Esta grandiosidade do Fatum é correspondida imediatamente na arte por uma imprescindível grandiosidade, eloqüência, arrebatamento de proporções da forma. Entenda-se de uma vez que digo forma no sentido de psicologia da forma, de que tudo decorre, e não fisiologia restrita da forma, quadraturas, ternaridades, ingentes proporções. Pois não tenho a impressão de que Otávio de Faria desse a este problema a importância merecida. Por dois lados: proporção e linguagem. A forma das suas tragédias se dilui, se intimida nas cinco cenas do "Pilatos"; bambeia no "Yokanaan" com os dois intermédios disconvergentes, levando a tragédia para Salomé; e se desnorteia no segundo ato do " Judas", com certas repetições de cenas, hesitação no conduzir o desespero crescente do traidor e a lastimável oração final de Sara, pressupondo um perdão pra Judas, em vez de significar a perdição irremediável. Puro teatrinho de educandas.

Mas, ainda mais importante como deficiência formal, me parece a linguagem usada pelo artista. Otávio de Faria há de bem imaginar quanto aplaudo a sua liberdade sem doutrina, capaz de pôr na boca de Clódia aquele "Te (sic) ferem as minhas palavras?", insultuoso para os gramatiquentos. A frase ficou de um clangor brônzeo. Já me parece menos satisfatório, na elevação de linguagem exigida pelo trágico, o nordestinismo que substitui "este por esse". "Veio transtornar a razão de meu filho e de minha mulher e trazer a essa (sic) casa a intranqüilidade", diz o pai de Judas, em sua casa, se referindo a ela (Confronte mais páginas 96, 128. E outras ainda). A tragédia exige linguagem própria, e se não obriga ao verso, obriga a um ritmo e convenções que a libertem do quotidiano. É sempre ainda a antinomia entre o limitado humano e o ilimitado da fatalidade. Poder-se-ia talvez avançar que o espírito mesmo da tragédia é ter um só personagem, o destino. Prometeu, Ifigênia, Dom Carlos são como avatares, limites humanos, aspectos circunstanciais desse personagem único. E este Fatum é que põe na boca das suas vítimas uma linguagem específica que nada tem de artificial, porque corresponde exatamente ao clima trágico, não pertencente à quotidianidade da vida. E Otávio de Faria não alcançou essa linguagem específica: as suas frases não têm aquela beleza candente e isolada que mesmo em nossos dias conseguem um Claudel e um Hoffmannsthal. E também o artista fugiu dos monólogos, das grandes tiradas, das objurgatórias altissonantes. A malícia do nosso tempo lhe encurtou a temeridade de escrever tragédia nestes nossos dias. Haja vista, por exemplo, o estouro de Pilatos à página 131. Falta força, falta grandeza, falta o grito agoniado do desespero. Era o lugar (aliás muito bem preparado) para o trecho de "bravura", para a página de antologia. Mas Otávio de Faria é inteligente por demais, tem demasiada consciência do ridículo pra se jogar nesses perigos. E o resultado, a meu ver, foi o menos desejável possível: nem fracasso, nem tragédia. Ora, o fracasso, em arte, não é desdouro, tanto mais em quem busca as alturas e não se avilta em cabotinismo. Eu teria preferido que o artista fracassasse na luta por um grande ideal, a nos deixar assim malestaróides ante uma criação mole e tímida que não chega propriamente a ser.

Esta crônica já vai tão longa...O artista não criou a forma trágica, e as suas obras ficaram por isso bastante diluídas no vago. Mas não terá sido esse o único engano. Haverá propriamente tragédia no caso de Yokanaan?... Não posso me aventurar mais numa distinção entre o trágico e o sublime, porém me parece que João Batista é muito mais sublime que trágico. E a psicologia que lhe deu o escritor, a insistência na "esperança baldada", a "confiança na invencível fraqueza humana e no poder de persuasão da vontade" nos leva diretamente para o sublime e não para o trágico. Nos leva à vitória sobre a limitação humana, para a Inocência predestinada. Ou aloucada, si quiserem os ateus. No martírio dos santos, na ingenuidade de morrer por um ideal improvável que não é deste mundo, há o sublime — esta espécie de irreverência do homem contra o seu limite terrestre. O mesmo sublime, a mesma irreverência que sentimos, imaginando existirem mundos desabitados no estelário, muito maiores que a terra. Em João Batista não existe tragédia alguma. A tragédia é de Salomé, ou principalmente do Tetrarca. E esse foi o engano crítico do autor, a meu ver. Não fez da sua peça a festa lírica de um inocente; não a impregnou daquele parsifalismo feérico que ela deveria ter pra que Yokanaan se valorizasse em toda a sua sublime "maluquice".

Aqui, novo problema intervém: é possível o verdadeiro trágico dentro do assunto tematicamente cristão? O autor, no seu prefácio, prova inquieto que os poetas do Cristianismo fugiram sempre das tragédias à sombra da cruz, ao passo que retornaram assiduamente aos temas trágicos da Antiguidade. Isso não derivará de ser impossível, ou pelo menos dificílimo, com o santo, com o herói cristão, infundir horror e piedade? A fatalidade, na tragédia, domina o limitado humano, de forma que o desenlace, o que vai suceder e sucede mesmo, NÃO TEM COMPENSAÇÃO. Não pode ter compensação, porque si tiver, deixa de ser exatamente trágico, não inspira horror nem piedade. Não é possível a gente se apiedar de Yokanaan nem se horrorizar com o seu martírio, porque ele vai ser santo e já tem o pé na barca da glória. Na tragédia, e por isso ela é tão causticante, quando o herói morre, a gente guarda a sensação de que tudo acabou para o herói, como símbolo de um destino. Édipo como Otelo, como Prometeu, não tem compensação.

Nas duas outras peças o ideal trágico está mais bem achado, mas ainda nelas o espírito crítico burlou as forças do artista, e imagino que ele "psicologizou" por demais. Judas é especialmente falho neste sentido. Chega a se pensar com grande clarividência, chega a se arrepender, chega a aceitar por segundos a possibilidade de ser perdoado! Aliás aqui entro a discutir mais uma vez o Catolicismo com católicos, este meu vício... Não sei, mas diante de certas frases do Judas, de Otávio de Faria, diante de certos movimentos do seu ser espiritual, me ponho a pensar onde teria ficado a ação da Graça?... Tragédia implica restrição de psicologia. Ou milhor: fixação do tipo psicológico, e conseqüente empobrecimento do ser, que não poderá agir diferentemente. Otelo é tão ciumento que não poderá deixar de ser ciumento nem que queira. Todo Shakespeare, Goethe, Schiler e os próprios franceses (pra citar cristãos já dominados pelo individualismo psicológico) insistem, quando trágicos, nesta desvalorização do ser psicológico. Basta observar a enorme diferença de atitude criadora entre o Goethe das tragédias e o dos romances. Enriquecimento psicológico implica necessariamente liberdade de ação, possibilidade de agir diferentemente. Quando o psicologismo da comédia passou a influir na tragédia, esta se mudou em drama, e Racine se apoucou em Vitor Hugo. O Judas que Otávio de Faria construiu é uma pobre alminha atribulada, tão lastimável como a Dama das Camélias.

Assim, não guardo a certeza de que o escritor tenha conseguido quanto pretendeu realizar. Talvez essa indecisão das suas tragédias lhe venha das circunstâncias do tempo. A malícia do século se intromete com seus mil preciosismos por todos os resquícios da alma contemporânea e a ingenuidade desertou do nosso dia. Restava a forma, a linguagem, pela qual uma obra se salva sempre nas ilhas da beleza. Mas, ou não a terei percebido e o tempo fará maior justiça a estas tragédias, ou elas não conseguiram mesmo nadar até às longínquas ilhas.

AS TRÊS MARIAS

(17-IX-939)

Com o seu novo romance das "Três Marias", Raquel de Queiroz parece entrar num período de cristalização da sua arte. E o impressionante nessa cristalização é que a romancista se liga, com este livro, a uma das mais altas dentre as nossas tradições romanescas, a de Machado de Assis. Ora, isto eu creio absolutamente inesperado. Apesar de todos os elementos de simplicidade e clareza da sua expressão lingüística, não se poderia prever na personalidade apaixonadamente interessada pelos problemas humanos da autora do "Quinze", tão curiosa mudança de ângulo de visão.

A romancista não perdeu com isto nenhuma das qualidades que a salientavam dentro da novelística brasileira, e creio mesmo que jamais se apresentou com técnica tão segura e pessoal. O seu estilo, sem o menor ranço de passado, atinge agora uma nobreza que se diria clássica em sua simplicidade e firmeza de dicção. O único receio que me deixa a sua maneira de dizer é quanto ao abuso de palavras geminadas, principalmente qualificativos. "Ele é "QUIETO E MACIO" como um gato, tem uns grandes olhos verdes CURIOSOS E TRISTES que transbordam lágrimas à menor comoção, como si, tão VERDES E LÍMPIDOS fossem..." (página 144) : "até dormir "EXAUSTA E DESARVORADA ", rolando a cabeça dolorida, sem repouso, no travesseiro "QUENTE E DURO" (página 16). O hábito não chega a ser defeito, pois a escritora não insiste nele como nenhuma penúria expressional, mas como se repete com bastante freqüência, descoberta a facilidade, esta persegue o leitor e desperdiça a inocência como que se deve ler. Em compensação, raro tenho surpreendido em nossa língua prosa mais... prosística, se posso me exprimir assim. O ritmo é de uma elasticidade admirável, muito sereno, rico na dispersão das tônicas, sem essas periodicidades curtas de acentos que prejudicam tanto a prosa, metrificando-o, lhe dando movimento oratório ou poético. As frases se movem em leves lufadas cômodas, variadas com habilidade magnífica. Talvez não haja agora no Brasil quem escreva a língua nacional com a beleza límpida que lhe dá, neste romance, Raquel de Queiroz. Outros serão mais vigorosos, outros mais coloridos — nem estou com a intenção mesquinha de salientar por comparação e diminuir a ninguém. Estou apenas exaltando a limpidez excepcional desta filha do luar cearense.

Dentro desse admirável estilo Raquel de Queiroz vazou agora a sua visão nova, fundamente desencantada dos seres e da vida. Estudando Três Marias, em suas existências diversas, compôs um romance de feição autobiográfica, por estar escrito na primeira pessoa. Livro triste, denunciando uma vida social bastante imperfeita e seres incapazes de se realizar com firmeza psicológica, embora viva nestas páginas a generosidade sempre pronta da mulher. Se trata mesmo duma obra muito feminina, em que se confessa toda a delicadeza irritável, todo o drama de solidariedade, toda a fraqueza satisfeita de si, de uma alma de mulher.

O aspecto mais curioso talvez dessa feminilidade está na aparente "falta de imaginação" com que a escritora mata mulheres no romance. Várias delas morrem de parto, pelo menos três. O parto parece estar para a escritora em íntima conivência com a morte. Aliás, para Maria Augusta, que é quem conta a história, essa ligação do parto com a morte é impressionantemente legítima, pois que ela perde o filhinho nascituro. Não morre ela, mas o filho. E assim perturbada com violência em seus instintos maternos, Maria Augusta como que se sacrifica, matando no parto as outras mães do livro. Não tem ânimo pra lhes matar os filhos (que é a imagem que a persegue) , antes se salva neles prolongando nos filhos das outras a sua maternidade frustrada. Mas a imagem da morte se mantém irresistivel, ligada à do parto, e temos uma "transferência", como se diz em linguagem psicanalítica. A morte se transfere para as mães, e estas se consomem no grave sacrifício de fazer a existência nova. É possível que essas mortes tenham existido mesmo, pois que o livro é de feição autobiográfica. Não importa. É incontestável que Maria Augusta comete vários matricídios, em que ela mesma se morre pra salvar o filho que morreu.

Outro dado importante da feminilidade do livro é uma tal ou qual fraqueza vingativa no analisar os homens e buscar compreendê-los com maior exatidão. Não nos esqueçamos, no entanto, que se trata da mesma artista que desenhou "João Miguel" com tão poderosa humanidade. Mas agora afirma coisas assim: "Talvez os homens usem as ternuras do amor como empregam os "encantado em conhecê-la" na rua. E é a nossa ingenuidade inexperiente que descobre confissões e protestos no que não é mais do que uma cortesia corriqueira. O abandono feliz do fim, a entrecortada febre de antes, as exclamações incoerentes e comovedoras, quem as dita é "talvez a carne satisfeita, não é o coração amante". É verdade que a analista põe tudo num dubitativo inquieto, mas não será este o único instante em que ela se vinga do eterno masculino, lhe penetrando pouco ou mal a incapacidade de grandeza. O penumbroso Isaac, o tímido suicida, o próprio pintor, e ainda o pai incompetente que aparece em meio à ternura de magnífica intensidade com que Maria Augusta evoca a infância e a mãe, são bem figuras incompletas e bastante sem dor. E pra engrandecer o pai de Maria da Glória, a romancista o amansa desagradavelmente, fazendo ele permitir que a filha o chame de "mãe"! Talvez só haja um homem bem homem no livro: o romeu que rouba a moça, contra tudo e todos. Mas desse a escritora só nos mostra um braço!... São homens fortemente incapazes, figuras de... vingança, entre mulheres nítidas.

Em compensação, estas vivem com riqueza esplêndida, todas descritas com uma segurança de análise, uma firmeza de tons, uma profundeza de observação verdadeiramente notáveis. Num equilíbrio perfeito de estilo e concepção, a escritora não se desdobra em análises psicológicas pormenorizadas. A simplicidade direta do seu estilo, corresponde a simplicidade direta da análise. Jamais esta se compraz em escarafunchar os milhões de alcovas escuras ou escusas do coração humano. Estas mesmas alcovas que obrigaram um Proust e o Joyce da grande época à sua fraseologia tortuosa e labiríntica. A análise de Raquel de Queiroz é curta e incisiva, à maneira de Machado de Assis. E lembra mesmo invencivelmente o Mestre, mais que seus imitadores.

Não creio tenha havido, na artista do Norte, qualquer intuito de se filiar à tradição de Machado de Assis. Em seu novo desencantamento, porém, em sua liberdade nova de contemplação, a escritora atinge às vezes expressões que se diriam de Machado de Assis. "Não adianta desenterrar defuntos velhos. Nem novos, naturalmente", diz ela à página 238. Neste, como em alguns casos mais, a coincidência chega a lembrar identificação. Mas não é nessas observações itinerantes que a romancista se filia com mais profundeza à tradição ficada. Muito mais importante me parece verificar que ela dignifica essa tradição com a sua excepcional agudeza de análises. Assim, ao comentar o suicida, Maria Augusta escreve: "Em nome de que direito se introduzira assim brutalmente na minha tranqüilidade, por que arrastara consigo a sua alcova dramática, a parentela acabrunhada, e viera morrer dentro da minha vida ?" Eis outro passo colhido ao acaso: "No entanto, não o reconhecia agora, porque talvez a cara dele era outra, e a gente tem uma feição especial para cada sentimento e cada sensação." E este delícia: "Na morte voluntária, o que sempre me apavorou naquele tempo como hoje, é essa tragicômica publicidade que a reveste. E a mim, que sempre tive tão profunda aquela necessidade da morte, sempre me inspirou horror a idéia de dar espetáculo, para a platéia que fica, do odioso sensacionalismo do gesto, que é como um impudor póstumo." São estes, e poderia citar muitos outros, momentos excepcionais de observação percuciente, que Machado de Assis se sentiria feliz de ter escrito. Raquel de Queiroz prolonga realmente, mais que os imitadores, uma grande tradição da cultura nacional.

E a enriquece. Entre todos quantos, bons e ruins, se filiam a Machado de Assis, si nenhum alcançou a perfeição expressional de Raquel de Queiroz, nenhum também, todos ensimesmados como o Mestre, soube acrescentar à corrente o que mais lhe faltava: o perdão. Raquel de Queiroz está longe, pelo menos neste seu livro, de ser uma *humourista.* Ela não evita a solidariedade humana. Si não castiga mais tanto, como nas paixões irritadas que lhe ditaram os livros anteriores, sabe se conservar sempre intensamente comovida e comovente. Não se excetua no mundo pela ironia, não se ressalva da inenarrável estupidez humana pelo *humour,* pela impiedade, pela superioridade que não se mistura. Ama e lastima. Sofre e se vinga. Não raro a lágrima tomba das suas frases agoniadas, feito o pingo de orvalho fecundador. Este livro de Raquel de Queiroz é uma festa humana, naquele milhor sentido em que a beleza e a arte são sempre um generoso prazer. Festa completa e complexa, em que dentro da libertação contemplativa e criadora, temos conosco sempre uma alma de carinho, alegre e dolorosa, profunda, sofredora, compassiva, grave. A gente sai do livro certo que a vida é maior que as verdades do momento, piedoso, com vontade de agir, de modificar, de surpreender as realidades que estão acima das contingências da hora. Pegar a vida assim, e eternizá-la, pois que tanto pode a arte verdadeira — esta vida que, em sua efemeridade, é a única coisa eterna do mundo... Ninguém distribui certidão de obra-prima. Em todo caso, "As Três Marias" de Raquel de Queiroz me parecem uma das obras mais belas e ao mesmo tempo mais intensamente vividas da nossa literatura contemporânea.

ROMANCES DE UM ANTIQUÁRIO

(24-IX-939)

Em 1935 Cornélio Pena estreava no romance com grande originalidade e interesse, publicando "Fronteira". Já nesse livro ele se referia, de passagem, à existência de um indivíduo chamado Nico Horta, de que agora descreve a vida e a morte em "Dois romances de Nico Horta". Sem ser uma continuação do livro anterior, o romance de agora insiste no mesmo clima novelístico e na mesma atitude estética de "Fronteira", fixando com clareza a personalidade literária do autor.

Embora eu tenha uma bem nítida impressão de que, com Nico Horta, o romancista exagera um bocado na utilização do tenebroso, do mistério, do mal-estar, e se repita mesmo no emprego de certos efeitos já aparecidos em "Fronteira", me parece incontestável que Cornélio Pena trouxe ao romance brasileiro de agora uma novidade que o enriquece. Principalmente ao realismo psicológico um pouco estreito (não quero dizer superficial, mas exatamente "estreito", em seu excesso de lógica) de que os nossos romancistas atuais tanto se agradam. Cornélio Pena traz a colaboração da gratuidade psicológica, dos mistérios irreconciliáveis da alma, e porventura mesmo do metapsíquico. Não creio seja um convite a que se lhe siga as invenções assombradas e é mesmo certo que sob o ponto de vista da verossimilhança, ele vai muito longe e todos os seus personagens nos parecem anormais ou definitivamente loucos, mas o que importa é a lição. De fato, há no anticientífico, no anti-realismo das almas criadas por Cornélio Pena uma verdade científica, um realismo transcendente bem sutil: são seres de uma vida interior prodigiosa, menos presos à sua quotidianidade afetiva que às forças permanentes das hereditariedades e passados, seres por isso movidos muitas vezes por imponderáveis e providos de uma volubilidade de ação que os liberta freqüentemente da lógica psicológica.

É possível desenvolver a tese de que a psicologia, na novelística nacional, ainda não avançou muito sobre o psicologismo jurídico, ou, si quiserem, de Paul Bourget. Em verdade, a nossa psicologia romanesca ainda está no período do... reflexo condicionado, e tal personagem será incapaz de agir diferentemente do que o seu enunciado psicológico anterior nos obriga a prever. Para a novelística nacional a psicologia ainda permanece naquela aritmética adiposamente satisfeita de si, pela qual dois e dois são quatro. Apesar dos seus exageros e nebulosidades, apesar do seu gosto pelo estudo dos anormais e mesmo do metapsíquico, o princípio psicológico de que Cornélio Pena se utiliza, vem lembrar aos nossos romancistas a hipótese riquíssima de dois e dois somarem cinco. Ou três. E esta me parece a principal contribuição deste romancista.

"Fronteira", ainda era um livro fácil de compreender. Além do Epílogo que punha noutrem a culpa das estranhezas do livro, por vários momentos o próprio manuscrito encontrado tomava a paciência de nos esclarecer sobre aquela procissão de personagens e fatos misteriosos. A anormalidade mística de Maria Santa era um caso já bastante estudado nos livros de psicopatologia e o próprio autor do manuscrito se reconhecia próximo à "fronteira da loucura".

Com os "Dois Romances de Nico Horta", já muito mais audacioso, o romancista suprime quaisquer explicações; e mesmo quando, nas cenas finais, Nico Horta no confessionário ou já moribundo, parece dar a chave dos seus estranhos sofrimentos, infelizmente o faz com frases vertiginosamente sutis. Tudo permanece da mesma forma muito complicadamente complicado pra que se satisfaça pelo menos a minha medíocre aspiração de clareza.

Cornélio Pena põe em jogo um problema realmente interessantíssimo, o problema dos gêmeos, e o interpreta de acordo com a sua personalidade, de maneira fortemente dramática. Nico e Pedro são gêmeos, nascidos do segundo casamento de D. Ana, que não teve filhos no primeiro. Parece que não há razão justificável para a existência humana de gêmeos. Um como que usurpa certa porção da vida do outro, carinhos, amor, saúde, felicidade, futuro. Pedro é forte, Nico, fraquinho. Os dois manos não se gostam. Nico, o usurpador (e a coisa ainda se torna mais eficientemente trágica por ele trazer o nome do primeiro marido de sua mãe) ainda faz uns esforços pra ser amado pela família, mas imagina sempre nada conseguir. Na sua sensibilidade exaltadíssima, tudo pra ele são sombras, dúvidas, hesitações. Ama e não tem bem certeza si ama, a duas moças. Acaba, por decisão exclusiva da mãe, casando com uma. A outra se mata. Pedro desaparece da família, uma verdadeira eliminação em meio do livro. Vai morar na Capital, na casa de um médico de moléstias mentais, que, no entanto, aparecera na fazenda, pra examinar o Nico e não o Pedro. E, enfim, Nico Horta acaba por destruir qualquer possibilidade de organização vital para si mesmo (impossibilidade que já existia, aliás, na família, desde os avós maternos), pois, quando cria o seu lar, casa com Maria Vitória e a noite de amor se realiza com todas as promessas de felicidade para o futuro, a outra amada se mata, Nico foge e acaba morrendo. Morre no momento em que mais pretende viver, pois antes não conhecia "os seus próprios limites" e agora os conhece; compreende que ter mãe, mulher e amigo é realmente um pretexto pra viver, e agora o "grande desequilíbrio" que é de todos nós, já se tornara menos angustioso pra ele que possuía "a mais terrível das armas, o conhecimento". Apesar destas curiosas filosofias finais, o enredo é apaixonante, como se vê. Tenho porém, a impressão de que em parte Cornélio Pena o desaproveitou, não só por ter, com a fuga de Pedro para a Capital, abandonado em meio o problema dos gêmeos que era o mais palpitante do livro, como pelo abuso da nebulosidade. Não posso realmente concordar com o romancista no processo de repetir truques de mistério já usados no romance anterior. Em "Fronteira" surgia um Viajante, ser misterioso, inexplicável, que aparece e desaparece, espécie de símbolo intangível, que o romancista fez questão em não nos explicar quem era. O pior é que na realidade esse viajante não aumentava nada ao drama intrínseco do livro. Da mesma forma, neste romance novo, surge a horas tantas uma Ela, que aparece e desaparece, e não tem por onde se lhe pegue. Durante algum tempo a gente ainda se dispersa, interessado em interpretar essas assombrações, possivelmente simbólicas, mas força é concluir que elas não influem basicamente em nada, nada justificam, nada condicionam. A mim me parecem truques de mau gosto, cujo valor poético relativo só serve pra dispersar a intensidade nuclear dos dois romances. Cornélio Pena tem uma força notável na criação do sombrio, do tenebroso, do angustioso. As suas evocações de ambientes antiquados, de pessoas estranhas ou anormais, de cidades mortas onde as famílias degeneram lentamente e a loucura está sempre à "espreita de novas vítimas", tudo isso é admirável e perfeitamente conseguido. Alma de colecionador, vivendo no convívio dos objetos velhos, Cornélio Pena sabe traduzir, como ninguém entre nós, o sabor de beleza misturado ao de segredo, de degeneração e mistério, que torna uma arca antiga, uma caixinha-de-música, um leque, tão evocativos, repletos de sobrevivência humana assombrada. Se sente que os seus romances são obras de um antiquário apaixonado, que em cada objeto antigo vê nascer uns dedos, uns braços, uma vida, todo um passado vivo, que a seu modo e em seu mistério ainda manda sobre nós. E tudo isso o romancista capta, evoca e desenha com raro poder dramático. Não vejo razão pra ele se utilizar assim de truques, fáceis, que atingem mesmo, às vezes, o irritante dos romances de fantasmas, ruídos atrás de portas, cochichos indiscerníveis, medos inexplicáveis, que nada podem acrescentar ao mistério verdadeiro. Os capítulos iniciais deste romance novo, em que se relata a história de D. Ana, são simplesmente magistrais. No seu ritmo um pouco batido e monótono para o meu gosto da prosa, freqüentemente Cornélio Pena consegue páginas empolgantes em que joga com o mal-estar, o sombrio, o insondável das vidas interiores, e as fronteiras da loucura. É lícito esperar dele algum livro novo em que, à unidade conceptiva dos que já nos deu, se junte um critério mais enérgico na escolha dos efeitos.

A ESTRELA SOBE

(1-X-939)

Na extraordinária floração de romances que vai este ano enriquecendo a literatura nacional, o novo livro de Marques Rebêlo é por certo um dos padrões culminantes. Não porque traga em si qualquer sentido excepcional, qualquer valor conceptivo que o singularize entre os demais romances do ano ou na obra do seu autor. Pelo contrário, "A Estrela, sobe" terá muito menor significado individual ou social que os romances recentes de Raquel de Queiroz ou de Otávio de Faria. "A Estrela sobe" não parece acrescentar à obra de Marques Rebêlo, nada ou quase nada como significação espiritual. Ele apenas indica por algumas passagens, especialmente a sua frase final, que o escritor está desejoso agora de... influir na vida dos seus personagens. Quero dizer: abandonando aquele seu abstencionismo agnóstico, que tornava tão pessimistamente terrestres e materiais os seres que contemplava e descrevia, um espiritualismo novo (e bastante inesperado, convenhamos) faz com que o romancista se inquiete um pouco agora do que vai ser futuramente dos seus protagonistas e sinta um certo desejo de lhes tratar da alma. Neste livro Marques Rebêlo ainda manteve uma sobriedade artística suficiente pra não matar Leniza em sua doença e fazê-la morrer na santa paz do Senhor, porém, si o seu espiritualismo avançar mais no caminho da última frase do romance atual, é muito possível que a obra do romancista se modifique fundamentalmente. Não digo que pra pior nem pra melhor; por enquanto só é possível prever a modificação. Aliás confesso que está não me inquieta muito, porque Marques Rebêlo acentua tão notavelmente as suas qualidades de artista em "A Estrela sobe", é tão segura a virtuosidade com que domina agora o entrecho e revela as psicologias, é tão firme a linguagem que criou para o seu gênero novelístico, que o sinto, mais que nunca, em plena forma. Um grande artista. E esta plenitude artística é que torna "A Estrela sobe", um dos principais romances do ano.

Seria possível, talvez, distinguir na concepção do romance dois processos que, embora não muito distintos na aparência, são fundamentalmente diversos: o romance, digamos, aberto e o fechado. Quero dizer: há romances conceptivamente fechados, cujo final importa muito, nos quais o entrecho tem valor decisório e significativo, que encerra um ciclo, uma fase, uma ação, uma vida. Os livros de Raquel de Queiroz, por exemplo, são típicos deste processo de conceber romances, bem como, em ponto grande, quase todos os romances cíclicos. Nestes romances fechados a participação ideativa do escritor é arbitrária e preliminar; e o romance adquire por isso um mais nítido sentido moral, histórico, sociológico. Já nos romances abertos, a participação do romancista é mais livre e principalmente mais contemplativa; os personagens e os fatos vão se fixando por acrescentamento; o entrecho é, por assim dizer, vagabundo; o seu final é mais ou menos arbitrário porque não encerra. uma vida, ou uma fase completa de vida, ou um ambiente histórico circunscrito, e não tem, por isso, um valor significativo nitidamente definido. Neste caso não é o entrecho que interessa, chego mesmo a avançar: nem é propriamente uma alma, uma psicologia que interessa em sua concepcionalidade crítica, mas o se deixar viver dos fatos ou experiências individuais. Marques Rebêlo é bem representativo deste gênero de romances abertos. Os seus personagens vivem uma experiência e não exatamente uma fase de suas vidas. Si Leniza, no fim da sua experiência de subir como estrela de rádio, se encaminha de novo, "os passos mais firmes, sempre mais firmes" para o estúdio em que canta, isso nos mostra a arbitrariedade conceptiva em que o romance acaba, nos faz prever que a moça vai recomeçar a mesma vida, vai ter experiências e incidentes perfeitamente assimiláveis a tudo quanto já viveu.

E isso me parece uma contribuição importante de Marques Rebêlo. O autor de "Marafa" é o nosso criador mais pessimista. Uma faculdade excepcional de penetrar nas existências sórdidas, formidavelmente mesquinhas, completamente mesquinhas, completamente incapazes de elevação moral. Os personagens, escolhidos em geral nessa zona indistinta entre classes, mocinhas aventureiras, funcionários de baixa categoria, malandros, boêmios e sambistas, gente que não é bem proletariado nem chega ainda a ser pequena burguesia, são quase sempre seres de uma prodigiosa indefinição social. Seus esforços e aspirações morais ficam em meio, irrealizados por incapacidade de qualquer reação mais permanentemente idealista. Nem se pode exatamente dizer façam eles esforços ou tenham aspirações morais, como falei. São personagens tão angustiosamente sórdidos no seu interior, que nem siquer podem lutar em suas vidas na defesa de uma tradição moral ficada, que é o menos que se pode exigir como concepção moral, e está bem tipicamente implícito no protagonista da "Angústia" de Graciliano Ramos. Não. As reações dos personagens de Marques Rebêlo são quase que apenas reflexos fisiológicos, são reações provocadas por uma epidérmica e primária concepção de brio, de amor-próprio. Lhes vem o sangue na cara, e só nisso, numas frases conciliatórias ou numa dúvida momentânea, lhes fica a reação. Neste sentido, Mário Alves é uma figura prodigiosamente viva do que há de abjeto na incapacidade humana. Mas ainda Leniza Oliveira, Porto, o próprio "seu" Alberto são seres cuja sordidez vital o escritor se compraz em denunciar e sabe fazê-lo com uma força aguda que não sofre comparação.

Si o escritor não usasse temperar tamanha flacidez moral com o sentido muito vivo da comicidade e, principalmente, neste livro, um certo sentimento poético, que freqüentemente deixa escapulir na malvadez seca dos casos e das almas uma perquirição mais lírica, os seus livros seriam irrespiráveis. Mas por outro lado, com estas suavizações do seu terrível pessimismo, talvez Marques Rebêlo prejudique um bocado a significação humana das suas obras. Isso lhes abranda aquela força de castigo que teriam, desprovidas desses encantos artísticos...

Não é geralmente pela análise psicológica que Marques Rebêlo define os seus personagens, muito embora, de vez em quando nos forneça trechos de análise dignos de registro, como o poderoso estudo de Leniza (página 88) e o bonito capítulo da página 188. Em vez da análise pormenorizada, o escritor prefere mostrar os seus personagens por meio de suas frases e gestos. É na dialogação que Marques Rebêlo é absolutamente incomparável, e não estou dizendo novidade. Além da riqueza de modismos tão apropositados, além da impressão tão exata de naturalidade que os seus diálogos demonstram, o maior valor deles, a meu ver, está na significação psicológica com que o escritor sabe intensificar e encher de sentido um simples "bom-dia". A bem dizer, nenhuma frase dos seus diálogos, se dispersa como elemento protocolar, tudo tem significação psíquica, tudo exprime um dado de alma, uma intenção vivida.

Ritmo trôpego, rápido, com excesso de frases curtas. Lembra, com maior amadurecimento e virtuosidade, a técnica de Antônio de Alcântara Machado nos seus primeiros livros. Com isso, Marques Rebêlo nos apresenta um estilo de uma vivacidade, de uma lucilação notáveis; verdadeiro simultaneísmo em que idéias de personagens, imagens percebidas, traços descritivos, reflexões de autor se concatenam, interpenetram, baralham, fundem em pinceladas curtas, quase um "pontilhismo" impressionista, de uma segurança que jamais se engana nos efeitos. Porque o mais admirável, nesta mistura de elementos diversos de exposição, é que o autor sabe evitar qualquer obscuridade, qualquer confusionismo. As notações batem como dados precisos, que o leitor percebe imediatamente, sem se perder no rápido fluir das frases.

Assim, a meu ver, "A Estrela sobe" não acrescenta nenhum sentido novo à obra que Marques Rebêlo vem construindo. Mas representa um apogeu, uma firmação virtuosística de todos os elementos de técnica e concepção que já estavam definidos desde "Oscarina". Dir-se-ia que Marques Rebêlo se repete nesta série de mulheres, não iguais, mas tão idênticas entre si. Mas tenho a certeza de que está observação é prematura. Embora permanecendo na mesma concepção pessimista da vida e na mesma escolha de ambientes indefiníveis como classe, já denunciados nos romances anteriores, não só o mundo que Marques Rebêlo escolheu, contém toda uma galeria muito rica de almas sutilmente diferenciadas entre si, e costumes diversos, como creio que a obra deste escritor é dessas em que cada livro, pouco importando a sua perfeição, vale menos isoladamente que na totalidade do conjunto. E com efeito, é pelo seu conjunto que a obra de Marques Rebêlo tem uma importância capital em nossa novelística, revelando uma personalidade mais sofrida e trágica que a aparência de um só livro poderia denunciar. E, ao mesmo tempo, revelando um grande artista, que a cada livro novo se apresenta mais seguro de si.

OS CAMINHOS DA VIDA

(29-X-939)

Há dois anos atrás, Otávio de Faria, de um golpe só, alcançava com os seus "Mundos Mortos", um dos mais altos postos da novelística nacional. E não era apenas pelo seu valor como romancista que ele se afirmava original e possante entre nós, mas ainda pela coragem da sua iniciativa e pelo seu caráter social. Os "Mundos Mortos" eram apenas o primeiro volume de uma vasta obra cíclica, que pretende reunir dezessete romances. Toda a obra tem o título geral de "Tragédia Burguesa", e será um painel pacientemente pormenorizado, e provavelmente um verdadeiro processo, da burguesia. Da sua "Tragédia Burguesa", Otávio de Faria acaba de publicar o segundo romance. É mais um livro notabilíssimo, em que o escritor reafirma com segurança as suas intenções críticas e os caracteres da sua personalidade de romancista.

Dentre os nossos escritores católicos ou que tendem para o Catolicismo, Otávio de Faria é dos mais combativos e a todo momento a sua obra de teorista assume as mais leais coragens do panfleto. Deste caráter panfletário se ressente a "Tragédia Burguesa", embora o autor lhe tenha posto como epígrafe, aquela frase de Pascal, que manda não censurar, nem louvar o homem, mas, entre gemidos, buscá-lo. Não duvido que Otávio de Faria pretenda procurar o homem, mas os seus instrumentos de pesquisa não são exatamente "científicos", o escritor toma partido, louva, condena, se apaixona moralisticamente por esta ou aquela alma, esta ou aquela orientação, e não se recusa a confessá-lo. Com efeito, ele chega a pedir ao leitor que deixe de ler, caso não lhe seja possível participar das intenções do autor, louvar e condenar com ele! Visível truque demagógico, de bastante mau gosto, a meu ver. Porque os que conseguiram ler Otávio de Faria até esse passo, apesar do seu estilo desagradável, árido e grosseiro, apesar das diminuições de sua liberdade de artista lhe impostas pelo seu pragmatismo virulento, continuarão lendo e tomando partido com ou contra Otávio de Faria e suas almas. Porque Otávio de Faria é simplesmente um grande romancista, que com as suas admiráveis forças criadoras, conseguirá entusiasmar todo leitor bem intencionado.

É muito difícil fazer uma crítica honesta de uma obra apenas em começo; e por outro lado, a quantidade de observações, de coisas a louvar ou discutir, de uma criação tão rica de elementos, não cabe numa crônica de jornal. O que distingue, desde logo, Otávio de Faria entre os nossos romancistas atuais, é a sua força de analista de almas. Jamais a análise psicológica foi levada entre nós a esta riqueza de pormenorização nem a esta força convincente de verdade. Ora isto me parece tanto mais espantoso que Otávio de Faria restringe bastante a sua liberdade de analista pela sua intenção de fixar psicologias bem caracterizadas, bem definidas, que possam se opor, se combater, como forças do Bem e do Mal. E com efeito, as faculdades de analista do escritor se ressentem visivelmente da sua atitude interessada. Otávio de Faria sabe reunir uma quantidade prodigiosa de elementos psicológicos pra definir cada um dos seus heróis, e quase todos esses elementos são de enorme interesse, escolhidos com grande acuidade de observação. O que define, porém, a maneira atual do analista, é justamente esta "escolha" de elementos: todos eles são coincidentes, pra desenhar um caráter psicológico tomado em absoluto. E, quando não coincidentes, revelados justo pra focalizar com maior força, o absoluto de uma psicologia. Pedro Borges é a tendência do Mal. Branco é a tendência do Bem.

Neste sentido, muito embora se perceba que o nosso escritor está perfeitamente versado nos grandes analistas nossos contemporâneos, a lição de um Proust ou de um Joyce não pôde lhe ser útil. Dentro da análise levada a uma estupenda particularização, Otávio de Faria conserva, de alguma forma, aquele conceito um pouco grosseiro do "herói" à antiga. Embora estude por enquanto psicologias de rapazes, todos estes estão completamente desprovidos daquela gratuidade psicológica, daquela liberdade, daquela inconseqüência, não sei como dizer, enfim: daquela parte de indefinição do ser, que resiste a qualquer psicanálise e permite "verdades" psicológicas, tais como o Anthony, de Huxley. E mesmo expondo com segurança apaixonante as lutas entre as boas e as más tendências que se processam dentro do indivíduo, não é exatamente a vitória do Bem ou do Mal, que define a análise de Otávio de Faria, mas (por enquanto, ao menos) uma fatalidade premonitória que faz, de cada herói exposto, antecipadamente um condenado. Um condenado a ser mau, como Pedro Borges, um condenado a ser bom, como Branco, e outro, ainda, condenado a "vítima imbele que o tufão levou", como Elza ou Nininho.

Mas esta diminuição, porventura voluntária, do analista, si... desmoderniza sutilmente a sua qualidade psicológica, lhe deu um valor que a grande novelística dos nossos dias vai muito perdendo: a dramaticidade. Os romances de Otávio de Faria são de uma densidade dramática absolutamente excepcional. Mesmo, às vezes, a incidentes mínimos, o romancista sabe imprimir uma força dramática muito grande, não só pela qualidade da invenção (como no caso de Paulo ou naquela briga das últimas páginas de "Mundos Mortos") , mas também pela intensidade psicológica. Deste último gênero, Otávio de Faria já escreveu páginas, a meu ver, perfeitamente magistrais, como a creio que segunda confissão dos "Mundos Mortos", e nos "Caminhos da Vida" a cena de Pedro Borges contemplando a mãe morta. E quase toda a análise de Branco é de um vigor esplêndido, como dramaticidade.

Aliás, está me parecendo que Otávio de Faria é bastante mais "artista" do que pretendeu ser nesta sua criação intencional. Tenho um muito firme sentimento de que certos heróis, descritos pelo romancista, já estão vivendo um pouco à revelia do seu criador. Raquel de Queiroz já salientou a beleza e o valor psicológico desse personagem principal dos "Caminhos da Vida", que é Branco. Não há dúvida. Branco é um tipo admirável de adolescente. Otávio de Faria visivelmente interessadíssimo por essa alma que inventou, (um pouco autobiográfica?...) tratou-a com um carinho infatigável. E merecia. Branco é uma das almas mais delicadas, mais juvenilmente líricas, mais dignas de amor, mais sensíveis, mais respeitáveis que já encontrei. Mas Branco não é apenas isso e tem o seu lado muito feio, ou pelo menos condenável, não sei si percebido pelo romancista. Em sua "diferença", em seu inadaptável, Branco vive o drama do individualismo burguês e da aspiração à solidariedade humana com uma agudeza dolorosíssima, que o autor salienta em episódios muito bem achados e analisa de maneira impressionantemente forte. Mas, na verdade, tal como está descrito e exposto, Branco não deixa de ser sutilmente vil. Ele guarda consigo uma detestável volúpia de pensar a respeito do lamaçal alheio. Mais que tristeza de seu isolamento, mais que orgulho de se sentir melhor, mais que tortura da sua diferença: Branco na verdade está me caindo um voluptuoso em pensamento. Queira ou não o romancista, o seu mais estimado e estimável personagem se refocila pelo pensamento no que os outros personagens pensados por ele, Branco, se refocilam pelos atos. A mim me diverte bem a evasão, a "transferência" de certos contadores religiosos ou moralistas, que fazem os seus heróis errarem durante um romance todo e se regenerarem no fim. Há alguma coisa dessa ingenuidade, em Branco. A sua nobreza natural de caráter, a sua dignidade instintiva o impedem se chafurdar nas voluptuosas vilanias da juventude comum. Porém, ele não faz outra coisa sinão pensar nelas! É certo que as condena, mas... só no fim de longos e bem vividos pensamentos e análises. Em todo caso, apesar desta sua volúpia, ou por causa desta sua volúpia, ou por causa também dela, a figura de Branco é das mais lindas almas de moço que já encontrei nas minhas leituras, uma esplêndida criação.

Já não posso mais expor outras qualidades que encontro e outros problemas que me sugere este romance de Otávio de Faria. Não é possível, por enquanto, prever o que será esta "Tragédia Burguesa" quando completada. Em todo caso, será sempre de prodigioso interesse observar como Otávio de Faria expõe e critica está mirífica burguesia que surripiou de 1789 o seu sentido mais profuso. É possível pedir ao romancista que trabalhe um pouco mais o seu estilo. Como artista, ele se empobrece voluntariamente de muitas das suas liberdades de criador. O certo é que mesmo dentro das suas intenções, da sua atitude crítica e do direito que se deu de julgar e condenar (a mim, condenações, às vezes, um pouco primárias e por sua vez condenáveis, como no caso de Elza), Otávio de Faria já nos deu dois romances de grande valor, obras que pela sua originalidade e força criadora, estão entre as principais da nossa ficção. Só da nossa?...

RIACHO DOCE

(1)

(12-XI-939)

José Lins do Rêgo mantém sempre, no seu último romance, todas aquelas altas qualidades e aquelas mesmas características tão vivas e originais, que fizeram dele uma das mais importantes figuras do romance americano atual. Sem ser porventura uma das suas obras mais individualmente destacáveis, "Riacho Doce" conserva o mesmo valor documental, a mesma significação crítica, a mesma força novelística e as mesmas belezas das outras obras do escritor. De resto, Lins do Rêgo é desse gênero de artistas cuja obra só adquire toda a sua significação em seu conjunto e, com pequenas variações de valor, muito dependentes dos gostos pessoais de quem lê, se conserva toda dentro da mesma grandeza normal. Há, com efeito, artistas, dotados como que de uma fatalidade genial que os obriga a encontrar assuntos inteiramente conformes às suas qualidades pessoais. Tal é o caso de um Dickens ou de um Proust, por exemplo. Mais numerosos porém são os que "vivem à procura de um assunto", do "seu" assunto, do assunto que valorize integralmente as qualidades que têm. Estes se apresentam cheios de altos e baixos, em obras de valor irregular, como é o caso de um Flaubert ou de um Aluízio de Azevedo. Lins do Rêgo me parece pertencer à classe dos primeiros. "Riacho Doce" não repete nenhuma das obras anteriores do seu autor, mas repete Lins do Rêgo em tudo quanto faz o romancista que ele é. O escritor de linguagem mais saborosa, colorida e nacional que nunca tivemos; o mais possante contador, o documentador mais profundo e essencial da civilização e da psique nordestina; o mais fecundo inventor de casos e de almas.

Será talvez preciso esclarecer um bocado o que entendo por "invenção" em literatura e como acho que devemos conceituar essa palavra, muito usada e levianamente usada. De Lins do Rêgo já se disse que tem pouca invenção e vive preso às reminiscências de sua vida nordestina. Ora inventar não significa tirar do nada e nem muito menos se deverá decidir que uma das onze mil virgens tocando urucungo montada num canguru em plenos Andes escoceses é mais inventado que descrever reminiscências de infância. Aliás tudo em nós é de alguma forma reminiscência; e a invenção, a invenção justa e legítima não se prova pelo seu caráter exterior de ineditismo e sim pelo poder de escolha que, de todas as nossas lembranças e experiências sabe discernir nas mais essenciais, as mais ricas de caracterização e sugestividade. Nada mais banal que Lins do Rêgo, por exemplo, ter escolhido uma distinta senhora sueca pra uns amores alagoanos com um mestiço. Tratava-se de entrechar amores internacionais dos nossos fulgurantes mulatos. Ora descobrir, inventar uma Suécia era evidentemente facílimo, muito mais fácil que inventar a Rússia, hoje perigosa, ou a Alemanha, hoje desagradável. Realmente a Suécia de Lins do Rêgo, como tal, isto é, como Suécia, é uma fragilidade de invenção. E quanto mais raro o país, mais Iraque ou Cochinchina, mais fácil de inventar. Agora: quando o grande romancista escolhe e separa dentre as vidas de indivíduos nordestinos com quem privou, que apenas viu ou lhe contaram, os elementos que lhe deram o homem que criava o bode em "Pedra Bonita" ou o modestozinho Doutor Silva que se empobrece na esperança do petróleo nacional; quando escolhe e separa e soma coisas que viveu e coisas ouvidas e que outros viveram pra compor as suas memórias de "Menino de Engenho"; quando soma, separa, escolhe elementos psicológicos de um, dois ou mais indivíduos observados, pra compor o seu personagem Nô e a sua Edna; em todas estas escolhas previamente não-inventadas é que ele fez prova do seu enorme poder de invenção. Porque todas estas criações eram imprevisíveis. O Conselheiro Acácio, Babitt sempre existiram. A grandeza inventiva dos romancistas escolhedores do Conselheiro Acácio e de Babitt consistiu justamente em não pretender tirar do nada, mas antes tirar do tudo, do sabido de todos, do experimentado profundamente por todos: escolher de dentro de todos nós e do eterno da vida social, elementos-reminiscências normais a todos. Apenas nós ainda não lhes déramos, a esses elementos, a verdadeira, a "criadora" atenção. Ainda não os inventáramos. Ainda não os escolhêramos, e por isso eles eram imprevisíveis. Todos os grandes romances, o "Quixote" como "Os Noivos", David Copperfield como Madame Bovary provam que a verdadeira invenção, a mais imprevisível e fecunda, consiste justamento em achar o mais fácil de achar. E desta invenção qualquer livro de Lins do Rêgo está cheio, tal a força humana, o vigor de caracterização, o sabor vitaminoso dos seus personagens quase todos, em quase todos os seus atos.

Outro ponto que me parece muito importante na personalidade de Lins do Rêgo, característica evidenciada neste "Riacho Doce" com grande violência, é o processo de análise psicológica que ele criou pra seu uso. Este processo, que consiste especialmente na repetição sistemática de certos dados, a meu ver afeta a própria mentalidade do novelista, como narrador. Pela sua originalidade e pelas conseqüências que vai tendo a sua imitação por alguns romancistas novos, o problema me parece de importância capital para a nossa qualidade literária de hoje.

Com os seus processos, as suas características, as suas qualidades admiráveis e cacoetes menos admiráveis, José Lins do Rêgo vai nos dando os seus romances. "Riacho Doce" incorpora-se com galhardia na série. A força, a "verdade" do seu entrecho empolgante, a riqueza dramática, a "necessidade" das psicologias individuais e coletivas que se chocam, o valor documental do ambiente, dão ao romance novo a mesma alta qualidade dos anteriores. Recentemente numa entrevista lastimável que terei de comentar mais largamente, Lins do Rêgo se insurgiu contra o valor "documento" que é atribuído aos seus romances. Tenho a impressão de que, momentâneamente, o romancista não refletiu bastante sobre o que significa arte como transposição da vida, nem sobre a largueza de conceito da palavra "documento". Está claro que Lins do Rêgo faz, antes de mais nada, arte, como ele mesmo proclamou. E da milhor arte. Assim sendo, os seus livros não são obras científicas de antropogeografia, tal como está é concebida contemporaneamente, embora muitas vezes o romancista possa se servir, pra caracterizar seus ambientes, de fatos e figuras, às vezes até do documento mais estritamente iconográfico e científico. Por que o romancista chamou os seus personagens suecos de Edna ou Sigrid? Por que não fazer nascidas de pais suecos uma Araci ou Tanakaoca? É a tal e documentalíssima "cor local" que fez Lins do Rêgo nos dar uma Suécia cautelosa, sem grande interesse como Suécia, mas não menos plausível que o México de Aldous Huxley, que no entanto esteve no México. O romance não pode, como permanência do seu conceito, fugir à cor local, ao valor de qualquer forma documental. Porque, de todas as manifestações artísticas da ficção, é a que mais se aproxima, mais se utiliza necessariamente da inteligência consciente e lógica. Apenas, por ser arte, tem de ser, também necessariamente, uma transposição da vida, uma síntese nova da vida (e daí o seu valor crítico), por mais analítico que seja. Lawrence não poderia nunca fazer, dos seus personagens, tapuios amazônicos, está claro. E o romance, por mais arte que seja e desinteressado imediatamente, é sempre um valor crítico, um valor documental. E mesmo quando uma exclusiva análise de almas, como em Proust, ainda assim mesmo, ele persevera documental como síntese nova (e por isso transposição obrigatoriamente crítica) de uma sociedade situada dentro do tempo. Nem mesmo as psicologias sínteses, os "heróis" psicológicos de ordem crítica, destacáveis do tempo histórico, tais como um Otelo ou um Sancho, escapam a essa fatalidade documental de ordem eminentemente crítica, como documentos humanos que são. Em "Riacho Doce" Lins do Rêgo nos dá a sua visão possante dos desequilíbrios sociais e dos dramas humanos individuais e coletivos, provocados pelo problema do petróleo em Alagoas. Tudo decorre deste trágico problema da nossa vida contemporânea. As marés sucessivas de entusiasmo, de desapego às tradições, provocados pelo engodo da riqueza, e das desconfianças supersticiosas e cóleras nascidas das desilusões naquela mansa terra de pescadores, são descrições de psicologia coletiva das mais vivas e reais que o romancista já fez. A psicologia de Edna, a fraqueza supercivilizada do engenheiro sueco, a mãe Aninha que é a milhor análise de psicologia supersticiosa já feita pelo romancista, são todos seres de vida empolgante. De Nô se dirá a mesma coisa, talvez a figura de mestiço, ou milhor, talvez a figura popular mais delicada, mais impressionantemente exposta em todas as incongruências e males de sua condição, da nossa literatura. Não será mais humana, mais profunda que a do moleque Ricardo, mas é de uma delicadeza incomparável.

E páginas como a descrição dos primeiros tempos de Edna no Riacho Doce (que linguagem saborosa, que imagens, que mornidão acariciante de dizer!...) ou capítulos como o do estouro da mãe Aninha, em que a maldição é criada com uma intensidade trágica maravilhosa, são verdadeiramente passos geniais. A meu ver, momentos dos mais elevados da ficção americana.

REPETIÇÃO E MÚSICA

(2)

(19-XI-939)

Como prometi na crônica anterior, pretendo hoje estudar um dos caracteres principais da personalidade de Lins do Rêgo, o seu processo de análise psicológica. O autor de "Riacho Doce" é um dos mais poderosos analistas de almas que já tivemos em nosso romance, e ainda no seu último livro, os dois personagens principais, Edna e o mestiço Nô, são figuras de uma intensidade vital e de um caráter magnífico.

Aliás me parece que o ponto que me propus tratar nesta crônica, não é apenas um processo de análise psicológica, embora nesta análise ele se manifeste em toda a sua expansão. Se trata, mais profundamente, de uma caraeterística essencial de escritor, a qual distingue a sua própria mentalidade, a sua maneira de pensar romances. Essa característica consiste especialmente no uso infatigável, com verdadeira aparência de cacoete, do elemento de repetição.

À primeira vista se poderia mesmo afirmar que a assombrosa complacência com que Lins do Rêgo se entrega à repetição das mesmas idéias e das mesmas imagens, ainda mais, as repisando com as mesmas palavras, às vezes com as mesmas frases inteiras até, qualificaria de primária e inculta a mentalidade do romancista. Nada mais inexato. Não é primária uma inteligência capaz de situar com tanto drama e tamanha acuidade o estádio de civilização e de psicologia social da complexa região nordestina. Suponhamos, por absurdo, que toda a crítica implícita nos romances de Lins do Rêgo esteja errada. Então é que mais ainda se percebe a genialidade do escritor, que soube dar à sua obra a consistência da verdade, essa força de convicção que ela tem. Por outro lado, nem muito menos Lins do Rêgo é um inculto, apesar das possíveis falhas da sua cultura (e são raríssimos os que as não têm entre nós...) e apesar da desenvolta facilidade com que dá numerosas opiniões nos seus artigos.

Haja vista uma conversa que o romancista manteve recentemente com Brito Broca, publicada por todo o país. Nessa página, por muitas partes lamentável, Lins do Rêgo se insurge contra a forma, considera a forma requinte; confunde forma com as regras de fazer romances ditadas por Bourget; nos garante que não há forma no romance russo que ele leu em traduções; afirma que não há forma num tão prodigioso estilista como Stendhal, e mais outros confusionismos vertiginosos. E termina a sua comovente lição de estética, distinguindo "criar" de "compor" e garantindo para as gerações futuras: "Criar quando se tem força, compor quando se tem paciência." Felizmente nada disso denota incultura propriamente, mas apenas sentimentalismo confusionista que ora entende forma no sentido de receita, ora no sentido de estilo e termina com um ginasiano abuso de conceituação totalitária das palavras, pela qual "criar" fica assim como um ato monossexual exclusivamente masculino, e "compor" uma espécie de sinônimo de fazer tricô. Tais afirmativas apenas conseguiram dar a todos a sensação irresistível de que o romancista estava apaixonadamente argumentando PRO DOMO SUA e pretendendo ocultar suas próprias falhas. Ora, eu tenho a impressão de que Lins do Rêgo não precisava gastar esses esforços de invenção pra se justificar. Tenha ele as falhas que tiver, a verdade é que as vence, supera, esconde, impõe com a sua genialidade criadora. Mas para se defender dos seus possíveis adversários e possíveis críticos, Lins do Rêgo não hesitou em lançar mais confusão e dar mais elementos de justificação para a ignorância, a levianice, o apressado, na literatura do seu país, que ainda não tem cultura tradicionalizada e cujo despoliciamento intelectual é enorme. Só posso lastimar essa atitude acovardada e tola do grande romancista.

Voltando ao assunto, a meu ver, o emprego sistemático da repetição tanto de idéias como de imagens e palavras ("mar verde", o qualificativo "doce", a preocupação com o valor se repete dezenas e dezenas de vezes em "Riacho Doce") é uma característica pessoal irredutível. Quererá significar, na personalidade de Lins do Rêgo, um gosto pelas obsessões entorpecentes, uma espécie de tendência para conceber tanto as noções puras como os substitutivos verbais e imagéticos com que as concebemos no domínio do consciente, pelos seus valores mais especialmente musicais de sonoridade, ritmo e polifonia. Em música as imagens sonoras podem se repetir e se entrelaçar infindavelmente, com pequenas variantes, com grandes transformações, provocando episódios novos, ou na mesma primeira aparência. Este princípio, quando a repetição é meramente rítmico-melódica, é a base mesma da criação popular. Porém o mesmo princípio, constituindo simultaneidade de repetições de vária espécie, melódicas, rítmicas, polifônicas, é a base mesma da criação musical culta.

Tal é, inesperadamente, o processo de criação intelectual de Lins do Rêgo romancista. As mesmas idéias, imagens, palavras se repetem, se entrelaçam, ora idênticas, ora francamente iguais; dão origem a novos episódios; fazem nascer idéias novas que se contrapontam às já existentes. Não contraponto de almas que, em última análise, é o princípio mesmo de qualquer entrecho, mas contraponto de noções, de noções curtas, perfeitamente identificáveis às imagens temáticas da música. Não há propriamente aquela relação lógica que, mesmo dentro da simples descrição de fatos acontecidos, segue num encadeamento ininterrupto de noções derivadas umas das outras, até chegar a qualquer espécie de fim. Neste processo lógico, essencialmente literário de pensar e descrever, só de longe em longe os dados essenciais se repetem como auxiliares da própria argumentação ou descrição lógica, valendo como pequenos lembretes de fatos já sucedidos, de caracteres psicológicos já denunciados, de forma a permitir com maior facilidade e sem esforço de memoriação, apreender imediatamente o que está se contando no momento. Enfim, a mentalidade lógica é eminentemente linear e horizontal, uns dados se concluindo dos anteriores, num encadeamento natural de causa e efeito.

O que caracteriza o processo descritivo de Lins do Rêgo é justo uma permanente ausência desta linearidade. Si os sucessos necessariamente se encadeiam uns aos outros pra que se dê entrecho, não seguem o mesmo encadeamento as noções de que esses sucessos decorrem ou que deles derivam. Enfim, o lembrete, que no processo mental comum é elemento episódico, fortuito e, em princípio, desimportante e desnecessário; na maneira de Lins do Rêgo passa a elemento essencial. Não episódico nem fortuito, mas básico, sistemático. Não desnecessário, mas elemento primeiro do seu estilo. Isso é tanto mais importante, que só acontece nos romances. Quando Lins do Rêgo escreve artigos, ele teoriza e argumenta linearmente como todos. Embora nem sempre necessariamente...

Analisemos um trecho característico do estilo de Lins do Rêgo, em "Riacho Doce". É o capítulo em que o mestiço Nô volta à sua terra e se analisa na sua psicologia do momento. As treze páginas são compostas de três noções puras: 1 — Volta de Nô; 2 — Nô e o canto ; 3 — Nô e o amor. Está claro que qualquer destas noções basta pra encher um capítulo de duzentas páginas em Proust: nada de mais por enquanto. Cada noção porém, em vez de desenvolvida, em vez de contada e explicada linearmente pelo processo natural do desenvolvimento das idéias, aparece muitas vezes e sempre a mesma, sem desenvolvimento, com uma constelação fixa de noções dela derivadas ou a ela associadas. O importante é exatamente isso: as noções puras se fixarem em constelações que comparecem sempre, integrais ou em parte, cada vez que a noção é repetida. Já com isso desaparece a linearidade lógica, pois não há seriação, não há concatenação, mas ajuntamento e repetição. Vejamos: A primeira noção pura (Volta de Nô), GROSSO MODO, se apresenta na seguinte constelação temática: 1 — NÔ VOLTA À SUA TERRA (a idéia se repete explícita nas páginas 219, 220, 221, 222, 223, 225, 226, 228) ; 2 — VOL-

TOU PORQUE O NAVIO ESTAVA EM CONSERTO (a explicação se repete nas páginas 220, 223, 225); 3 — FICARÁ UNS TEMPOS ("uns meses" na página 220; "dois meses", na página 223; "três meses" nas páginas 225 e 226); 4 — NA SUA TERRA TODOS O ADMIRAM (terminará "capitão de navio" na página 219; "homem maior do Riacho Doce", nas páginas 219 e 227; "homem maior do mundo", na página 229; menção especial da admiração de José Divina e Neco do Lourenço, já repetição de capítulos anteriores, nas páginas 219, 220, 227 , 229). O espaço não me permite seguir nesta pormenorização documental, embora a tenha completa. A noção pura "Nô e o canto" cria a constelação: 1 — NÔ CANTA (repetida em sete páginas) ; 2 — SEU CANTO É TRISTE (repetida em sete páginas) ; 3 — TODOS GOSTAVAM DO CANTO DE NÔ E PEDIAM PARA ele CANTAR (também repetida em sete páginas)! Como as páginas não são as mesmas sempre, a noção pura se repetiu em onze páginas. O mesmo se dá com a terceira noção pura, Nô e o amor. Muitas vezes uma das noções temáticas se repete com as mesmas palavras : "Carolina se casara", nas páginas 222, 225, 226; "Carolina chorava por sua causa", nas páginas 228 e 231. A expressão "mar verde", que atravessa todo o livro, se repete três vezes no capítulo. E assim muitas outras, como verdadeiras frases-feitas do autor. Às vezes uma noção cria um episódio que varia a repetição obcecante, como é o caso, neste capítulo, de Nô ter cantado numa Chegança de Marujos em menino. E como se viu, as três noções não se concatenaram, mas se repetiram, se ajuntaram, se contrapontaram por quase todas as treze páginas.

O que concluir do exposto? Se trata evidentemente de uma maneira antiliterária, que é um perigo imitar. E, com efeito, romancistas novos que têm ultimamente imitado, embora com temor, está maneira expositiva de Lins do Rêgo, têm fracassado nela de modo quase intolerável. O caráter musical da maneira me parece indiscutível, não só pela identidade quase perfeita com que se pode descrever um capítulo como este e qualquer tecido temático de Beethoven ou de Wagner, como pelo efeito de libertação do consciente, do lógico consciente que se produz em nós lendo páginas assim. Ainda mais: quando o romancista repete sem temor as mesmas palavras "mar verde", "canto triste", ou ajunta a palavra "doce" a dezenas de substantivos, as palavras tendem a perder o valor qualificativo e plástico; formam legítimas entidades sonoras e rítmicas sem sentido consciente específico, da mesma forma que os nomes de cidades e pessoas, Belo Horizonte, Riacho Doce, Renato Almeida, Engraçadinha Nunes, por mais engraçadinha que seja esta senhorita.

A diferença é que nestes nomes, os qualificativos criaram novas entidades, conscientes, cidades, lugarejos, pessoas, ao passo que o "mar verde", o "canto triste" criaram novas entidades de valor muito mais inconsciente, sonoro, rítmico, que propriamente noções intelectuais. É processo rítmico-musical comum aos aedos e rapsodistas, a um Homero como a um Manuel do Riachão, e aparece com freqüência no canto nordestino. E de fato, quando se lê capítulos como esse e o seguinte em que Edna (já agora uma mulher culta) vem estudada pelo mesmíssimo processo (o que prova não ter querido o romancista caracterizar o ser inculto Nô), a gente fica embalado na polifonia magnífica, na mesma semiconsciência deliciosamente entorpecida de quando escuta um coco de praia ou qualquer canto de feiticeiro, centenas de vezes repetido. A maneira de Lins do Rêgo é antiliterária, não há dúvida. Mas a ele pessoalmente não lhe causa nenhum mal. Porque o grande romancista justifica a sua maneira, não com os seus argumentos de articulista, mas pelo seu poder criador. Que é enorme.

A PSICOLOGIA EM AÇÃO

(19-XI-939)

Quem quer estude o nosso romance moderno, reconhecerá logo que progredimos enormemente quanto à qualidade psicológica. É certo que o romance anterior ao Modernismo vem pra cima de nós com um argumento de imponência, que é Machado de Assis. Realmente os romances e contos de Machado de Assis contêm uma quantidade formidável de pequenas observações psicológicas da mais fina argúcia; mas também, desse ponto de vista, se poderá argumentar contra ele, que, com exceção de Dom Casmurro e Capitu, não nos deu figuras de muito vivo caráter psicológico, dessas que a gente encontra na rua e julga reconhecer. Mas talvez seja exatamente neste particular que surge a maior grandeza de Machado de Assis como psicólogo e criador de almas. O grande avanço dele sobre o seu tempo, tanto nacional como português, está em que em vez de criar tipos psicológicos grosseiramente talhados e fixos, como era costume então, ele se aplicou a retirar das almas elementos e momentos psicológicos. Não são os seus tipos que têm vigor psicológico; mas as suas notações de momentos de almas são tão numerosas quanto finíssimas de acuidade observadora. Não há dúvida que sob o ponto de vista da gratuidade psicológica, do incongruente, do espontâneo, do anti ou extracompleto, da atuação do físico sobre o psíquico, o nosso romance atual ainda não ultrapassou criações tão "científicas", tão atuais, tão pos-proustianas como Brás Cubas e Quincas Borba. Neste sentido Machado de Assis permanece incomparável em dois ou três dos seus personagens, si acrescentarmos o Conselheiro Aires. O elemento da psicologia quotidiana, a análise de um estado-de-consciência realizada não propriamente em função de caráter-síntese permanente, mas de derivações ocasionais, originais de um fato acontecido no momento, ninguém soube aproveitar nem realizar com maior firmeza entre nós que o Mestre. Ele permanece incomparável e único nesse aspecto do realismo psicológico.

Mas afora Machado de Assis e o filão descoberto por Lima Barreto, é incontestável que a nossa psicologia novelística foi sempre muito precária. A tendência clássico-romântica à criação de heróis-sínteses, de protótipos em vez de tipos, foi o que vingou entre nós, mesmo entre realistas às vezes tão felizes como Aluízio de Azevedo e Raul Pompéia. Mas os heróis-sínteses à antiga, só escapam da fraqueza criadora e da pobreza de análise, quando assumem um vigoroso sentido de crítica humana, de alguma forma moralista. Com efeito protótipos heróicos como Sancho Pança e Manon Lescaut, o Conselheiro Acácio ou Robinson Crusoe, são eminentemente moralísticos — valores morais críticos com que se define, em bruto, a psicologia do indivíduo dentro da coisa social. A sua brutal precariedade psicológica deixa de ser pobreza por definir tendências normais profundas da psicologia do indivíduo em sociedade, existentes em todos nós. Todos nós somos bastante sanchos, violentamente robinsons, e, Deus me perdoe, um bocado manons, em sociedade. E é justamente este valor crítico-moral que engrandece essas criações unilaterais, que na sua unilateralidade não existem na realidade humana. Ninguém é exclusivamente acaciano, ninguém é inteiramente idealista ou avarento como o Quixote ou Shylock. A própria Manon Lescaut, bem mais francamente sutil, é de uma moralística violência de causa e efeito, diante das figuras de um Thomas Mann, de um Joyce ou de um Lawrence.

Mas a focalização monótona de uma só tendência psicológica, do caráter dirigente do indivíduo, tem um valor moral, digamos de transferência, quando assim normal e profunda. São, a bem dizer, terapêutica indispensável para o ser cultivado, que vaga, mais liberto da moral, pelos escusos abismos da semicultura. E mesmo aos grandemente cultos aliás... E isso, essa genialidade crítica que nos deslumbra nas constâncias mais intensas de nós mesmos, é que nos faz esquecer diante de um Fausto ou de um Otelo, a pobreza de verdade psicológica que eles têm.

O romance brasileiro sofreu sempre essa deficiência da focalização única. Mesmo deixados de parte os seres tão pobres de profundeza ou verdade interior de um José de Alencar (com alguma exceção generosa para os seus "perfis de mulher"), a verdade é que a tendência para a criação de protótipos, por mais comoventes e vivos que sejam os personagens de um Taunay e especialmente de um Aluízio de Azevedo, enfraquece muito o documentário psíquico destes romancistas. Os protótipos que inventaram não têm a necessidade moralística de um Acácio ou de um Werther, porque não são sínteses humanas, mas apenas sínteses de determinados tipos conformados pela classe, pelo meio, etc. (Observe-se de passagem que não está me interessando decidir si os romances são bons ou maus, podem ser até obras-primas. O que me interessa é a contribuição de psicologia novelística que trazem.) Ora, pra protótipos, a especialização do tipo os enfraquecia de valor humano geral. Pra tipos a sintetização heróica, a fixidez da focalização os empobrecia de profundeza analítica. E por isso, por mais vivos e característicos que sejam os personagens de obras-primas como o "Cortiço" e o "Ateneu", não é a força de análise, não é a riqueza das psicologias que caracteriza esses romances nem os seus autores.

Seria preciso que passássemos por todo o atormentado experimentalismo dos modernistas do mundo, pra que o romance brasileiro se adestrasse mais na introspecção, e normalizasse nas suas páginas a pesquisa do indivíduo interior. Mas, como sucede aliás em qualquer literatura atual, nem sempre a pesquisa se manifesta pela análise psicológica propriamente dita. A caracterização dos personagens, determinada pelos seus atos e frases é ainda o processo mais freqüente, e não a análise sistematizada. Aliás, caberia aqui perguntar si tal processo não é mais próprio da índole narrativa do romance; mas isso é problema que nos levaria longe e não interessa ao assunto deste artigo.

Duas figuras de primeira ordem, pra só citar manifestações principais, preferem de qualquer forma caracterizar seus personagens pela ação, em vez de os analisar sistematicamente: Raquel de Queiroz e Marques Rebêlo. A autora do "Quinze" gosta das ações rápidas, dos romances curtos, sem "prolixidade" como ela mesma me afirmou uma vez. E desde que se compreenda a prolixidade, não em seu sentido pejorativo, mas apenas como designando o desenvolvimento pormenorizado de fatos e de análises psicológicas, é certo que Raquel de Queiroz não é nada prolixa. Os seus milhores romances são realmente curtos, como o intenso e tão dramático "João Miguel" e o recente romance das "As Três Marias". Raquel de Queiroz analisa pouco, é verdade, e as suas criações não podem realmente se dizer "romances psicológicos". Mas pela hábil escolha das notações com que tinge os seus personagens, um gesto, um pensamento, uma frase, ela os caracteriza com grande vigor. São figuras vivas que se impõem ao nosso convívio, sempre com exata vibração de realidade.

E o mesmo se dirá dos indivíduos romanceados por Marques Rebêlo, tão vivos, tão convincentes. Mas os processos do autor de "Oscarina" serão mais originais talvez que os de Raquel de Queiroz, e se aproxima mais da análise psicológica. São mesmo já determinantemente psicológicos, nisso que os enredos do romancista carioca não interessam quase nada pra que se realize o livro. Não têm aquela força empolgante, aquele valor crítico, aquela expressão social dos da romancista cearense.

A originalidade quase virtuosística de Marques Rebêlo consiste no simultaneísmo sistemático da sua expressão literária. É opinião já muito repetida e verdadeira que ninguém no Brasil sabe dialogar atualmente como o autor de "A Estrela Sobe". Neste livro recente o escritor atinge no diálogo uma perfeição assombrosa. Não se trata de nenhuma imitação da natureza, não. O que maravilha mais a quem analisa com atenção os diálogos do romancista, é justamente a "falsidade" artística deles. Tudo vibra, nenhuma palavra é vazia de sentido, todas as expressões caracterizam os indivíduos em tudo o que é um indivíduo por dentro e por fora, em si mesmo independentemente, ou em relação aos outros e ao mundo exterior. Riqueza bem apropositada de modismos, frases-feitas de uma espontaneidade palpitante, as pequenas muletas normais do discurso colocadas com uma sugestividade e um colorido encantadores. E com toda está escolha eminentemente artística Marques Rebêlo consegue criar diálogos de uma naturalidade espantosa, em que toda a riqueza expressiva intencional, em que toda a "falsificação" que é a transposição para o domínio artístico, nada tira do sentimento vivo de realidade em que ficamos. Com a beleza a mais. É exatamente aquele real mais verdadeiro que a própria realidade, que só a grande arte consegue nos dar.

Mas si a dialogação é a milhor qualidade expressiva de Marques Rebêlo, não será porventura a sua maior virtuosidade técnica. O artista entrelaça os seus diálogos com passagens descritivas em que todos os elementos de expressão verbal são utilizados, sem preferência por um só. Geralmente frases curtas que se sucedem, sem a elasticidade admirável do fraseado de Raquel de Queiroz, mas com uma rapidez rítmica estonteante, um verdadeiro simultaneismo. Reflexões de autor, pensamentos de personagens, seus cacoetes de reflexo, notações de ambiente, de traços físicos, de sentimentos, tudo se ajunta, se entrelaça, se contraponta, forma contrastes, reforços, reações, confirmações como uma verdadeira chuva de imagens multicoloridas. E nesses rodamoinhos de elementos expressivos diversos, si a ação parece vigorar, na verdade o que sobe à tona do interesse são as almas. Essas almas mais ou menos desfeitas dentro da vida, não determinadas por um verdadeiro sentido de classe, malandros, sambistas, gente de rádio, aposentados, que o romancista descobriu na sua cidade pra os descrever. E ele os caracteriza dentro do seu incaracterístico social, os aprofunda em sua desorganização moral, com uma perfeição esplêndida.

É possível reconhecer que a gratuidade psicológica dos personagens do romancista não tem a profundeza de sentido da mesma gratuidade em Machado de Assis. É uma gratuidade proveniente mais de uma vagueza de classe social que os deixa assim disponíveis psicologicamente, e dependentes da primeira esquina do sentimento ou das necessidades vitais. Machado de Assis foi mais longe na verdade psicológica em si, incluindo no prefixo das suas almas que citei, o gratuito, o reflexo fisiológico, as aparências de liberdade que devem ser apenas o ainda inexplicável do ser... Nada impede porém, que Marques Rebêlo, embora fazendo psicologia em ação, seja um dos mais notáveis analistas de almas, que temos atualmente.

A PSICOLOGIA EM ANÁLISE

(26-XI-939)

Devo sempre observar, nestes meus estudos sobre o romance brasileiro contemporâneo, que estas distinções e divisões que faço, não têm a menor intenção de criar escolas diferentes, compartimentos estanques e outros processos mais ou menos primários de compreensão crítica.

Na verdade, o que importa grandemente, nesta como na minha crônica anterior, é verificar que a análise psicológica dos nossos romancistas de hoje progrediu muito sobre o que se fez durante o Realismo. Ora isto me parece ainda uma conquista de libertação nacional, embora não o pareça tanto a um dos nossos mais recentes historiadores de literatura, José Osório de Oliveira. O que existe de universal nas almas é prototípico e se contenta da representação dos heróis-sínteses, de que falei atrás, Dom Juan, Romeu, Fausto. A análise destacada dos indivíduos, por mais que um brasileiro civilizado de São Paulo se assemelhe a um russo civilizado que more em Londres, há de sempre distinguir aquelas feições raciais (ainda mais ou menos insabidas as nossas) pelas quais um herói gaúcho de Érico Veríssimo será sempre distinto de um herói igualmente urbano de Jules Romains.

Já quando eu distingo nos nossos romancistas de hoje o processo de descrever a psicologia dos seus personagens: se de uns digo que preferem fazer psicologia em ação, isto é, determinar os caracteres e as reações psicológicas pelos atos, frases e gestos dos personagens, ao passo que outros preferem a análise direta, a introspecção, a registação da dinâmica psíquica independente da ação: tais distinções nada têm de leis intransponíveis. É muito compreensível que Raquel de Queiroz ou Telmo Vergara enveredem de repente por uma extensa página de análise, e nem se poderá nunca afirmar que um escritor como Lins do Rêgo, que considero um forte analista de almas, deixe de ter ação. Estou apenas verificando tendências normais e caracterizadoras dos nossos escritores, sem o menor propósito de os classificar com a inflexibilidade científica de um naturalista.

Dois apaixonados da vida interior são Ciro dos Anjos e Graciliano Ramos. O primeiro nos deu um livro desencantado e desabusado, com fortes propensões ao humorismo, e que só por isso foi filiado a Machado de Assis. No Brasil não se pode mais ser humorista, e humorista virou assim uma espécie de sinônimo de Machado de Assis. Quem é humorista é "machadiano" e está seguindo ou imitando o Mestre, quê penúria crítica! Muito mais machadiana que Ciro dos Anjos, e talvez sem o querer, me pareceu Raquel de Queiroz com o seu romance das "Três Marias", onde o jeito conceituoso, a lapidação cristalina da frase, o próprio mecanismo de pensar, muitas vezes, lembra Machado de Assis. Ciro dos Anjos nos deu, menos que uma análise, um exemplar excelente desses voluptuosos de vida interior que, cépticos ou sorridentes, pessimistas ou dolorosos, antes de mais nada são voluptuosos do seu mundo escondido, se envaidecem dele por mais que o desprezem, e reagem contra a própria timidez por um pressuposto jamais confessado de superioridade. Aliás todos os humoristas sofrem do complexo de superioridade...

Graciliano Ramos é que, com "Angústia", si não nos deu o seu milhor romance (eu, por mim, ainda prefiro o "São Bernardo") construiu uma das mais fortes análises psicológicas do romance brasileiro. E estava em bem perigosas condições mesmo, porque o personagem que se propôs analisar era de uma mediocridade, muito bem escolhida. Mas Graciliano Ramos, além do artista da frase que é, escritor dos mais castiços, embora tímido de sua linguagem brasileira a meu ver, Graciliano Ramos é um vigoroso analista. Dissecou a alma que tinha nas mãos, reconstituiu-a em seguida com uma multiplicidade admirável dentro da sua monotonia pungente. Não há dúvida nenhuma que "Angústia" é uma das obras mais difíceis de se ler da nossa literatura atual. Não por ser indigesta ou defeituosa, mas pelas suas próprias qualidades. Custa a gente agüentar aquela angústia miudinha, de uma quotidianidade intensa mas exaustiva, aquele ar irrespirável de insolubilidade que o livro tem. Uma dessas obras de que a gente só percebe o completo valor e importância depois que a acaba de ler.

Outro analista de absoluta primeira ordem é Lins do Rêgo. Lins do Rêgo é um mundo, pra mim a maior personalidade de romancista que já tivemos. Tem ação, tem documentação social, tem sabor regionalista. Mas, a meu ver, uma das suas qualidades mais fortes é a descrição de almas. Si buscarmos um dos seus romances mais de ação, mais repletos de anedotas e documentação regional como o esplêndido "Pedra Bonita", ainda o analista vivaz aparece com grande clareza. Toda aquela série de indivíduos típicos das nossas cidades paradas do interior já foram descritos por contistas e romancistas nossos. Mas, sem que se detivesse em cada personagem com o mesmo carinho com que se estendeu na magistral análise do sacristão, Lins do Rêgo soube caracterizar a cada um com humanidade intensa. O que o salvou, no caso, foi a sua completa falta de humorismo, o que vale dizer: a sua completa falta de complexo de superioridade. Em geral, contistas como romancistas, quando se dispõem a descrever essas almas pretensamente mesquinhas das nossas cidades e vilas do interior, o fazem com pincéis de anedota, carregando no aspecto cômico dos seres e de seus costumes. Mas falta a Lins do Rêgo o senso da comicidade, felizmente pra ele. E "Pedra Bonita" é toda uma procissão de almas vibrantes de pobre humanidade, cheias de drama, ricas de caráter.

No seu romance mais recente, como já o fizera em "Doidinho", em "Banguê", em "Pureza", o romancista paraibano quase que apenas analisa. É a ação que nasce em função da análise psicológica. Edna é a figura de mulher mais vibrante, mais original, mais... russa que Lins do Rêgo criou, e corresponde, em sua beleza de criação, ao Carlos do "Ciclo da Cana de Açúcar". este Carlos, confesso que o cheguei a odiar pessoalmente, envergonhado de minha humanidade, tal o vigor convincente com que o romancista o analisou. Em "Riacho Doce", Edna é uma dessas adivinhações iluminadas, talvez a amorosa pagã mais sem pecado, mais justificadamente livre do Bem e do Mal, de toda a nossa literatura. E quanto a Nô, o mestiço brasileiro que causa o idílio do livro, só mesmo a total ausência de humorismo, de cultismo crítico deste humaníssimo perdoador dos defeitos alheios que é Lins do Rêgo, poderia inventar alma mais suave, mais delicada, mais gravemente e masculamente graciosa.

Mas o mais pormenorizador, o que leva a análise psicológica mais longe, é Otávio de Faria. Este romancista, como é sabido, se propôs descrever a "Tragédia Burguesa" no Brasil. Si a coragem da empreitada já exige o nosso respeito, a verdade é que o seu arquiteto já provou de sobejo quanto vale, com dois romances magníficos. E é tal a complexidade dos problemas que levanta a obra em começo, mesmo sob o ponto de vista exclusivo da análise psicológica, que não tenho força pra estudar tudo isso. O que interessa é verificar que Otávio de Faria foi até agora quem levou a análise de romance mais longe entre nós. Si tivéssemos que lhe determinar fora do Brasil, em países mais experientes, os exemplos em que se inspirou (tenho birra disto...), eu lembraria especialmente Proust e Joyce. Não que o autor de "Mundos Mortos" os imite, longe disso, mas porque a eles se assemelha no propósito de revelar ao mais possível o mecanismo psíquico. E, por estar ainda no início da sua "Tragédia Burguesa", se vendo obrigado a apenas nos descrever almas de rapazes em tempo ginasiano, com a descrição de Branco, Otávio de Faria criou uma das mais delicadas, mais respeitáveis, mais deliciosamente graves figuras de adolescente que conheço. Só a análise portentosa desse Branco, justificaria os "Caminhos da Vida", segundo romance da série, não fosse as outras qualidades que tem.

Si com Otávio de Faria a influência francesa parece dominar, com Érico Veríssimo é a inglesa, principalmente de Huxley que domina. Sem a menor subalternidade de imitação, repito. O romancista de "Caminhos Cruzados" é outra personalidade de importância principal da nossa literatura contemporânea. Personalidade mais vaga, mais incaracterística que as de um Lins do Rêgo ou Jorge Amado, Érico Veríssimo foge muito dos seus livros. Há quem julgue isto uma qualidade... Pra mim não é qualidade nem defeito, é apenas uma característica, um jeito de romancear dentro do qual se pode também construir a obra-prima. E com efeito o romancista gaúcho já nos deu algumas firmes descrições de almas, que, tenham ou não, força de caráter, mais ou menos se deixam viver. Esta será talvez a concepção psicológica mais notável do romancista. Os seus personagens não são construtores de suas vidas, como o são com tanta força de lógica os de Otávio de Faria. Pra Érico Veríssimo as vidas se constroem muito independentemente das nossas vontades e tendências psicológicas.

E, deste ponto de vista, será o romancista gaúcho o analista mais rico de liberdade criadora, mais capaz de riqueza psicológica analítica dentro da nossa novelística atual. Já disse alhures, não me lembro onde, que quanto à análise psicológica, os nossos romancistas vivos ainda estão muito preocupados da lógica, de forma que os personagens por serem de um determinado feitio terão de agir de modo consentâneo a esse feitio. Com um pouco de exagêro, disse então que a nossa psicologia de romance ainda estava no estádio do reflexo condicionado. E danam-se os nossos romancistas construtores de psicologias sem lógica nenhuma, porque si censuro a lógica dos outros, não os louvo a eles, como fez o autor de "Fronteira" em carta que despreza a minha inferioridade. Censurar o excesso de lógica psicológica não implica que o que não apresenta está lógica seja necessariamente bom. O que eu sonho, sem grande insistência, é que apareça por aí um romancista que nos analise um covarde num livro em que este só pratique atos de coragem. Si conseguir nos dar o sentimento da covardia, teremos alcançado a grande análise...

VIAGEM

(26-XI-939)

Por todas as tão diversas conceituações e experiências de poesia que apareceram no movimento literário brasileiro do Modernismo pra cá, Cecília Meireles tem passado, não exatamente incólume, mas demonstrando firme resistência a qualquer adesão passiva. Ela é desses artistas que tiram seu ouro onde o encontram, escolhendo por si, com rara independência. E seria este o maior traço da sua personalidade, o ecletismo, si ainda não fosse maior o misterioso acerto, dom raro, com que ela se conserva sempre dentro da mais íntima e verdadeira poesia.

"Viagem", guardando poemas que abrangem quase uma década de vida criadora, apresenta enorme variedade e é boa prova desse ecletismo sábio, que escolhe de todas as tendências apenas o que enriquece ou facilita a expressão do ser. Creio porém que a poetisa devia ter datado os seus poemas pra que milhor a gente pudesse lhe apreciar a evolução e as viagens exteriores. Não o quis fazer e misturou tudo num bordado búlgaro que nem sempre me pareceu feliz. Há um bocado de tudo no livro, talvez com exceção única dos processos parnasianos. Salva-se sempre a poesia, é certo, mas não salva-se o estado de graça do leitor, jogado a todo instante pra mundos bem distintos uns dos outros. Se escute este "Assovio":

> Ninguém abra a sua porta
> Para ver que aconteceu:
> Saímos de braço dado,

A noite escura mais eu.
(. . . . .)
Vou pelo braço da noite,
Levando tudo que é meu:
A dor que os homens me deram,
E a canção que Deus me deu.

Já o poema que segue a esta simplicidade popularesca, tem requintes de pensamento refinado, que nem este:

Para pensar em ti me basta
O próprio amor que por ti sinto:
És a idéia serena e casta,
Nutrida do enigma do instinto.

(Aliás, este requinte às vezes se exagera um pouco. O raro da expressão parece então buscado por si mesmo, como em certa qualificação à Guilherme de Almeida, de "Anunciação", e especialmente o poema "Estrela"...)

Mais eis que no admirável poema anterior a "Assovio", nem sutilezas requintadas de pensamento, nem simplicidades popularescas, porém, vaguezas muito sensíveis poderosamente intensas mas tênues, quase obscuras, em que a palavra se esgarça em seu sentido intelectual, readquirindo todo o seu poder sugestivo :

Com está boca sem pedidos
E esperanças tão ausentes,
E esta névoa nos ouvidos complacentes
— Oh mãos, por que sois ardentes? —
Tudo são sonhos dormidos
Ou dormentes!

Pois macacos me mordam si não temos aqui três terras de poesia e três datas estéticas distintas. Não é porém com poemas como "Assovio" que Cecília Meireles prova ser o poeta notável que é. Coisas assim, eu temo que outros poetas possam fazer, desque verdadeiros. É poesia mas ainda não é exclusivamente a poesia de Cecília Meireles.

Onde a poetisa se torna extraordinária e admirável é nos poemas que eu diria de poesia pura:

Asa da luta
Quase parada,
Mostra-me a sua
Sombra escondida
Que continua
A minha vida
Num chão profundo
— Raiz prendida
A um outro mundo ?

Ninguém entre nós pra captar assim momentos de sensibilidade, quase livres, de rápida fixação consciente, em que o assunto como que parece totalmente sem assunto. Um prurido, um aflar leve mas grave de sensibilidade que apenas se define. Este o encanto excepcional, a adivinhação magnífica de muitas líricas metrificadas da atual Cecília Meireles.

Poucas vezes, aliás, tenho sentido metrificação e rima tão justificáveis como nestes poemas da poetisa. Me parece que o seu princípio estético, em última análise, é o mesmo que leva o povo a metrificar e rimar. O metro é apenas um elemento de garantia formalística que permite à gente se isentar de preocupações construtivas. Para a poetisa, como para o povo, o metro não é uma prisão, mas liberdade. Fixada numa fórmula embalante (ela só emprega normalmente os esquemas métricos mais musicais) a poetisa está livre, e o movimento lírico se expande em sua delicadeza maravilhosa. Jamais a poesia nacional alcançou tamanha evanescência tanto verbal como psíquica. E surgem poemas como "Grilo", "Som", a magistral "Medida de Significação" (em metro livre, este) , a "Serenata". A todo instante brotam estrofes como esta:

A primavera foi tão clara
Que se viram novas estrelas,
E soaram no cristal dos mares
Lábios azuis de outras sereias.

Citaria ainda o "Luar", como esta quadra, aparentemente tão claro e compreensível, mas de um poder sugestionador quase miraculoso — essa faculdade que Cecília Meireles agora adquiriu de inventar as palavras precisas pra, dentro da claridade, guardar um mundo riquíssimo de miragens e milagres sensíveis. Neste sentido, ainda o poema "Terra" é das coisas mais esplêndidas da poetisa: definição forte, cheia de drama, lírica, firme, rija e volúvel como o que há de milhor em Paul Valéry. E nessa volubilidade lírica, em que fragmentos paisagísticos se entrelaçam aos dados de pensamento ou mesmo os substituem, como símbolos, abundam necessariamente os temas psicológicos que perseguem a poetisa: o mar que é a sua grande obsessão, a música. E, femininamente, além das lágrimas, a angustiada volúpia de ter um nome, o que para a mulher é sempre uma preocupação. Uma das vezes ela confessa:

> Surgi do meio dos túmulos
> Para aprender o meu nome.

Apesar de versos livres belíssimos como "Pausa", prefiro Cecília Meireles nos seus poemas medidos. Com ela é visível que a fórmula estrófica nasce espontaneamente do moto lírico, formando o corte formal da primeira estância :

> Eu canto porque o instante existe
> E a minha vida está completa.
> Não sou alegre nem sou triste:
> Sou poeta.

A sua grande técnica é depois repetir essa fórmula (de algum jeito livre, pois nascida sem predeterminação) nas estâncias seguintes, sempre num perfeito equilíbrio entre o sentimento e sua expressão, sem palavra a mais :

> Si desmorono ou si edifico,
> Si permaneço ou me desfaço,
> Não sei, não sei. Não sei si fico
> Ou passo.

E dentro de sua grande técnica, eclética e energicamente adequada, se move a alma principal de Cecília Meireles. Alma grave e modesta, bastante desencantada, simples e estranha ao mesmo tempo, profundamente vivida. E silenciosa. Porque é extraordinária a faculdade com que a poetisa sabe encher de silêncio as suas palavras.

Cecília Meireles está numa grande plenitude da sua arte. Com "Viagem" ela se firma entre os maiores poetas nacionais.

LITERATURA NACIONAL

(3-XII-939)

José Osório de Oliveira, ensaísta quase tão nosso como de Portugal, com a sua "História Breve da Literatura Brasileira", acaba de publicar um livro bastante paradoxal. Escrita com muita cautela e discrição é no entanto a mais indiscreta das histórias da nossa literatura. Tudo por causa do ponto de vista em que o autor se colocou. Na verdade José Osório de Oliveira escreveu o mais apaixonante, o mais inteligentemente sintetizado, mais alertamente crítico dos breviários da nossa literatura. De caráter voluntariamente crítico, evitando por sistema enumerações de nomes, de livros e datas, a "História Breve" é tão sugestiva, tão cheia de idéias e de pontos de vista curiosos, que embora escrita pra portugueses, me parece indispensável a qualquer brasileiro.

Como falei, José Osório de Oliveira teve a preocupação delicada de ser discreto. A sua discrição o levou com freqüência sistemática, nos seus juízos críticos, a se servir, em citação, dos próprios juízos críticos já expendidos por brasileiros sobre a nossa literatura. Será mesmo esta, pra nós, a deficiência do livro. Eu, pelo menos, desejei muitas vezes ouvir a própria palavra do autor, antes que ler apenas citações já conhecidas, de que ele se serviu porque com elas concordava. Para portugueses, que não podem necessariamente conhecer todos os escritores brasileiros, seria talvez mais útil citações de poesias e prosas que lhe dessem um apalpo mais sensível de como se cria por aqui. Da mesma forma que pra nós seria mais útil ouvir a própria palavra do crítico português.

Ora, o... escandaloso do caso é que esta palavra não faltou, e, apesar da discrição de José Osório de Oliveira, é dessas falas indiscretas, boas pra abrir polêmicas intermináveis e insolúveis. É que o autor pretendeu historiar a nossa literatura e lhe recensear os artistas enquanto eles e ela são especificamente brasileiros. Daí, aliás, uma pequena e desimportante incongruência: É que, si discute, com muito conhecimento de causa, as diversas divisões da nossa literatura já propostas, e propõe por sua vez a sua, na verdade desautoriza qualquer divisão periódica, seja cronológica, seja por escolas, pra demonstrar, em última análise, que a literatura de uma civilização importada como a do Brasil, só tem um período real. Que é o da conquista do seu caráter específico, daquele caráter em que ela é original, daquilo enfim em que ela representa uma contribuição insoluvelmente nacional à história da inteligência humana. Mutações de sensibilidade histórica, transformações estilísticas e ideológicas de escolas, não importam, nada enquanto essa literatura não adquire um caráter psicológico próprio, original e fatal. Aliás devo estar traindo um bocado o pensamento do autor, pois que ele não fala propriamente em caráter psicológico, mas, mais largamente em "estilo de vida nacional". Assim, na página 16: "Dissemos que era o estilo de vida social o mais importante fator da literatura brasileira, e o mesmo podíamos dizer das outras literaturas americanas. (...) No Brasil, como em todos os países novos, para a literatura ser nacional e não simples prolongamento das literaturas européias, foi preciso que os escritores preferissem inspirar-se ou obedecer, não à cultura literária, que era estrangeira, mas à cultura no sentido antropológico ou sociológico da palavra, isto é, aquilo que caracteriza o povo brasileiro." E pouco mais adiante: "Mais do que a natureza, influiu na psicologia da população brasileira a terra modificada pelos homens. Mais do que as raças: portuguesa, ameríndia ou africana, influiu na formação do Brasil, o estilo de vida que essas raças adotaram ou a que foram sujeitas, com o seu conseqüente caldeamento. E esse estilo de vida próprio, brasileiro, é que é o fator primacial da literatura do Brasil."

Ora este critério, muito respeitável sem dúvida, escandalizou... o próprio José Osório de Oliveira! Com efeito, nós o vemos de repente salientar com exagero a caracterização brasileira de Gonçalves Dias e Castro Alves, depois de ter discutido e diminuído a um mínimo de quase complacência, a validade brasileira de Gregório de Matos ou dos épicos e líricos mineiros. De Gregório de Matos conclui que "foi, psicologicamente, um produto do meio e, de fato, o primeiro homem de letras em que essa influência se exerceu, mas era ainda culturalmente um português". Ora, empregando o critério do autor, eu poderia concluir exatamente o mesmo de Gonçalves Dias. Exatissimamente o mesmo! Gonçalves Dias não reagiu culturalmente contra o meio, Gregório de Matos reagiu. Mas na raiva fraudulenta do baiano é sensível o complexo de inferioridade que todos, mais ou menos, sofremos. O costume tradicional de maldar do que é nosso, em comparação do que é estranho, é em Gregório de Matos que se concretiza literàriamente pela primeira vez. Neste sentido ele terá sido mais "culturalmente" brasileiro que Gonçalves Dias cantando o índio e conseguindo fazer dele "um mito poético nacional".

Eu me pergunto si o critério de buscar no "estilo de vida social" o índice de nacionalidade de uma literatura não será mais aplicável às artes dos países de civilização própria, como a França, e demais países europeus em geral... Deus me livre negar o "humour" inglês, o "equilíbrio" francês: mas si quero continuar nestas caracterizações (de resto absolutamente insuficientes) não sei que diga da Itália, da Espanha, de Portugal! Por outro lado, me parece incontestável que há uma arte internacional, que se serve de valores internacionais e pretende a validade internacional. Em que o autor da "Condition Humaine" é francês? Em que é francês Romain Rolland? Ou Thomas Mann alemão? A língua é insuficiente pra nacionalizá-los, um ou outro discretíssimo elemento psicológico que lhes influa no pensamento e no dizer não os nacionaliza também; e é incontestável que não só não lhes interessa o "estilo de vida social" de seus países, como visam o internacional. Mas ninguém não se lembra de tirar Romain Rolland da literatura francesa, por quê?

Exclusivamente porque há um "estilo de vida social" internacional que cada vez se desenvolve mais com as facilidades da vida moderna do Renascimento pra cá. Ora os países de civilização importada, os países-colônias são, por definição, países internacionais, nacionalidades antropológicas que se formam por acrescentamento muito mais que por evolução natural. Apesar de toda a largueza que José Osório de Oliveira aplicou ao seu conceito de "estilo de vida social", não pôde por causa dele fugir a um tal ou qual exotismo em certas preferências na literatura atual, a certas contradições como perceber finamente o nacionalismo da modinha e não perceber o que havia de brasileiramente modinheiro em Casimiro de Abreu e Varela.

Mas apesar destes aspectos, e até por causa deles também, este breviário da literatura brasileira é interessantíssimo e lê-se de um trago. São numerosos os juízos acertados e as observações finas como essa de salientar a caracterização brasileira introduzida em nossa poética pela modinha. As páginas sobre Gregório de Matos, sobre Macedo, sobre o simbolismo de Graça Aranha, sobre o papel do mesmo no Modernismo. A respeito do movimento modernista tem o autor está conclusão admirável: "Pode o Modernismo ter sido ultrapassado (...), a ação do Modernismo já deu o resultado necessário, libertando os brasileiros, ao mesmo tempo, do seu complexo de inferioridade e do seu bovarismo nacional. Fenômeno raro esse da moderna literatura brasileira, em que a poesia abriu caminho ao romance." E o admirável estudo sobre Machado de Assis é uma das belas páginas de acuidade e isenção crítica, que já li em literatura de língua portuguesa.

CANGERÃO

(10-XII-939)

Quem se irritar com certos defeitos técnicos e certas demagogias exageradas que aparecem nos primeiros capítulos do livro de estréia de Emil Farhat, "Cangerão", não desanime por isso. Continue lendo, que o romance é excelente.

Cangerão é um moço que, batido por uma vida rude de filho das ervas, perseguido pela polícia, pegando qualquer trabalho que encontre, rapidamente se faz homem. Ainda mocinho presenciou sucessos ferozes que, pensados pela sua inteligência inculta mas curiosa, lhe deram uma consciência muito nítida da sua e da alheia infelicidade. Cangerão adquire a certeza de que a ele também e aos que o cercam lhes cabe o direito de exercício da personalidade. Mas por exercer esse direito em alguns momentos de sua vida, ele não consegue nada, e cada vez se desclassifica mais, ao mesmo tempo que assiste à desgraça penosa dos que sacrificaram esse direito sem nada obterem que os elevasse mais. E no fim de uma vida bastante irrealizada, de uma tortura inflexível, só feita de amores maltratados, esperanças desiludidas, trabalhos infecundos, Cangerão está angustiado, aparentemente mau, inimigo da vida. E se pergunta inquieto pra que lado orientar os seus passos, pra encontrar um mundo onde se sinta homem e capaz dos seus direitos?..

É visível que Emil Farhat se aproveitou do seu interessantíssimo personagem para nos dar um documentário muito veemente do nível de vida social de certas regiões mineiras de há vinte anos atrás. O romance não se refere aos dias que estamos agora vivendo e por certo que tecnicamente muita coisa terá melhorado de maneira sensível na zona que o romancista descreve, mas certas descrições de costumes e casos, feitas por Emil Farhat ainda causam horror.

É incontestável que o romancista se apresenta dotado de uma faculdade muito forte de contar. Si os primeiros capítulos do livro ainda se mostram bastante vagos como descrição, e a briga do pessoal de Beira Rio ainda é obscura e sem coesão no seu excesso de síntese, logo em seguida o contador se afirma em suas qualidades de energia, simplicidade e agudeza expressional. A morte de Joca é notável. Todo o capítulo "Madrugada", em que com uma discrição e um acerto raros, se descreve o aprendizado amoroso de Cangerão, define um artista muito consciente de sua arte, incapaz de usar processos sensacionalistas pra ganhar qualquer falsa notoriedade de escândalo..

E a descrição sucessiva dos casos e experiências que vai sofrendo Cangerão em seu mesquinho calvário, culminam em dramaticidade nos dois capítulos descrevendo o sistema de trabalho que se usava então na fazenda Estrela e mais algumas outras, da zona de Juiz de Fora. É tão incrível, tão absurdo o que ali se descreve que o romancista tomou o cuidado de autenticar historicamente aqueles crimes, garantindo que eles se deram nos primeiros meses de 1924. Terá Emil Farhat dito a verdade verdadeira? Chega a parecer impossível. É muito provável que, levado pelo ímpeto da criação, o artista enegrecesse um bocado demais uma verdade já de si muito negra; mas o importante esteticamente não é a verdade documental, e sim a verdade artística. E esta, tanto nesses dois capítulos como em muitos outros passos do seu romance, Emil Farhat realizou com plenitude admirável.

E surgem passagens que causam verdadeiro horror. A sova de chicote apanhada por Cangerão será o momento culminante do livro como beleza e força de criação. Eu nunca apanhei sova de chicote, nem sova nenhuma, graças a Deus, mas por isso mesmo ainda mais me vejo obrigado a exaltar essa página audaciosa, em que o artista, se botando na pele de Canjerão, nos quis dar a sensação de uma sova de chicote, e da heróica reação do moço contra a dor física. Se tem o sentimento vivo de uma verdade indiscutível nessas linhas magníficas. Não me furto a citá-las. Cangerão, traído pelos seus companheiros de eito, Deus-te-livre, um cantador de modinhas, e o preto Olegário, é amarrado num tronco de mangueira:

"O sal melou as costas de Cangerão. E ele esperava a chibatada, esperava. Não enxergava o jagunço, que se colocara em boa posição atrás dele. O chicote assoviou no ar, mas não chegava, demo rava e uma sombra fugiu de gatinhas; um peso grande e estreito caiu nas costas; peso e dor; outra chicotada; vontade de morder no moirão; apertava a cabeça contra o tronco para esquecer o corpo; a chicotada, a dor amassando a carne; batiam, mas não ouvia o estalo de bém roncava lá dentro, no fundo do peito; parecia que estavam lhe enterrando uma cunha na carne, no mesmo lugar: no mesmo lugar; mas não furava; crescia qualquer coisa nas costas; crescia mais; todo o sangue corria para ali; devia ter uma bola de sangue no lombo; a dor era uma estrela soltando pontas; para baixo, para o lado, subindo no pescoço, muitas pontas; na cabeça furaram um túnel, os ouvidos ficaram vazios; não estalava nem roncava mais; tinha um caxambu nas costas batendo para batuque; Deus-te-livre, um cachorro, e Olegário, dois cachorros; quem podia caçar com eles? Nem ajudavam levar o peso das costas; onde estava a cabeça? As pernas? Não tinha mais nada; só o lombo se alargando, crescendo para os lados, para o alto; a estrela ainda brincava de espichar as pontas; as costas iam acabar um mundo de grandes; entrava qualquer coisa por ali; parecia areia miúda, quente, ardendo, abrindo; não era mais uma bola de sangue; agora tinha um buraco naquele lugar; um rombo grande, deixando entrar ar muito quente, de fole; e ele inchava, crescia como balão, subindo; subindo; Deus-te-livre e Olegário ficavam lá em baixo, miúdos, encolhidos de medo, só abanando o rabo, cachorros"...

Este passo aliás, é um bom exemplo do estilo de Emil Farhat. As suas frases são geralmente curtas, mas límpidas, simples, elásticas, bem cadenciadas, macias. A língua é também muito boa, imensamente brasileira como caráter. Emil Farhat é dos poucos escritores nacionais que têm a coragem de usar sistematicamente esse brasileirismo que consiste em intercalar a variação pronominal na geminação dos verbos: "parecia que estavam lhe enterrando uma cunha"; "procurava se lembrar" ; "quero lhe pagar", etc. O mais difícil do problema estilístico do livro consistiu no escritor ter escrito como si fosse o próprio Cangerão. É sempre Cangerão quem pensa as frases do romance pela sua cabeça de quase analfabeto. Esse problema foi solucionado muito bem, e são raras as vezes em que se percebe a intervenção desatenta do escritor. Em compensação, pensado por um homem do povo, o livro está deliciosamente cheio de expressões pitorescas, de caráter popular. Dos enxadeiros, depois que a polícia os veio livrar da espécie de escravidão em que viviam na Fazenda Estrela, Cangerão diz que "uns ainda tinham susto na cara ". Noutra passagem, reflete que "político é que nem balão: está vazio, está no meio do povo; encheu, subiu, ninguém vê mais", ou afirma que "pobreza azeda tudo".

E neste livro colorido pela sua riqueza e originalidade expressiva, forte de dramas intensos, com uma tristeza possante e simples, Cangerão vive a sua vida sem eira nem beira. Com a exceção já apontada da briga do pessoal de Beira Rio, que me pareceu forçada e muito intencional, o escritor soube fundir com discrição dentro da beleza e da arte, a sua amarga concepção da vida. Cangerão se impõe, impressionantemente humano, à nossa simpatia, na sua grave resistência aos convites fáceis. Há nele, instintivamente, uma honradez delicada que nos convence e envergonha. Sim, é certo que já alguma coisa se tem feito pra milhorar as condições de vida de todos os Cangerões que vivem por aí aos trancos, soltos no oco desse mundo. Mas o que se faz é suficiente ? Parece indiscutível que não. Não é exatamente um problema de condições a milhorar; é a própria concepção da existência que deverá ser modificada pra que a morte não domine a vida, nem Cangerão se pergunte, depois de tanto viver – "Como viver !"... Um livro como o deste jovem escritor, vibrante de solidariedade humana, nos deixa no espírito muitas perguntas inquietas. Apenas, pra citar simbolicamente uma frase bonita do escritor, essas perguntas por enquanto "passam agachadas na crista do morro por causa do luar", esse luar terrível, branco, dominador, que deforma tudo.

POLÊMICAS

(24-XII-939)

Recentemente, num bonito artigo, o Professor Hermes Lima comentava a atual ausência de polêmicas, no Brasil. Aliás, exatamente enquanto o crítico do "Tobias Barreto" publicava o seu artigo, estava se desenvolvendo, aqui no Rio de Janeiro, uma bem original polêmica entre os Srs. José Lins do Rêgo e o historiador Pedro Calmon. Romancista e historiador nortistas resolveram "polemicar" sobre o samba carioca. Lins do Rêgo louvava o samba e o Sr. Calmon o condenava.

Segui a polêmica atentamente porque o assunto entrava muito nas minhas preocupações musicais, e ilustres eram os contendores. Mas, à medida que os artigos se sucediam, mais eu me melancolizava, bastante assombrado. O assunto era intrinsecamente musical, não havia dúvida, mas o que menos aparecia nos artigos eram argumentos de ordem musical, estéticos ou técnicos. Discutiu-se muito e com bravura. Os dois adversários atingiram vários dós-de-peito de legítimos tenores, mas a música estava ausente da polêmica, como freqüentemente acontece com os tenores. Aliás, já por mais de uma vez, tenho comentado este exclusivismo literário dos nossos literatos. Vivem de literatura, e apenas. Não se interessam, ignoram os problemas e sentidos das outras artes, principalmente da música. Nenhum deles poderia, como Franz Werfel, escrever um livro tão intenso sobre Verdi a ponto de causar um renascimento verdiano nos países germânicos, com reflexos pelo mundo todo. Nenhum deles seria capaz de escrever sobre Beethoven ou Chopin, com a alta proficiência técnica com que o fizeram um Romain Rolland ou André Gide. Nenhum deles seria capaz de orientar todo o movimento musical, como Jean Cocteau. Si ainda as artes plásticas conseguem o caso raro de um literato as observar com a proficiência de um Sérgio Milliet, a música não existe pra os nossos escritores.

A polêmica Lins do Rêgo-Pedro Calmon, me lembrou aliás, um caso engraçado que se deu nos primeiros tempos do Modernismo. Tudo era pretexto pra nós, modernistas, sermos violentamente insultados pelos passadistas em fúria, e, devo confessar, nós também insultávamos à larga, idéias postas de lado e palavrões em punho. Foi quando um dos literatos do grupo modernista deitou sapiência de teoria num artigo aliás brilhantíssimo. Não me lembro mais do assunto; sei que, a respeito de incompreensão, citava-se no artigo a "trilogia" de Wagner. Realmente o literato se enganava: esquecido ou ignorante do número de peças que perfazem o "Anel dos Nibelungos", dissera "tri" em vez de "tetralogia". Está claro que os passadistas não haviam de perder semelhante ocasião: e um deles investiu com o modernista. "O Sr. Fulano de Tal é uma besta." E neste tom, agarrado no Lavignac ou em qualquer outro fácil vulgarizador de Wagner, dava o número, os títulos e creio que até os argumentos dos quatro dramas líricos da tetralogia. O telefone tilintou. Era o literato que me chamava, buscando em minha profissão de músico, uma esperança de se salvar. E dessa vez pude não falhar. Mostrei que se tratava de fato de uma trilogia com prólogo, citei o próprio Wagner , lembrei a Grécia em que ele se inspirava, e coisas assim fáceis pra quem tinha obrigação de estar documentado. No dia seguinte, aparecia o modernista respondendo: "O Sr. Fulano de Tal é que é uma besta." O outro, naturalmente se socorrendo também de algum músico, respondeu com nova argumentação e mais violentos insultos. E o telefone tilintava, tilintava. E eu voltava com nova argumentação, já agora buscada nos livros. E assim banquei um Cirano telefônico por duas ou três vezes, até que a polêmica terminou, por se terem esgotado os insultos do vernáculo.

Será sangue quente de brasileiro, o que nos impede de manter polêmicas com a serenidade altiva de verdadeiros intelectuais? Será nosso romantismo apaixonado que não nos deixa limitar nossos argumentos ao exclusivo campo das idéias? Ultimamente, eu mesmo me surpreendi respondendo a uma crítica, aliás injusta, de Luís Martins, o romancista de "Lapa", com uma aspereza que positivamente não faz parte mais da minha atual atitude literária. Por que o fiz? Por que não me conservei num limite muitas vezes refletido e desejado? Ai, que foi este pobre coração apaixonado! Foi ele, o causador de tudo!

Eu interpretara mal certas intenções de Luís Martins, da mesma forma que ele interpretara mal idéias críticas minhas expostas pelo "Estado". Ora, isto mesmo eu observara pacientemente em todo o desenrolar da polêmica dos Srs. Lins do Rêgo e Pedro Calmon. Quando um deles afirmava alguma coisa, o contendor não se limitava apenas a discutir limitadamente a afirmativa, mas, com a maior das sinceridades (ambos, imagino, eram perfeitamente sinceros) se irrogava o direito de tirar dela as mais libérrimas, as mais aventurosas e às vezes mesmo, ilícitas ilações! Me cansei de torcer por Lins do Rêgo que, na minha opinião, estava com a verdade. Mas não guardei a sensação de que a vitória fosse dele não. Não coube vitória a ninguém. Nem ao próprio samba, coitado, que saiu das mãos do seu apologista e do seu detrator, bastante desvirtuado.

Quanto a mim, saí da polêmica bastante convicto de quem tinha razão era Machado de Assis, evitador sistemático de polêmicas. Quem aliás veio reforçar este traço da psicologia machadiana foi o Sr. Mário Casassanta, demonstrando com excelente vivacidade o "tédio à controvérsia" do Mestre. É verdade que, depois, o Sr. Elói Pontes chegou. Com efeito, na sua biografia, "A Vida Contraditória de Machado de Assis", o biógrafo de Raul Pompéia, com farta documentação, embora não pretendesse contradizer o ilustre professor mineiro, mostrou que, pelo menos em larga parte de sua vida, Machado de Assis revidava com afiadíssimo florete aos golpes que lhe jogavam os que dissentiam das suas opiniões. Hábil, vivo, quase sempre feliz na argumentação, mas sempre com uma elegância intelectual que se perdeu. Ou que era especialmente dele, em nosso mundo literário... Porque pouco antes Tobias Barreto, e o próprio José de Alencar, e contemporaneamente Sílvio Romero, davam o exemplo de uma agressividade insultuosa na polêmica. E mesmo, tanto o primeiro como o último, de uma falta de ética, de uma deselegância futebolística, que se tradicionalizou.

É que vinha de longe, aliás, vinha de além-mar, vinha da terra dos pauliteiros, tendo como padrão imortal da grosseria e desonestidade de espírito, Camilo Castelo Branco. Está visto que não é questão de clima nem de alimentação... Será um mal da raça?...

Estava preparando muito habilmente este ponto do artigo e essa última pergunta, pra entrar com uma argumentação bastante curiosa. A meu ver, não se trata exatamente de um mal da raça, pois o conde de Keiserling não nos deslumbrou a todos, descobrindo que uma das características da raça era a delicadeza? Os portugueses estão entre os homens mais polidos, mais dotados de delicadeza sensível, com quem tenho convivido. E é por isto apenas que sinto ser obrigado a entristecê-los agora com a minha argumentação. O mal não é da raça, é da língua. A culpa é da última flor do Lácio, belíssima, não há dúvida alguma, mas "inculta", como reconheceu o próprio Bilac.

Que contraditório instrumento de expressão, está nossa língua... É suave, é brilhante, é tudo quanto quisermos, mas dificilmente ela chega a ser áspera e agressiva. Basta compará-la com a sua mana ibérica principal, o castelhano. Esta sim, é uma língua de uma violência tal, que a todo instante, a nós, gastadores da língua de Camões, dá a impressão de estarmos ouvindo insultos e palavras-feias. Vindo para as Américas então, o castelhano ainda ganhou maior asperidade. A língua portuguesa, não tem nada disso, mas é uma língua inculta. Na sua doçura insinuante, ela é pérfida, é sinuosa, guarda veneno em seus violinos, envolve em algodões de névoa as expressões, vaga, imprecisa, incapaz de pensar com nítida exatidão. Não sei que poder mágico de variedade interpretativa guardam as suas palavras de seda e luz. Às vezes me ponho imaginando que ela ainda se assemelha às línguas dos povos primitivos, cujas palavras são tão vagas, tão ricas de significações diversas, que se diria, são ainda virginais emanações do subconsciente.

Por duas vezes, a meu ver, a língua portuguesa pareceu se converter em legítimo instrumento de cultura, em forma expressional da inteligência consciente; com Vieira, no passado; e com Machado de Assis na atualidade. O Vieira das cartas, o Machado de Assis de após "Iaiá Garcia", conseguiram realmente aquela nitidez intelectual, aquela verdade expressiva claríssima em que não é apenas a inteligência consciente que diz o que quer (todos, mais ou menos, dizemos o que queremos), mas a frase realizada não permite, aos outros, entender nela mais do que o que ficou realmente dito. Reconhecem os portugueses não serem eles propensos à filosofia, e temos que reconhecer o mesmo do Brasil. Mas a dúvida me atormenta... A língua nossa é que ainda não me parece suficientemente cultivada pra servir de expressão às idéias abstratas. Toda a nossa história política prova exuberantemente que não há país no mundo mais cheio de homens abstratos que esta grande pátria brasileira. E a dúvida me atormenta. Será realmente por culpa da raça que nos faltam filósofos... Não será por culpa da língua?.. Mas será por culpa da língua que nos faltam filósofos, ou por culpa dos filósofos que nos falta língua?...

AMADEU AMARAL

(24-XII-939)

No meu primeiro contacto com Amadeu Amaral, nem ele me viu nem eu o vi. Estávamos em 1917, e eu resolvera publicar um livro de versos contra a guerra, que de fato saiu nesse mesmo ano. Escolhera pra imprimir o meu livro a tipografia de Pocai & Cia., onde também, nesse mesmo tempo, a revista "Cigarra" editava as "Espumas". Um dia, indo rever provas, o diretor da tipografia me perguntou si eu não desejava conhecer Amadeu Amaral. "Eu! por quê!" respondi meio assustado. E ele me contou que, indo o grande poeta controlar, na tipografia, a disposição gráfica de "Espumas", ou coisa parecida, encontrara sobre a secretária as provas do meu livro, e enquanto esperava as dele, se pusera lendo os meus versos. E lera até o fim. Depois perguntara a Pocai quem era aquele Mário Sobral. Pocai teria respondido que não estava autorizado a revelar o dono do pseudônimo, ao que Amadeu Amaral manifestara, entre palavras discretas de simpatia, desejo de me conhecer.

Mas eu é que, por vingança, não tinha o menor desejo de conhecer Amadeu Amaral, nem qualquer outro poeta célebre deste mundo. O caso é facilmente explicável. Por esse tempo eu sofria de um complexo de inferioridade orgulhosíssimo. Não vê que pouco menos de um ano antes, eu escolhera no amontoado milionário dos meus versos, o que considerava milhor, uns quinze sonetos, e mandara a Vicente de Carvalho, com uma carta assombrada de idolatria e servidão. E lhe pedia humildemente que me dissesse qualquer coisa, um "não" que fosse, para esclarecer as minhas dúvidas sobre mim. É quase absolutamente certo que

Vicente de Carvalho recebeu a minha carta, entregue quase que às mãos dele, num dia em que ele se achava em casa. Jamais resposta veio, nem "sim" nem "não", nada. O que eu sofri, de angústia; de despeito, de humilhação, de revolta, nem se conta! E comecei a cultivar um complexo de inferioridade prodigiosamente feliz, que me deixava solto, livre, irresponsável, desligado dos meus ídolos parnasianos, curioso de todas as inovações, sequaz incondicional de todas as revoltas. E agora vinha o célebre Amadeu Amaral querendo me conhecer... Que fosse pentear macaco! E tive a glória saborosa de afirmar que não queria conhecer Amadeu Amaral, me vingando de Vicente de Carvalho.

No meu segundo contacto com Amadeu Amaral, de novo nem ele me viu nem eu o vi. Estávamos em 1922 e eu publicara "Paulicéia Desvairada". Desde o ano anterior, aliás, eu cultivava uma celebridade atropelada, com o escândalo provocado pela publicação dos meus primeiros versos "futuristas". E também uma série de artigos sobre "Os Mestres do Passado", em que eu desancava Olavo Bilac, Francisca Júlia, Raimundo Correia, Alberto de Oliveira, série que o bom humor de Mário Guastini acolhera no "Jornal do Comércio". As críticas contra "Paulicéia Desvairada" eram tremendas, os insultos horríveis. Eis que, com enorme surpresa de toda a gente, e desgosto fundo nos arraiais passadistas, o "Estado de São Paulo" publica sobre o livro uma nota alinhadíssima. O livro era tomado a sério! Quem é, quem não é? Afinal pude saber que fora Amadeu Amaral o autor da nota; e, pelo que acrescentara o meu informante, ele a escrevera contra a opinião mais geral da redação, que considerava o livro indigno de qualquer referência no jornal. A nota era severa, discutia as minhas idéias sobre a realização poética do subconsciente, mas garantia que o autor, embora enganado, era sincero e não o ignorante e cabotino que diziam. Imagine-se a autoridade do "Estado" afirmando coisas de tamanha responsabilidade em 1922, foi um deslumbramento.

Pois ainda no meu terceiro contacto com Amadeu Amaral, nem ele me viu nem eu o vi... Dois imensos anos já tinham se passado, a situação era bem diversa, o público já aceitava muita coisa dos modernistas, o grupinho ino vador já deitara raízes por quase todo o Brasil, abriam-se pra nós os salões de Paulo Prado, da Sra. D. Olívia Guedes Penteado, da Pintora Tarsila do Amaral, e até os modernistas, por excesso de combatentes, já principiavam a brigar entre si... Foi então que, para a "América Brasileira" de Elísio de Carvalho, escrevi uma crônica em que salientava e elogiava a atitude compreensiva que tinham adotado quando o movimento modernista rebentara, alguns escritores já feitos. E lembrava justamente Amadeu Amaral, mas fui infeliz na imagem que usei. Afirmava que ele tivera a sabedoria dos caniços, e em vez de se quebrar se opondo ao ventarrão que passava, soubera elasticamente se curvar. O ventarrão passara, as coisas literárias se normalizavam rapidamente, o caniço erguera de novo a cabeça e continuara vivendo em toda a sua integridade, sem a mancha de atos ridículos de revolta contra nós.

Mas Amadeu Amaral andava meio desconfiado, e com razão. Alguns modernistas não o poupavam em seus ataques. E ele, talvez acirrado por outros, viu na minha imagem uma alfinetada, que o acusava de duplicidade. Renato Almeida, o autor da "História da Música Brasileira", muito meu amigo, se deu pressa em me comunicar uma queixa que ouvira de Amadeu Amaral, nesse sentido. Fiquei desoladíssimo. Sempre admirara muito Amadeu Amaral e o respeitava em sua honestidade artística. Muito conscientemente não o incluíra entre os "Mestres do Passado", onde não hesitara em jogar o próprio Vicente de Carvalho. Demais, eu lhe era grato, suavemente grato, menos pela nota sobre "Paulicéia Desvairada" que por ter ele me surpreendido em meu primeiro e detestável livro. E não pude acabar comigo que não lhe escrevesse uma carta muito sincera e calorosa de explicação.

Este aliás, o motivo exclusivo desta crônica. Porque Amadeu Amaral me respondeu uma carta muito altiva e muito nobre, que me lembrei, mexendo papéis vividos, de publicar no jornal em que ele sempre foi muito estimado. Eis a carta :

"Sinto que Renato Almeida tenha julgado conveniente comunicar-lhe tão de pronto a queixa, aliás leve e simples, que lhe fiz a respeito do seu artigo. Falei-lhe, sem amargor e sem cólera, nesse assunto de imprensa, porque estávamos numa redação, porque se tratava de publicações e porque veio a propósito uma referência à "América Brasileira" e à sua correspondência. Si todas essas circunstâncias não se juntassem, é provável que eu nunca tivesse tocado no caso.

"A impressão que eu tive das suas palavras, não fui eu a recebê-la. Outros as interpretaram da mesma forma — como uma alfinetada. E há de concordar que havia razão. A imagem do caniço que se dobra ao vento, para que o vento o poupe, desde que não venha acentuada num sentido precisamente diverso do vulgar, não pode ser entendida sinão como pouco "lisonjeira". Demais, havia as circunstâncias. O senhor é da vanguarda, e a vanguarda não costuma ser amável com os do coice. O senhor está ligado em minha terra, que é também a sua, a uns tantos escritores e poetas que me têm feito uma guerra surda, surda quase sempre, às vezes aberta, pagando com maledicências e com epítetos de todo tamanho a atitude altamente imparcial, serena, compreensiva e até simpática que sempre mantive, por temperamento, por sistema, por curiosidade de espírito, por esforço de equanimidade, diante de todos quantos, bem ou mal, aparecem a labutar em letras neste país analfabeto. Já vê que a minha impressão se explicava.

"Essa impressão, é claro, não podia envolver nenhum juízo ofensivo à sua pessoa. O senhor fala em honestidade. Mas não me parece que fosse uma ação desonesta o fato de dar uma simples alfinetada, embora vigorosa. Seria quando muito mero pecadilho excusável, num meio cujos costumes literários e sociais autorizam correntemente coisas mil vezes piores. De ataques rudes e maus tenho sido vítima serena já nem sei quantas vezes porque a minha ininteligência e a minha ruidade me têm criado grande número de inimigos — e nunca pude considerar ninguém desonesto pelo simples fato de me haver atirado pedras.

Sua carta, agora, é que me dá a sensação nova, quase inédita...etc." Também prefiro conservar inédito o resto da carta. Refere-se exclusivamente a mim, à franqueza com que eu me explicara, e dizem que é preceito artístico deixar sempre os espectadores apenas próximos da satisfação total. Será publicada na íntegra algum dia, não só pela importância do autor do "Dialeto Caipira", como porque... porque tem assunto! Eu sempre afirmo que a literatura brasileira só principiou escrevendo realmente cartas, com o movimento modernista. Antes, com alguma rara exceção, os escritores brasileiros só faziam "estilo epistolar", oh primores de estilo! Mas cartas com assunto, falando mal dos outros, xingando, contando coisas, dizendo palavrões, discutindo problemas estéticos e sociais, cartas de pijama, onde as vidas se vivem, sem mandar respeitos à excelentíssima esposa do próximo nem descrever crepúsculos, sem dançar minuetos sobre eleições acadêmicas e doenças do fígado: só mesmo com o modernismo se tomaram uma forma espiritual de vida em nossa literatura.

Meses depois dessa troca de cartas, encontrei Amadeu Amaral numa livraria e me dei a conhecer. Só neste quarto contacto é que nos vimos afinal. A conversa desviou fácil para o folclore que ambos amávamos, e era mesmo o assunto que mais nos prendia um ao outro. Em literatura havia sempre entre nós o espaço abismal de duas gerações contíguas; em folclore éramos da mesma geração. Ele me ofereceu a casa, onde nunca fui, porém. Não temia o dono da casa nem os da sua família que já conhecia e estimava, nesse tempo. Temia os "outros" que porventura viesse a encontrar lá. A última vez em que nos vimos, fizemos uma longa viagem de bonde juntos, do Jardim América à cidade. E ele comentava, não sem uma certa melancolia, o quanto me considerava bem situado, conhecendo música e poesia, para entender a poesia popular que, sendo cantada, mantinha um tão grande compromisso com a música, que era impossível penetrar bem no sentido de uma sem o conhecimento da outra. E nos despedimos para sempre um do outro, no largo da Sé. Os mais novos falam em "praça da Sé", quantas inovações!...

MODERNISMO

(7-I-940)

Acaba de aparecer inesperadamente na Paraíba uma "Estética do Modernismo", escrita por Ascendino Leite. Trata-se evidentemente de um livrinho bastante injusto, em que o escritor paraibano, com as suas afirmações categóricas e os seus juízos inapeláveis, de bem atual dogmatismo totalitário, se demonstra curiosamente imbuído daquela mesma felicidade abundante e satisfeita de si, com que os modernistas de há vinte anos atrás afirmavam que Alberto de Oliveira era um trouxa e Camões uma besta. Depois, verificou-se de novo que nem Camões era besta nem Alberto de Oliveira um trouxa, e as afirmações grotescamente ofensivas e sem nenhum valor crítico ficaram apenas como cacoetes de alguns retardatários. Era razão pra que Ascendino Leite as fizesse renascer agora, dizendo do Modernismo, sempre contando no seu quadro figuras como Graça Aranha, Manuel Bandeira, Ronald de Carvalho, Tristão de Ataíde, que chegou a ser uns tempos, "a intolerância na imbecilidade"?... Si nesse momento Ascendino Leite tivesse conservado a isenção crítica que reponta noutros passos do seu ensaio, logo se lembrava que a imbecilidade não é caracterização de movimentos coletivos, e os imbecis são de todos os tempos e escolas.

O ensaio está geralmente bem informado quanto ao movimento modernista. Não há nenhuma indicação histórica errada, a não ser a atribuição de uma importância inicial muito grande a Graça Aranha. É preciso não esquecer que quando este chegou da Europa, em 1921, falando em "subjetivismo dinâmico" e trazendo nas malas a "Estética da Vida" em que atacava alguns "modernistas" eroupeus nossos familiares, estávamos já no "objetivismo dinâmico" (Oh, palavras expressivas!...) e com várias obras prontíssimas. A verdade é que, com Graça Aranha ou sem ele, o Modernismo se desenvolveria no Brasil, como influência de um estado de espírito universal. E até com algum atraso, pois que as suas manifestações mais clamorosas, Cubismo e Futurismo, deram seus primeiros vagidos europeus por 1909, É certo que Graça Aranha vinha um pouco atrasado. E si não teve que mudar a sua filosofia, teve que corrigir profundamente o seu gosto, e até mesmo a sua concepção artística pra nos compreender. O mérito de Graça Aranha foi muito grande, nos garantindo com o seu prestígio e entusiasmo, porém, apesar disso, é incontestável que nem mesmo com esse prestígio e a sua luminosíssima inteligência, ele conseguiu impor uma qualquer espécie de ordem nas nossas desordens. Nem conseguiu, muito menos, ser o teorista do movimento. E não afirmo isto sem bastante melancolia, porque freqüentes vezes eu me pergunto se não teríamos nós, o Modernismo e os modernistas, prejudicado muito a evolução intelectual e a criação literária do autor de "Canaan"... É certo que Graça Aranha se sacrificou muito, mas não consigo decidir por quem nem pra quê. E quando no fim da vida, o velho leão doente se debatia nas fragilidades do silêncio, teve que passar pela eterna lei da fábula, e enriquecer sua fé de ofício de alguns pares de coices recebidos.

Uma idéia curiosa, creio que nova, lançada por Ascendino Leite, é que o Modernismo foi inútil porque malhou defunto e combateu moinhos de vento! De Coelho Neto diz que já era então um morto literário; afirma que já pouco se recitava a "Via Láctea", e que "o vendaval do Modernismo, assim, ao invés de soprar sobre um edifício firme, apenas encontrou ruínas e escombros" (sic). Não sei se o ensaísta paraibano é daqueles tempos, imagino que não, mas lhe bastaria pegar no interessante volume sobre o "Premodernismo" de Tristão de Ataíde, pra ver que a situação não era exatamente essa. Todo um interessantíssimo movimento, de base simbolista, se processara no país, contendo alguns dos nossos maiores poetas, sem que tivesse qualquer espécie de repercussão na coletividade nacional. Por 1922 ainda os "novos" sublimizados pela vida brasileira eram Hermes Fontes e Martins Fontes. Coelho Neto era o grande estalão glorioso das nossas prosas, passeado nos ombros da turba, em oposição a Graça Aranha, quando foi da bagunça provocada por este na Academia. E o próprio Tristão de Ataíde, que seria depois o crítico lúcido do Modernismo, ainda exaltava "Tarde" deslumbrado, sem perceber a mediocridade geral de pensamento desse livro, e a vasta deficiência técnica, os chavões, muletas e andaimes fáceis com que construíra quase todos esses versos, o grande lírico da "Via Láctea". Percorra Ascendino Leite os jomais do tempo e verá que o Modernismo teve contra que e contra quem reagir.

Mas o que interessa, em principal, no livro do vibrante ensaísta é o sintoma que ele demonstra. Ultimamente alguns representantes das gerações mais novas, verdadeiros recordistas do salto sem vara, se puseram a maldar do Modernismo e a se julgar inteiramente isentos de qualquer influência desse tão próximo passado. Haja vista o curioso processo do Modernismo feito num dos números de "Lanterna Verde". Ascendino Leite será o último em data e não o menos informado e bem aparelhado representante desse sintoma.

O que ficou do Modernismo? Quase nada, respondem; e passam a enumerar o que ficou. Ascendino Leite, um pouco generosamente, a meu ver, acha que se salvaram nove obras e nove escritores. Ora, é geralmente aceito, e com razão, que o Modernismo, como estado de espírito dominante e criador, durou pouco menos de dez anos, terminando em 1930 com as revoluções políticas e a pacificação literária. Ora das dezenas de anos que durou o Romantismo, de três séculos de literatura colonial, do largo tempo escuso do Simbolismo, ou dos decênios de Parnasianismo, qual o movimento capaz de apresentar nove obras e nove nomes que realmente se salvem de um generoso esquecimento? Creio ser prematuro decidir desde já o que vai ficar dos oito anos de vida ativa do Modernismo, mas si permanecerem dessa fase que foi eminentemente de ordem crítica, que foi de pesquisa e experiência, que foi um movimento preparatório destruidor de tabus, treinador do gosto público, arador dos terrenos, si restarem na permanência da literatura nacional três nomes que sejam, o Modernismo já terá feito mais do que lhe competia. Porque, conscientemente ou não (em muitos conscientemente, como ficará irrespondivelmente provado quando se divulgarem as correspondências de algumas figuras principais do movimento), o Modernismo foi um trabalho pragmatista, preparador e provocador de um espírito inexistente então, de caráter revolucionário e libertário. Bons ou não, certos ou não em sua orientação revolucionária, os livros de Sua Senhoria Plínio Salgado, como a "Bagaceira", denunciavam já uma arte dirigida em sentido social, propagadora de idéias. Graça Aranha concluía, num dos seus ensaios, que o Modernismo não devia se confinar à preocupação estética, mas tinha que se completar, intervindo na política também. Antes disso, já vários teóricos e poetas da "Klaxon" abandonavam as artes e eram pioneiros na formação do Partido Democrático em São Paulo; e, ainda mais sintomático que isso, na maioria dos modernistas, quem quer lhes estude as páginas teóricas e os manifestos de então, perceberá o espírito insatisfeito contra a própria pasmaceira democrática e a tendência (quando não, adesão franca) para as extremas. Veio a revolução de 30. Provocada pelo Modernismo? Deus me livre dizer semelhante bobagem! Mas na sua força formava aquele mesmo Partido Democrático, que fora o principal preparador dela. E na sua aceitação burguesa havia sempre uma vontade do novo que fazia dez anos os modernistas pregavam e ensaiavam. Foi um bem? foi um mal? Foi uma necessidade, ordem natural de evolução pra milhores futuros.

Em literatura, esses milhores futuros vigoram em plena força atualmente. Conclui Ascendino Leite que "a estética do Modernismo ficou indefinível". Mas como é possível assim esquecer que os grandes nomes novos, que hoje fazem o nosso orgulho, quer reagindo contra o Modernismo quer não, dele beneficiaram e beneficiam! Antiacadêmico por excelência, o Modernismo foi um violento ampliador de técnicas e mesmo criador de técnicas novas. Impôs o verso-livre, hoje uma normalidade da nossa poética. Firmou uma atualização das artes brasileiras, nunca dantes existentes; e de tal forma, que hoje um Murilo Mendes, um Érico Veríssimo, um Camargo Guarnieri, sem a menor preocupação de novidadeiros, são tão *up to date* no Brasil, como em Paris ou Nova York. Formulou um nacionalismo descritivista que, si fez bem ruim poesia, sistematizou o estudo científico do povo nacional, na sociologia em geral, no folclore em particular, na geografia contemporânea. E promoveu uma reacomodação nova da linguagem escrita à falada (já agora com todas as probabilidades de permanência) muito mais eficaz que a dos românticos.

O Modernismo foi um toque de alarme. Todos acordaram e viram perfeitamente a aurora no ar. A aurora continha em si todas as promessas do dia, só que ainda não era o dia. Mas é uma satisfação ver que o dia está cumprindo com grandeza e maior fecundidade, as promessas da aurora. Ficar nas eternas aurorices da infância, não é saúde, é doença. E a literatura brasileira aí está, bastante sã. Adulta já? Quase adulta...

VAQUEIROS E CANTADORES

(11-II-940)

A nossa literatura popular, por muitas partes ainda está para ser estudada. Então o folclore, de qualidade verdadeiramente científica, é de produção miserável entre nós. É por tudo isto, motivo de regozijo o aparecimento do importante livro sobre "Vaqueiros e Cantadores", com que Luís da Câmara Cascudo nos dá a sua primeira contribuição mais sistemática, resultado dos estudos e pesquisas tão pacientes que fez sobre os costumes da nossa gente sertaneja do Nordeste.

Escrito naquela linguagem, tão alerta e pitoresca, a que já nos acostumou o ensaísta potiguar, "Vaqueiros e Cantadores" lê-se de uma assentada, com o encanto mais inconseqüente da literatura de ficção. E não é qualidade de menor valia, a graça, o apropositado com que Luís da Câmara Cascudo sabe bordar as suas digressões e ensinamentos técnicos, com observações vivazes, anedotas bem caracterizadoras e os recursos vários do seu estilo. Mas a verdade é que um livro como o que ele acaba de nos dar, disfarça em sua leitura agradável estudos numerosíssimos, pesquisas exaustivas, de uma sinceridade muito honesta, de que raros ainda são capazes entre nós, em assuntos de folclore. E, como soma de tudo isso, "Vaqueiros e Cantadores" reúne uma quantidade de informações de primeira mão, referências e verificações de ordem crítica, que o tornam especialmente valioso para o conhecimento da matéria popular brasileira.

Vou discutir, desde logo, certas afirmações encontradas no livro que me pareceram mais dignas de esclarecimento ou menos certas. Assim, não me parece justo que o ensaísta afirme, na página 16: "folclore santificando sempre (sic) os humildes, premiando os justos, os bons, os insultados, castigando inexoravelmente o orgulho, a soberbia, a riqueza inútil (...) empresta às suas personagens a finalidade étnica dos apólogos... etc". Não creio defensável uma afirmativa tão radical. Sem siquer me referir aos provérbios, nas próprias histórias, romances, xácaras e mais casos em música do folclore universal, há exemplos numerosos de nenhuma preocupação moralista. O folclore é, na verdade, muito mais humano que a restrita idéia moral do Bem; e por isso guarda exemplos de tudo quanto, grandezas como misérias, move a nossa fragílima humanidade.

Também me parece um pouco estreita a definição das cavalhadas da parte central do Brasil (página 72), bem como a sua ligação com as corridas de touros. Desde muito cedo, tanto na península ibérica como no Brasil, as cavalhadas aceitaram uma parte dramatizada, referente às lutas de cristãos e mouros. As cavalhadas que até agora ainda se realizam em Franca (São Paulo) são um exemplo vivo dessa dramatização social ibérica, dos brinquedos e coreografias equestres europeus. E também não me parece que haja uma ligação essencial entre as cavalhadas e corridas de touros. Si por acaso, em algumas festividades mais luxuosas, elas se ligaram (ligação que reconheço de tradição ibérica), não foi por nenhum princípio fatal conceptivo, mas apenas por uma certa e longínqua similaridade que permita, juntando-as, encompridar a festa. Enfim, as mesmas necessidades festivas que fizeram os reisados brasileiros terminarem freqüentissimamente pelo Bumba-meu-Boi, que os encompridava.

A argumentação sobre a data de aparecimento do romance do Boi Surubim, na página 82, não me parece convincente, embora seja muito sugestiva. Da mesma forma afirmar, com algum desperdício de erudição, que o "canto amebeu dos pastores gregos (é a) origem do desafio" (página 142) me parece muito audaz e rápido. É uma dessas afirmações absolutamente improváveis, tão criticamente inúteis como a dos nossos folcloristas que ligam o Bumba-meu-Boi ao boi Apis. Nesses terrenos das afirmações meramente associativas, chegaríamos a dizer que as brigas de palco, entre cantoras, por exemplo, tiveram origem nas brigas instrumentais de Apolo. Por que não considerar antes o desafio, tão instintivo, tão encontrável por esse mundo fora, um desses "pensamentos elementares" que podem nascer, independentemente de ligação, em vários pontos diversos da terra? A meu ver, o ensaísta norte-rio-grandense se prende com demasiado escrúpulo a essa tendência perigosa de tudo ligar, através das geografias e das raças, esquecido de que, mais que os movimentos migratórios, são a psicologia individual e as exigências sociais que tornam o homem muito parecido consigo mesmo, seja ele pastor grego ou pastor do sertão nordestino.

Onde, porém, Luís da Câmara Cascudo poderia lembrar uma lei tradicional, é quando (página 256) dá a lenda da luta cantada com o Diabo, sem qualquer advertência crítica, como presa à biografia do cantador Jerônimo do Junqueiro. A lenda é muito mais antiga que isso, e mesmo no Nordeste se repete na biografia de vários cantadores. Do inesquecível cantador Chico Antônio, que represara na voz as quenturas do sol, eu mesmo a ouvi, não só cantada na cantoria, como comentada em conversa, na mais inexplicável sinceridade. Chico Antônio estava absolutamente convencido de que lutara mesmo com o Diabo!

Mas um passo em que o folclorista não me convence de forma alguma é quando (página 213) se alegra de ter descoberto "uma música de quatro ou cinco séculos" atrás, só porque recolheu uma versão da xácara do Chapim de El-Rei. Em que documentos, em que elementos técnicos se baseia o escritor para garantir semelhante vitória arqueológica! Pelo contrário, o pouco que sei quanto à variação melódica dos textos tradicionais cantados, tudo quanto sei sobre a infixidez assombrosa das melodias tradicionais no Brasil, especialmente no Nordeste que é mais musicalmente inventivo, e ainda os argumentos de transformação histórica da música, principalmente quanto à tonalidade e ritmo, me fazem muito céptico preliminarmente, sobre a exatidão multissecular dessa música.

Aliás, é mesmo nas suas digressões musicais que Luís da Câmara Cascudo se mostra mais incerto. Assim, ele insiste nessa afirmação, a meu ver absolutamente errônea, de que a nossa música popular afeiçoa mais o modo menor que o maior. Já na página 17 nos informa que – " música dolente, quase sempre em tom menor"; para, na página 80 nos garantir que "os velhíssimos romances do Boi Espácio, do Boi Barroso, do Boi Surubim, da Vaca do Burel foram todos (sic) cantados em tom menor". Ora nenhuma prova o ensaísta nos fornece pra revigorar essas afirmativas. Pelo contrário: a melodia do Boi Surubim que nos mostra está no tom maior! E dos oito documentos musicais sertanejos com que enriqueceu o seu livro, seis estão no modo maior, e apenas dois em menor. Por todos os estudos, pesquisas e estatísticas que tenho feito nesse sentido, posso garantir francamente, e provar, que a nossa única verdadeiramente popular emprega sistematicamente o maior, numa porcentagem assombrosa de vitória sobre o menor. É noutros elementos de construção musical que se deverá procurar a causa da dolência, da espécie de tristeza da nossa música popular. E só em certas manifestações de origem ou fixação semiculta urbana, especialmente a modinha, é que o menor aparece com maior freqüência. No povo folclórico, não.

Quanto às considerações musicais da página 91, me parecem também todas elas muito infelizes, principalmente por ter o autor se servido de escritores inteiramente desorientados no seu ângulo de crítica, como Jacquemont, ou incapazes de compreender certas coisas, como Fetis, de que Luís da Câmara Cascudo cita uma opinião quase boçal, por completo desautorizada hoje em dia.

Essas, apenas, as nugas mais salientes que encontrei nos "Vaqueiros e Cantadores". É realmente nada, para um livro de tão copiosa documentação e mais de duzentas e cinqüenta páginas de texto. Pra compensar tão diminuto número de afirmações discutíveis, o livro é de uma excelente riqueza de verdades, de documentos importantes, notas críticas e indicações hábeis. Bastaria aliás a paciência, a proficiência e a real firmeza com que o ensaísta conseguiu, na barafunda caótica da nossa terminologia literário-musical, definir, especificar e exemplificar com clareza admirável certas formas e gêneros do canto nordestino, pra que o seu trabalho tivesse um valor excepcional. É um dos livros indispensáveis da nossa literatura folclórica.

DA OBSCURIDADE

(18-II-940)

A Poesia obscura, por qualquer razão, estética ou técnica, difícil de se compreender, deve ter seus limites. É possível a gente aceitar, e eu aceito, as obscuridades ilimitáveis, mas com risco de me tornar eu mesmo obscuro, reconheço que está indelimitação terá de ser sempre um limite. É o caso da poesia surrealista, por exemplo. Registrando as impulsões do ser, ao mais possível não censuradas pela inteligência lógica, a obscuridade da poesia surrealista é ilimitada. Mas esta mesma indelimitação provoca, exige a minha atitude de leitor, ao mesmo tempo de viva atividade psicológica e, no mais, de passividade submissa. E o poema se torna claríssimo em sua escureza retinta. As palavras, as frases, as imagens, ora surgidas das profundezas insondáveis, ora apenas a espuma primária e epidérmica das associações, agem dentro da minha compreensão como dados livres, ilhas da verdade humana, formando um arquipélago em que erro a meu sabor. Nalgumas dessas ilhas nem siquer porei o pé, mas noutras colho a água de coco que me dessedenta.

Ainda o valor formal do fato poético pode ser uma indelimitação para a obscuridade. Um poema de Oneida Alvarenga ou de Rossine Camargo Guarnieri pode ser perfeitamente compreensível à minha inteligência lógica, mas a admirável evasividade verbal da primeira como a igualmente admirável suavidade rítmica do segundo são valores estéticos absolutos, que me dão por si mesmos sensações integrais de beleza poética. Da mesma forma como um quadro de verdadeira pintura pode representar uma catedral ou a morte de Pedro Ivo sem que eu, esteticamente, esteja "vendo" a coisa representada, mas essencialmente o fato pictórico: uma poesia pode deixar de ser inteiramente compreendida por mim no sentimento, na coisa que diz, pra que eu a receba na coisa poética que ela deve primordialmente ser. Coisa que é forma e nada mais. A compreensão do assunto representado funciona então, em mim, como um completamento concomitante do meu ser, em suas exigências complexas e se impõe, cresce, se valoriza numa afirmação, numa definição que é minha. Não por ser preliminarmente do autor — o autor já não importa mais — mas de que a obra-de-arte, pelo efeito adesivo, identificador da Beleza, me convenceu.

Não creio que Marcelo de Sena tenha resolvido plenamente os problemas estéticos em que se lançou e aplicou com tão excessivo método em seu livro "Elegia de Abril". Pra Marcelo de Sena a poesia parece se definir numa condensação, muito ritmada do pensamento, da inteligência consciente, a se exercer sobre sentimentos, sensações, intuições de extrema raridade ou sutileza. Não temos, portanto, como resultado, como fato poético, como poema, uma criação dinâmica, uma forma em ação, anterior ou independente da lógica insatisfatória e rudimentar. Mas também, na sua concepção da poesia, o artista não se satisfaz com o pensamento lógico, perfeitamente claro e escorreito. Marcelo de Sena, ou muito me engano, ou quer ir além. Pra ele a poesia é uma espécie de ultralógica. Não um "super-realismo", mas uma superlógica, nova espécie de última conclusão reveladora do seu não-conformismo. Ora essa superlógica, essa última conclusão é extremamente concisa e indiferente, donde uma obscuridade penosa, sem limite de espécie alguma, que não consegue definir minha atitude de leitor. Eu sei que tenho de compreender conscientemente uma poesia de Marcelo de Sena, pra lhe apreender a mensagem integral. Mas deparo a todo momento, no livro, expressões como está :

"Fugir não será o profundo instinto dos passos na sombra?
Passos, inquietos passos em que te perdes, disperso.
Voz dos desejos estrangulados no amplo deserto que é o cerne
[de cada desejo
E a limita entre altas paredes."

Não se trata de uma obscuridade compreensível pela sua própria indelimitação. Eu sei que tenho de compreender integralmente essas frases, pra atingir o fato lírico que Marcelo de Sena me traz. Mas, não se contentando com as intuições líricas nem com o pensamento lógico, o poeta, na sua superlógica, é obrigado a usar uma linguagem sistematicamente imaginosa, cheia de metáforas, de substituições da palavra exata por símbolos mais complexos, linguagem a que ainda aumenta a dificuldade de percepção, uma fraseologia, um jeito sistematicamente complicado de construir a frase, rebarbativo mesmo. (Se observe a dificuldade de percepção imediata do a que se refere o pronome do último verso citado.) Daí um apocalipse fatigante, bastante orgulhoso, de que não posso esperar, como do outro, nenhuma revelação futura.

Eu temo que Marcelo de Sena se perca num refinamento abusivo, um qualquer grã-finismo intelectual (profundamente sério e sincero, reconheço), que exija para a compreensão de um poema de vinte versos uma exegese de vinte minutos. Ou duas horas. Exegese que jamais terá confiança em si mesma, pela indefinição de atitude contemplativa em que a obscuridade de Marcelo de Sena nos deixa.

No entanto, pela maior felicidade de realização de certos poemas como o bonito "Imagem que se ausenta...", pelo agradável movimento dos ritmos (um pouco fáceis, na utilização sistemática dos versículos longos) pelo sentido comovente de certos sentimentos e anseios perceptíveis, tenho a convicção de que Marcelo de Sena é um valor ponderável. Será que ele se escondeu na sua poética obscura, por pudor?...

O poeta parece um desses entes infelizes, fatalizados por qualquer doença incurável, por qualquer castigo injusto da vida, cortado ou empobrecido na riqueza de sua existência, condenado a morrer cedo, ou coisa com isso identificável. O tema de quase todas as poesias versa o deslumbramento amargurado de uma perfeição que não consegue se realizar. O assunto geral do livro é a imagem de uma morte prematura, de uma antecipação da morte, ou coisa parecida, que a Marcelo de Sena é mais que uma antecipação. É "a própria morte habitando os entretons" das suas horas sombrias — como diz no poema talvez mais significativo do seu livro.

UM CRÍTICO

(25-II-940)

O Sr. Àlvaro Lins publicou recentemente um livro notável sobre a "História Literária de Eça de Queiroz". Se trata de um ensaio muito rico de idéias, de um interesse apaixonante, em que o autor soube se conservar dentro da posição essencialmente crítica, se esforçando por ver e julgar numa atitude artística. Estou que o conseguiu. Mas, ao invés de Eça de Queiroz que foi tão indeciso no delineamento da sua figura espiritual, o Sr. Álvaro Lins é um católico bem nítido, e a sua visão se processa lealmente dentro de lentes bem polidas e claras de catolicismo. Esta visão se revela por todo o livro. Em forma de parcialidade? Não, justamente numa espécie de imparcialidade um bocado inquieta e cuidadosa de si, que muito honra o crítico e lhe demonstra as excelentes intenções e a possibilidade em que está de um verdadeiro julgamento artístico. Este me parece um grande mérito, o melhor elogio que se possa fazer ao Sr. Álvaro Lins. As formas da vida estão se tornando de tal maneira interessadas, que tudo se aniquila e se reconduz a uma primaridade anã, fácil como beber água.

Em arte, especialmente em crítica de arte, si vemos um crítico iniciar o estudo de um determinado livro, nós já sabemos de antemão si vai atacar ou elogiar, si gostou, si não gostou. De resto, o que é pior não é semelhante monotonia, mas a precariedade desta monotonia, pois que o estudo, a análise de uma obra cada vez é menos estudo ou análise, reduzida a crítica a uma colegial distribuição de prêmios, em que aplaudimos os que estão conosco e desacatamos os que são contra nós. O Sr. Álvaro Lins soube escapar com muita inteligência e acerto deste novo primarismo interessado e se toma de real interesse ver como este católico de vistas largas e generosas compreende Eça de Queiroz. Como prova disso, recordo o estudo que faz o Sr. Álvaro Lins do anticlericalismo existente em obras como "O Crime do Padre Amaro" e a "Relíquia". São páginas muito finas, cheias de verdade.

Mas a personalidade espiritual do crítico pernambucano não deixou de conformar com demasiada insistência o seu estudo. Os problemas da catolicidade, da religiosidade, do espiritualismo de Eça de Queiroz tingem todo o livro, a meu ver, num excesso prejudicial. Não creio que num ensaio sobre a "História Literária (inteira) de Eça de Queiroz", o problema da sua religiosidade merecesse tamanha importância. Há uma tal ou qual desproporção, em que apesar da objetividade, se percebe que o crítico esteve sempre demasiado presente, nas suas aspirações e tendências, em Eça de Queiroz. Não haverá desproporção relativamente ao Sr. Álvaro Lins, mas a história literária do romancista ficou um pouco deformada. O crítico foi generoso demais e não insistiu sobre o caráter simplista da personalidade espiritual de Eça de Queiroz e a sua deficiência de cultura verdadeira. Eça de Queiroz foi um homem bastante... desmantelado o que o Sr. Álvaro Lins soube perdoar ao gênio incontestável do português.

Aliás está desproporção quanto ao cristianismo de Eça de Queiroz, ainda se estende mais generalizadamente para caracterizar todo o livro. Realmente o que menos aprecio, no estudo do Sr. Álvaro Lins, é o seu título. Sempre muito presente em seu livro, embora tenha tratado de todas as obras de Eça de Queiroz, de cada uma delas o crítico apenas escolheu os aspectos que lhe interessavam em particular. De forma que pela ausência de descritividade crítica, não se tem exatamente uma "História Literária de Eça de Queiroz", mas antes alguns dos aspectos dela. O livro implica em nós, não apenas um conhecimento profundo das obras do romancista como até da sua bibliografia. Embora com risco de me tomar pedante, acho que o Sr. Álvaro Lins não quis tomar aquela atitude universitária que lhe permitiria realizar uma sistematização e uma síntese mais resolutas do seu tema.

Eça de Queiroz foi um pretexto pra serem pensados certos problemas deriváveis dele, mas do agrado ou da inquietação do Sr. Álvaro Lins. Isto não é defeito: é um caráter. Os assuntos versados pelo crítico estão expostos com firmeza, estudados em profundidade. O Sr. Álvaro Lins tem uma ótima faculdade de não reduzir os seus problemas a juízos precários. Haja vista a fina digressão sobre a linguagem de Eça de Queiroz. Mas si os problemas são assim tratados em profundeza e de maneira nada impressionista, o estudo, em si, permanece o seu tanto impressionista.

Talvez dessa concepção pouco "universitária", pouco sistemática do seu livro, o Sr. Álvaro Lins deixasse nele meio obscuros certos assuntos tratados. Fiquei, por exemplo, um pouco inquieto vendo o crítico afirmar categoricamente que "Eça é cem por cento um humorista" (página 240), tanto mais que pouco adiante nos diz se tratar de um "artista cheio de sentimentos humanos". Senti necessidade de uma explicação maior, pois, embora não veja nessas duas afirmativas uma contradição, me parece que o crítico dá pra "humorismo" uma conceituação muito especial. Eça de Queiroz era um sensual da vida, um apaixonado. O Sr. Álvaro Lins nos garante, com muita razão, que ele era um extrovertido, que o seu socialismo era sentimentalóide. Acho muito difícil um artista com tais constantes psíquicas, se apresentar "cem por cento humorista", a não ser que se dê pra humorismo um sentido menos inglês, que não consigo bem aferrar. Ainda a digresão das páginas 48 e 49 sobre a não fundamental influência dos acontecimentos exteriores sobre uma existência artística me pareceu pouco firme e dificilmente defensável. Poucas páginas adiante, o crítico mesmo observa "quanto Eça renunciou de si mesmo; do seu temperamento, ao aceitar os limites da escola realista". Não me parecem prováveis nem uma nem outra afirmativa. O realismo do Eça de Queiroz da grande época foi perfeitamente temperamental.

Me vejo ainda obrigado a defender contra o crítico os romancistas que se dizem escravos dos seus personagens. Não sei como o Sr. Álvaro Lins, geralmente tão refinado e hábil, nas suas análises críticas, deixou escapar aquela condenação abusiva dessa incontestável verdade. Um crítico como o Sr. Álvaro Lins, que situou tão bem, desde o início a sua atitude artística, não podia deixar de verificar que essa proclamada independência dos personagens é sempre criatura do seu criador, nisto que só pode derivar daquilo que o criador é. A sua liberdade de ação, será, portanto, preliminarmente relativa e derivada. Mas esta verificação é muito precária e fácil. O importante é verificar que na relativa liberdade do personagem é que está implicada a verdadeira liberdade de criação, a própria liberdade da arte. Do lado oposto é que estão os romances de tese, que o Sr. Álvaro Lins justamente condena. Do lado oposto, pior que os romances de tese, é que está essa lógica psicológica tão simplória, meramente exterior e consciente, do psicologismo francês que sucedeu imediatamente ao Realismo. A independência do personagem pertence à mais legítima, à mais profunda "poética". Quero dizer: o autor, em verificação primária, estará dirigindo sempre o seu personagem, mas si ele, autor, imagina, sente, percebe o personagem se movendo e agindo à revelia dele, é porque a sua direção se processa sem consciência de si mesma, naquela vida intuitiva e paraconsciente do ser, onde se realiza no seu mais divinatório, e profundo sentido, o fenômeno da invenção. A este personagem, verdadeiro semovente, o autor corrige, mas em arte, já em plena consciência, pela técnica em principal.

E não estará nisto, nesta independência do personagem, a mais legítima forma "social" da arte?... Porque um legítimo artista, suponhamos, sinceramente integralista, que criasse um personagem e lhe aceitasse a independência, criaria "necessariamente" um personagem de combate, integralista ou antiintegralista. Mas, esta forma social de criação, até mesmo de combate, não se deformaria na sua arte, porque esta é que seria o propósito e estaria na consciência e na vontade do criador, e não o combate. Mas si o artista voluntariamente faz da sua arte uma arma de combate, e nega aos seus calungas aquela relativa independência em que ele, autor, é um vate, um paralógico, um paraconsciente, um "desumano", pra me utilizar da expressão do gosto do Sr. Álvaro Lins, a arte desaparece, a criação se deforma e fragiliza. Quando não é quase totalmente abandonada, como está sucedendo com os nossos romancistas combativos da atualidade. Estes dirigem seus personagens até na gravata com que se enfeitam ou na vontade de beber um chope. E isto é tese, é apólogo, é fábula. E já não estaremos mais no domínio exato e exclusivo, direi mesmo hedonístico, da arte.

Não é possível nos limites de uma crônica estudar este problema em toda a sua complexidade. Nem é mais possível comentar o livro do Sr. Álvaro Lins, em toda a sua riqueza de idéias. A verdade é que estamos diante de um crítico excelente, que deve perseverar na crítica. Com personalidades assim é que poderemos melhorar a nossa qualidade crítica, talvez o ponto mais frágil da nossa inteligência literária de agora.

A LÍNGUA RADIOFÔNICA

I

(3-II-940)

Recentemente a Diretoria Geral dos Correios e Telégrafos, a quem incumbe na Argentina a radiodifusão, nomeou uma Comissão de Estudo e Reorganização geral do serviço. esta comissão dividiu inteligentemente o seu trabalho em vários capítulos, que não interessa aqui saber se foram bem ou maltratados. Mas entre os problemas a resolver, incluiu o da linguagem usada nos rádios argentinos, principalmente pelos "speakers", pelas peças de teatro radiofônico e pelos tangos e demais canções em gíria de favelas. Não podendo, por si, resolver com clareza o assunto, provavelmente por impossibilidade de acordo entre seus membros, a comissão resolveu abrir um inquérito entre as mais notáveis instituições culturais argentinas. O divertido é que de novo as respostas variaram de tal forma que, ao invés de decidir, a comissão resolveu publicar todas elas! E o problema da língua radiofônica castelhano-argentina ficou sem direção e provavelmente o ficará por toda a vida. Mas não se dirige uma língua viva!...

Examinemos o inquérito. Constava das quatro perguntas seguintes, formuladas pela comissão:

a) Devem ser aceitos na transmissão os vícios de pronúncia correntes, ou será necessário impor a pronúncia culta?

b) Convém difundir comédias dialogadas em linguagem familiar?

c) Convém difundir teatro rural em linguagem regional?

d) Convém difundir canções escritas na geringonça arrabaldeira?

não respondeu. Limitou-se a dar opiniões pessoais sobre certos gêneros de canções e pronúncias argentinas, terminando com estas considerações justíssimas: "Em resumo: desgostam-me censuras prévias e regulamentações em matéria de arte. Sei que a nossa decomposição nacional é profunda, e que transcende ao rádio, ao folclore e à linguagem. Tanto mais que si se puder transmitir apenas o academicamente correto, não seria permitida a radiodifusão do "Martin Fierro". Como se vê, o problema é por demais complexo e depende de cada caso particular, mais que de normas gerais. Só me ocorre lembrar, pra concluir, que nos livros se aconselham certos remédios que podem fazer mal aos doentes."

Amado Alonso, do Instituto de Filologia, tem estas considerações finais: "Em resumo: o pitoresco (de linguagem) está bem como pitoresco e no seu lugar limitado; mas fora disso todo o pessoal dos rádios devem praticar as formas cultas do idioma e deve colaborar pra que se afirme no público o respeito e o agrado pelo bem dizer." Esta resposta, sutilmente defeituosa a meu ver, sintetiza com admirável claridade o sentir geral dos respondedores. No fundo, como pessoas cultíssimas que são e acostumadas às manifestações cultas da linguagem, lhes desagrada o linguajar radiofônico e desejariam proibi-lo pra todo o sempre, salvando-se dessa forma a linguagem de Cervantes. De Cervantes e não a linguagem castelhano-argentina viva...

Vejamos o que há de sutilmente defeituoso na conclusão de Amado Alonso. Diz ele que o "pitoresco de linguagem", isto é, certos defeitos (não os considero absolutamente "defeitos", são manifestações diferentes, fatais) tanto de pronúncia como de vocabulário e sintaxe, estão bem no seu campo limitado. E acrescenta que fora disso "todo o pessoal de rádio deve praticar as formas cultas do idioma". Ora, eu me pergunto: a radiofonia, a coisa radiofônica, não será também um "campo limitado", com um pitoresco que lhe é próprio? Aliás não se trata de "pitoresco", trata-se de uma verdade natural de expressão, que aos que a não têm é que parecerá pitoresca.

A língua, no seu sentido, digamos, abstrato, é uma propriedade de todo o grupo social que a emprega. Mas isto é uma mera abstração, essa língua não existe. O tempo, os acidentes regionais, as profissões se encarregam de transformar essa língua abstrata numa quantidade de linguagens concretas diversas. Cada grupinho, regional e profissional, se utiliza de uma delas. Deus me livre negar a existência de uma língua "culta". Mas esta é exclusiva apenas de um dos grupinhos do grande grupo social. Essa é a língua escrita, por excelência, tradicionalista por vício, conservadora por cacoete específico de cultismo. Ou de classe. Mas já está mais que observado que os mesmos indivíduos que escrevem nessa língua culta, muitas vezes se esquecem dela quando falam. Essa língua escrita não é a mesma, que a linguagem da classe burguesa, que é falada e não tem pretensões aristocráticas de bem falar. E existem as linguagens dos sentimentos, que fazem um burguesinho ter com a mulher um linguajar amoroso muito especial, ou ter tal linguagem nos momentos de cólera que jamais, como vocabulário e sintaxe, ele empregaria na festa de aniversário da filhinha. E finalmente existem as linguagens profissionais, a linguagem do carreiro, do sapateiro, do advogado.

Ora, existe a linguagem do rádio também. O simples problema de alcançar o maior número de pessoas, de lhes ser acessível e as convencer a todas, obriga o rádio a uma linguagem mista, complexa, de um sabor todo especial, a começar pelo "Amigo ouvinte", que da linguagem dos púlpitos passou para a do rádio. Uma observação: hoje todo o rádio brasileiro (pelo menos o carioca) emprega o "você" em relação ao ouvinte. Não parece absurdo? Qualquer acadêmico se arrepiará com essa familiaridade quase ofensiva, com que o "speaker" se dirige a pessoas que não conhece. Mas foram as exigências mesmas da radiofonia que levaram à generalização do você, como fórmula de tratamento radiofônico. Foram as exigências de alcançar o maior número de pessoas de todas as classes, foram as exigências de simpatizar, as de familiaridade, etc. Mas o você não é um tratamento absolutamente geral no Brasil. Em certas regiões, e no próprio Rio de Janeiro, a forma mais freqüente de intimidade é o "tu". Mas o você tinha utilidades psicológicas e gramaticais que levaram, inconscientemente, os locutores cariocas a empregá-lo. Era familiar, era simpatizante, mas sem exagero de intimidade. E além disso tinha plural, que o tu a bem dizer não tem. O "vós" era de todo em todo inaceitável para a radiodifusão quotidiana, pois só usado na linguagem oratória ou perseverado desatentamente em fórmulas de reza. E nem me refiro à gíria radiofônica, usada na comunicação interna dos estúdios. Já lembrei, neste jornal, o exotismo desagradável da nossa linguagem musical. Pois cantores e instrumentistas de rádio, muitos deles jamais tendo lido uma artinha, estão criando toda uma terminologia musical brasileiríssima, muito mais lógica que a culta. E como os fenômenos musicais, cultos ou populares, são os mesmos, sucede aparecerem, nessa terminologia radiofônica, vozes que podiam perfeitamente substituir, com vantagem de nacionalidade, as empregadas na terminologia culta. É o caso, por exemplo, do "Fundo de canto", expressão que ouvi faz pouco de um rapaz radiofônico, pra designar uma segunda linha de polifonia, de função subalterna. É admiravelmente expressiva, e não temos nada que a substitua na terminologia culta.

Assim, está nascendo dentro da língua castelhana, como dentro da língua portuguesa, e provavelmente dentro de todas as demais línguas, uma nova linguagem, a linguagem radiofônica. Como a dos engenheiros, como a dos gatunos, como a dos amantes, como a usada pela mãe com o filho que ainda não fala, essa linguagem radiofônica tem suas características próprias determinadas por exigências ecológicas e técnicas. Não podendo me estender mais, termino apontando apenas a característica que mais nos importa nesse artigo. A linguagem radiofônica tinha que se manifestar necessariamente anticulta, como de fato se manifesta. O rádio, como a oratória e o teatro, mas sem possuir destes o poderoso elemento plástico, é um instrumento de convencer. Dizem-no instrumento de educar. Prefiro dizer que ele se utiliza, como atitude educacional, só do elemento de convicção.

Em sentido muito geral e nada pejorativo, determinado pelas próprias circunstâncias da sua vida, o rádio é um instrumento de anúncio. Tanto anuncia uma canção como um ato governamental e, comercialmente agora, o remédio mais eficaz contra o reumatismo. A cultura do rádio, baseada no vôo infixável da palavra falada, moldada por elementos próprios, como o da minutagem, que tem de ser curta não por interesses, econômicos apenas, mas psicológicos, de fadiga, de audição desprovida dos elementos plásticos da oratória, etc., a cultura do rádio jamais será uma cultura... culta. Ora, isto leva o rádio à disputa e ainda à delimitação do que se poderia chamar, em linguagem atualíssima, o seu "espaço vital". Tendo de convencer, tendo de anunciar, e para o maior número, o rádio abandonou com muita habilidade política o seu público mais restrito: abandonou as pessoas cultas. Não apenas porque eram em menor número, mas especialmente porque as mais intelectualmente difíceis e mais financeiramente custosas de convencer. Um exemplo basta. Convencer a uma pessoa culta, em música, exige grandes orquestras, apuro de ensaios, musicistas consumados. E jamais essa pessoa ficará plenamente convencida e satisfeita porque a transmissão jamais iguala a realidade. E então em filosofia, em literatura, em matemáticas, etc., a dificuldade era maior. O rádio é por essência instrumento de mediana, a que podem com interesse, utilidade e vaidade subir as pessoas incultas, mas a que as pessoas cultas se fatigam em descer. Foi, pois, o rádio obrigado a abandonar totalmente a parte culta do público e a não considerá-la como participante do seu "espaço vital". A geografia do rádio não alcança as montanhas elevadas da cultura. Fica-se pelos vales, pelos platôs largos e pelos litorais. Daí a sua linguagem particular, complexa, multifária, mixordiosa, com palavras, ditos, sintaxes de todas as classes, grupos e comunidades. Menos da culta, pois que desta ele apenas normalmente se utiliza daquelas cem palavras e poucas normas em que ela coincide com todas as outras linguagens, dentro dessa abstração que é a Língua.

A LÍNGUA VIVA

II

(10-III-940)

A verdade mais verdadeira deste mundo é que o meu último artigo sobre "A Linguagem Radiofônica", jamais eu tive intenção de escrever. Sucedeu porém que no ato de lançar sobre o papel, o artigo que vai aqui, saiu outro. Logo depois de uns poucos metros de escritura, meu pensamento descobriu um atalho, quis saber onde que ia parar e deu naquele abismo ousado da linguagem radiofônica, provocada pelas condições sociais do rádio. Paciência. A honestidade, agora, me obriga a divulgar o que tinha a dizer e não foi dito.

No inquérito sobre o "problema do idioma na radiodifusão", organizado entre as mais credenciadas instituições culturais argentinas pela Diretoria Geral dos Correios e Telégrafos, eu tive a impressão, tanto pelas perguntas como pelas respostas, que a principal realidade do assunto não entrou nas cogitações de ninguém. Não houve uma clara e realista consciência de que a linguagem usada por milhares de pessoas, já por si diferentes umas das outras e ainda por cima diferenciadas por profissões, situação social, etc., é necessariamente um instrumento vivo, em eterno fazer-se, a que qualquer coisa modifica, transforma ou acrescenta. Ainda mais: não se levou exatamente em conta que, dentro dessa língua total, a linguagem culta funciona mais ou menos como uma língua morta, de tendências necessariamente conservadoras que a fixam pelo estudo e a estratificam pelo cultivo da tradição. A linguagem culta funciona bem exatamente como durante muito tempo funcionou o latim, depois de nascerem e se estabilizarem as línguas românicas: era o instrumento oficial e transcendente, grafado no papel, único usado entre as pessoas cultas nos seus trabalhos de erudição. O indivíduo que dentro de casa e na rua falava o castelhano ou o português vivos, escrevia em latim morto o seu livro sobre botânica.

Este é muito exatamente o papel da linguagem culta dentro de uma língua. E o indivíduo brasileiro que na rua diz "me parece" ou em casa pede a uma visita: "Se sente, faz favor", escreverá logo depois "parece-me" e "sente-se", isto é, uma língua morta estratificada, que ele não se pensa no direito de mudar. Por quê? Porque essa linguagem culta é a língua cujas leis ele decorou no colégio, é a língua estabelecida e fixada pelos clássicos, é a tradição. E ainda existe uma razão mais ponderável: é que a transformação dessa linguagem, as modificações introduzidas individualmente dentro dela, podem se tornar incompreensíveis ou de impossível aceitação por centenas de outras pessoas de outras regiões, pra quem o trabalho também foi escrito. Si eu escrevo uma idéias novas sobre Kant, é certo que não me dirijo ao meu barbeiro e compadre, nem mesmo à minha mãe ou mulher, nem talvez ao meu amigo mais íntimo, dono de todos os meus segredos desde a infância e atualmente corretor de café em Santos. Mas, sem siquer lhes saber o nome, estou me dirigindo a vários professores de Coimbra, a todos os filósofos de língua espanhola que também conhecem o português. Esta é a razão mais ponderável da estratificação e imutabilidade da linguagem culta. É uma língua morta que tira da sua rigidez cadavérica as milhores razões de sua vitalidade.

Está muito bem. Mas parecerá imediatamente às pessoas que me conhecem que afirmando estas fáceis verdades, me coloco em enorme contradição comigo mesmo, pois sempre tenho sido em minha vida literária um deslocador, um destroncador, um destruidor dessa linguagem culta, com os meus insuportáveis "erros" de português.

Mas não há contradição alguma. O fato da linguagem culta se assemelhar a uma língua morta e manifestar tendências, algumas falsas e algumas utilitárias, para a estratificação, é apenas uma verdade fácil e preliminar. Outras verificações se ajuntam a essa verdade preliminar, que, à revelia dos indivíduos, obrigam a linguagem culta a ir se modificando com os tempos. O espírito de épocas diferentes, as influências exteriores, as invenções novas, por exemplo, são outros tantos elementos poderosos que modificam cronologicamente a linguagem culta imutável. Uma pessoa de hoje que pretendesse usar a linguagem culta de Frei Luís de Sousa, não o poderia fazer — a menos que fosse um pobre de espírito, tão excessivamente pobretão que não tivesse nada a dizer. Porque o pensamento e a sensibilidade de hoje não podem se conter dentro do vocabulário e muito menos dentro do estilo de Frei Luís de Sousa. Mas não quero dizer com isto que a linguagem culta se enriquece com os tempos. Ela só pode se enriquecer dentro de uma só época e em relação a esta época. Com efeito, o vocabulário contemporâneo e o estilo atual seriam absolutamente inúteis pra Camões. Si ele os tivesse à mão, antes de mais nada, não seria Camões! Mas imaginando a hipótese que o fosse, isto é, fosse o mesmo gênio que foi, com o sentimento e a cultura do tempo dele, ele deixaria de parte tudo o que possuímos e nos é imprescindível, pra usar apenas o vocabulário e sempre o estilo que criou. O que hoje possuímos não o enriqueceria.

Além destas circunstâncias sociais que levam a linguagem culta a se modificar com o correr dos tempos, há que não esquecer ainda os imperativos individuais do escritor. Isto é muito importante porque é o que marca melhor a cisão da linguagem culta em duas manifestações profundamente diversas: a linguagem científica e a linguagem artística. Está claro que não é a mesma coisa escrever uma comunicação sobre a moléstia de Chagas e uma poesia de amor. As exigências universalistas da verdade científica obrigam a linguagem culta a se estratificar o mais possível, de forma a ser imediatamente e insensivelmente compreensível a todos quantos a praticam. Ao passo que as exigências individualistas da arte permitem à linguagem artística uma mobilidade extrema. Dentro dela, a simplicidade, por exemplo, não é preceito de Albalat, a que obedecem cegamente apenas os academizantes. A simplicidade não é preceito: é qualidade que uns têm, outro não. Como preceito irrevogável, ela alcança muitas vezes o simplismo e o simplório. Eu afirmo que pregar a simplicidade como ideal de perfeição literária e norma objetiva de julgamento de obras-de-arte... objetivas, é uma penúria. Quando a simplicidade é um atingimento de estilo, como no Machado de Assis do "Memorial de Aires", muito que bem: é uma admirável qualidade. Porém se imagine o que seria a simplicidade, mesmo apenas de dicção, para um Dante, um Shakespeare, como pra um Mallarmé e um Stephan George, pra um Euclides da Cunha como um Murilo Mendes. E pra um Kant, de um lado, e pra um Joyce, do outro! Impor a simplicidade como garantia até de profundeza, como faz Sérgio Milliet ("O Estado de São Paulo", 18-XI-44) , é simplesmente um academismo. É dormir conformistamente sobre um quarto de dúzia de leizinhas de mestre-escola, sem verificá-las a cada passo da evolução das individualidades e a cada objetividade de cada obra. O quartanista ginasiano bem comportado também escreve simples. Não por atingimento porém: por incapacidade.

E é nisto que residiu a falha principal do inquérito argentino: ele esqueceu totalmente a mobilidade da linguagem culta usada pela arte. Como o inquérito só perguntava sobre a pronúncia culta e as linguagens regionais, familiares ou arrabaldeiras, os respondedores, repudiando ou aceitando estas linguagens, em oposição à linguagem culta, se esqueceram de verificar que é em todas essas linguagens que o artista colhe o milhor da sua expressão literária. Além da sua própria sensibilidade, é na fonte riquíssima de todas as linguagens parciais de uma língua, que o artista vai encontrar o termo novo, o modismo, a expressão justa, a sutileza sintáxica, que lhe permitem fazer da sua linguagem culta, um exato instrumento da sua expressão, da sua arte. E isto é que se faz necessário esclarecer e compreender, porque é a fonte da eterna incompreensão e ridícula briga entre os críticos e censores de um lado e o artista verdadeiro do outro. E é também o que faz evolucionar a linguagem culta. Em vez (ai!), o criticóide pega da poesia ou do conto e o confere pela bitola de Herculano e Garrett. Dá urros. E o próprio artista, levado pelas próprias circunstâncias psicológicas da criação, os seus interesses de ser aplaudido e ser amado pela maioria, foge da expressão nova colhida dos italianos da sua terra, dispensa o termo que lhe deu a criada e que a sua sensibilidade exigia (pois que o lembrou instintivamente) , e recoloca o pronome ou em vez de "camarão" diz "bonde", hesita meio desesperado, mas como está com intenções de lutar por uma cadeira na Academia, acaba corrigindo pra "veículo a tração elétrica". Esta é a verdade única honesta. A linguagem culta, especialmente quando artística é também uma língua viva. É mesmo a única língua viva que congraça em sua entidade todas as linguagens parciais de uma língua. E das outras... Ela tem o direito de empregar qualquer voz, qualquer modismo, qualquer sintaxe. As linguagens parciais não têm este direito. Si em São Paulo, falando com minha mana paulista, eu lhe peço que vá na "camarinha" buscar meus chinelos, eu estarei tão anarquista e pedante como si lhe falasse no estilo de Camões. Mas como artista, eu quero o meu direito de empregar "camarinha" no meu conto ou na minha poesia, seja pra efeitos de regionalismo, seja pra efeitos de pitoresco ou de comicidade, ou seja mesmo para efeitos de sonoridade ou de ritmo. E ainda o emprego da palavra pode ser um simples e utilíssimo fato de psicologia pessoal. Viajei pelo Nordeste, lá dormi em muitas camarinhas, lá empreguei a palavra pra me fazer mais imediatamente compreendido, lá sonhei, lá me iludi, lá sofri. A palavra pode pois surgir em mim sem necessidade estilística nenhuma, flor do meu próprio jardim. E eu, como artista, tenho o direito de me expressar com ela. Ela é uma verdade que me liberta e me esclarece. Tudo mais é falsificação e falsidade. Que um português não me compreenda, que um paulista mesmo não me compreenda?... Eu os forçarei a me compreender si por acaso for um verdadeiro artista.

Pós-escrito — Está claro que nenhuma destas minhas ousadias justifica a ignorância. O escritor é o indivíduo que se expressa pela linguagem alfabética, isto é, a linguagem culta. É preciso, pois, que ele conheça preliminarmente essa linguagem que lhe vai servir de instrumento de expressão. É quase lapalissada afirmar que só tem direito de errar quem conhece o certo. Só então o erro deixa de o ser, pra se tornar um ir além das convenções, tornadas inúteis pelas exigências novas de uma nova expressão. O resto é academismo, e é interesse pessoal, não da obra-de-arte.

GABRIELA MISTRAL

(17-III-940)

Os jornais anunciaram que foi proposto o nome de Gabriela Mistral para o prêmio Nobel de literatura. Ao mesmo tempo começam a cochichar com felicidade aqui no Rio que brevemente a admirável chilena virá residir em Niterói, por designação do seu país. Todas estas notícias nos enchem de alvoroço aos seus amigos brasileiros, porque em nós Gabriela Mistral é uma memória constante, com todas as exigências da saudade. Seria excessiva pretensão de cultura dizer que Gabriela Mistral é já um nome popular no Brasil, infelizmente ainda não é. Mas todos os brasileiros que lhe leram os versos e lhe conhecem a vida múltipla e tão amarga, principalmente os que a conversamos algum dia e provamos desse gosto bravio, suave mas nítido e impregnante da sua presença, a todos nós essas notícias nos alvorotam, nos acariciam, nos inquietam, porque nos sentimos um pouco dela e ela um pouco nossa também. Raras vezes se poderá ter assim a impressão de uma mulher tão completa, como diante de Gabriela Mistral. Jamais essa essência de feminilidade que amorosamente se entrega e maternamente se apropria, nos envolve tão perfeitamente como ouvindo a grande poetisa; e todos aqueles a quem ela descerrou um bocado a intimidade da sua simpatia não poderão mais dela guardar sinão a memória do encantamento.

Conheci Gabriela Mistral já em plena maturidade, macia e lenta. Foi em 1937, quando ela, nos seus inquietos caminhos, passou por São Paulo em busca... em busca de quê, meu Deus!... Talvez ainda e sempre naquela procura errante dos heróis, dos seres intensamente humanos que se irmanassem com ela. Mas já Gabriela Mistral, si não se desiludira propriamente, acalmara seus ímpetos ideais. Sabia se esquecer de si mesma e disfarçar os seus tumultos numa complacência veludosa, que ela conseguia principalmente pelo emprego da lentidão. Emanava dela, dos seus gestos, dos seus assuntos, uma experiência cheia de mistério, muito mais velha que ela, que parecia transcender à sua própria existência. Nascia dela um som antigo. Tendo como ninguém o instinto de ensinar, acostumada a ensinar por hábitos passados, em pouco tempo nós parecíamos, a seu lado, umas crianças. Talvez crianças perigosas. Mas Gabriela Mistral sempre viveu na proximidade dos perigos, e isso transparecia aliás, como fogachos breves, nesse rescaldo de incêndio acalmado, que era a sua intensa lentidão. Nós participávamos em pouco tempo da sua intimidade, não como conhecidos velhos, mas como perigos conhecidos, a quem ela proporcionava um pouco da sua grandeza. Na "Cabalgata" ("pero la de los héroes", como ela esclarece numa nota) Gabriela Mistral diz qualquer coisa de parecido com o ambiente espiritual dos nossos encontros paulistanos:

"Soy vieja; amé los héroes
y nunca vi su cara;
Por hambre de su carne
Yo he comido las fábulas.
A hora despierto a un niño
Y destapo su cara,
Y lo saco desnudo
A la noche delgada,
Y lo hondeo en el aire
Mientras el río pasa,
Por que lo tome y lleve
La vieja Cabalgata..."

Essa a atitude inesquecível de Gabriela Mistral. Teria já cinqüenta anos talvez e a enfermidade a aureolava de uma inquietação silenciosa como si a tempestade andasse por detrás dos horizontes. Mas aos poucos a grande poetisa dissipava os relâmpagos ecoantes em nosso espaço, falava. Simples como o luar num campo. Em pouco tempo ela dominava com a sua maravilhosa perfeição de mulher. Buscadora esquecida de heróis, que os encontrara nas raças infelizes...

Dois amores, dois entusiasmos doloridos a preocupavam principalmente naqueles tempos, o México e a Catalunha. Ouvindo-a falar eu me percebia mexicano e catalão. Gabriela Mistral se integrava em sua América principalmente pelo México tradicional, ao mesmo tempo que se movia em sua humanidade especialmente pela situação da Catalunha. Em seu mais recente livro de versos, com a perfeição verbal de alguns poetas de França, de um Racine, de um Mallarmé, de um Valéry , ela esculpe estas quadras sobre as mulheres catalãs:

Será que llama y llama vírgenes
La vieja mar epitalámica;
Será que Tôdas somos una
A quien llamaban Nausicaa.

Que besamos mejor en dunas
Que en los umbrales de las casas,
Probando boca y dando boca
En almendras dulces y amargas.

Podadoras de los olivos,
Y moledoras de almendrada,
Descendemos de Montserrat
Por abrazar la marejada.

No seu magistral poema do milho, onde a linguagem mais pura de Castela se equilibra perfeitamente em suas necessidades americanas, o México se realiza em versos de um classicismo quase absurdo, em sua simplicidade :

El santo maíz sube
En dos ímpetus verdes,
Y dormindo se llena
De tortolas ardientes.
El secreto maíz
En vaina fresca hierve
Y hierve de unos crótalos
Y de unos hidromieles.
El dios que lo consuma,

Es dios que lo enceguece;
Le da forma de ofrenda
Por dársela ferviente;
En voladores hálitos
Su júbilo disuelve.
Y México se acaba
Donde el maizal muere.

Não é possível imaginar congraçamento mais íntimo entre o pensamento grave e a expressão grave. São *versos* de pedra ardente ao sol nítido.

Falei por mim de Gabriela Mistral como mulher, deixando que estes seus versos recentes falassem do seu espírito. É a inteligência feminina mais exata, mais sincera que jamais conheci. Em quase todas as mulheres que tomam a forma de "intelectuais" sempre alguma coisa me desagrada, algum abuso de si mesmas, algum excesso, algum esquecimento igualmente falsificador. Foi por isso que Gabriela Mistral me deslumbrou. Desprovida já dos encantos mais visíveis da moça, que profundeza, que complexidade havia no seu encanto de então! Inteligência magnificamente cultivada, espírito clássico a quem foi possível construir versos assim, em que a sensibilidade veste a idéia de reflexos metálicos, ao mesmo tempo rijos e fluidos, jamais a mulher se ausentava de Gabriela Mistral em qualquer dado agressivo de cultura aprendida. Ela me dava a impressão de uma força das antigas civilizações asiáticas ou americanas, que já tivesse abandonado os nossos terrenos áridos da cultura, pelos da sabedoria. Mas revestida sempre de uma graça delicada, que sabia disfarçar o seu prazer nos ares cômodos da irmã. Essa a impressão, quase escandalizada de se sentir tão feliz, que Gabriela Mistral me deixou naqueles dias em que estive em suas mãos. Ampla e alimentar como o milho que ela cantou nos versos talvez mais clássicos da nossa atualidade americana. Bem lhe valeria o prêmio Nobel, como completamento de uma vida de sofrimento menos pessoal que humano. E milhor para nossa ambição nos seria que ela viesse habitar conosco essas praias graciosas de Niterói.

"Yo soy de aquelles que bailaban
Cuando la Muerte no nacía..."

PINTORES E PINTURAS

(17-III-940)

Sérgio Milliet se resolveu, enfim, e com muita razão, a reunir em livro um numeroso grupo de seus ensaios e artigos de crítica, sobre artes plásticas, em "Pintores e Pinturas". Já noutro lugar, em nota mais rápida, confessei a minha admiração por este livro tão rico de idéias e pelo valor de Sérgio Milliet como crítico de pintura. Talvez seja este escritor, pois que Santa Rosa escreve tão pouco, o único verdadeiro crítico de pintura que tenhamos atualmente. Ele reúne ao hábil e sempre presente manejo das idéias estéticas gerais, o conhecimento histórico e técnico do seu assunto. Algumas das suas críticas sobre a obra dos pintores paulistas atuais, são admiráveis de lucidez e acuidade. Por tudo isto, considero "Pintores e Pinturas" um livro de valor excepcional, útil pelo que ensina, pelo que explica e esclarece, pelas idéias e tendências que discute ou põe no campo da discussão.

Sérgio Milliet se mostra neste livro singularmente pessimista a respeito da pintura contemporânea. Em vários dos estudos ele indigita e censura o cientificismo dos pintores atuais e de suas teorias, o intelectualismo, o individualismo egotista, provocadores do secionamento quase irredutível entre a pintura e o público, em nossos dias. "Si é verdade que as épocas de decadência se caracterizam pelo divórcio entre o artista e o público, estamos, desde o Impressionismo, numa fase de terrível depressão." Com estas palavras, o crítico inicia um dos seus ensaios mais notáveis. Apontando as causas desse divórcio, é justamente no artista-cientista, no artista cerebral que faz da sua arte uma aplicação restrita de teorias e verdades científicas, no individualista exacerbado, que o crítico vê a causa do divórcio. Chega a chamar de "histérica", de "desonesta", de "esotérica" a arte dos abstracionistas e super-realistas atuais. Sérgio Milliet historia, em cores ásperas, a exageração gradativa do individualismo desde o século dezoito, com as exceções justas de um Goya, um Daumier, e poucos mais, acentuando o apogeu de deliqüescência pictórica causada pelos impressionistas, quando passaram a aplicar na tela as doutrinas científicas sobre a luz. E, mais uma vez insistindo sobre a sua crença de que o assunto não interessa, não existe mesmo, no problema da pintura, conclui que "o pintor precisa compenetrar-se de que a pintura é a arte das cores, do desenho, dos volumes, dos equilíbrios". E só isto, pois que mais não diz o escritor.

Ora, a mim me parece que si Sérgio Milliet, que no seu livro toma posição de moralista, no sentido mais elevado do termo e que eu aplaudo calorosamente, si Sérgio Milliet aceitasse a coexistência, socialmente falando importantíssima, do assunto no problema da pintura, poderia encontrar causas mais profundas do fenômeno que estudou. Pintura não é apenas pintar, não é apenas o problema do quadro, não é apenas a "arte das cores", como diz o crítico, coincidindo exatamente com o cientificismo abstracionista de hoje. Essa parte da pintura, que se restringe na técnica (no mais geral sentido da palavra) pode, quando muito, nos dar a beleza. Ora, pintura não é apenas uma realização de beleza, mas é uma arte também, uma coisa social de prodigiosa complexidade, que jamais os estetas conseguiram definir claramente. Como arte, a pintura se auxilia da beleza, da técnica, pra realizar o seu destino social. Mas neste destino social, o assunto interfere, como manifestação indispensável da arte.

O que realmente separou o pintor do seu público não foi o cientificismo técnico de impressionismos e abstracionismos contemporâneos. A técnica em si não tem poder pra afastar o povo da arte, nem siquer o individualismo verdadeiramente artístico. Observe o ensaísta que pintores como Greuze ou Watteau, que ele teoricamente condena como "aristocráticos" e ignaros da revisão social que estavam fazendo os filósofos enciclopedistas (coisa discutível quanto ao sentimentalismo popularesco de Greuze) , sempre foram e ainda são pintores populares, isto é, compreendidos e apreciados pelo público. E pelo povo. Com a ascensão das sociedades nominalmente democráticas e abandono do espírito monárquico de designação divina pra governar, a mística do artista, dantes aristocrático e agora servidor da alta burguesia, se transforma. E esta transformação se processa justamente por uma mudança de temática, isto é, de assunto, e não propriamente de técnica. O que vai objetivamente provocar o divórcio entre a arte e o povo é a descoberta e fixação de uma nova temática, por assim dizer, concreta, liberta dos valores morais humanos redutíveis a abstração, tais como a religião, a honestidade, o castigo, o amor, etc. Dentro da história moderna, o que marca o divórcio em questão é a descoberta da paisagem e a sistematização da natureza-morta, como temas pictóricos. A aristocracia não provocaria jamais o divórcio entre a arte e o público (povo) porque justamente a arte era um dos processos dela se comunicar com o povo e se impor a ele. Daí a utilização preliminar e predominante do assunto, uma restrita e escolhida temática, o deus, os deuses, os heróis, os símbolos, as datas históricas, isto é, legítimo pragmatismo, arte pragmática com que a aristocracia que tomava os seus direitos de domínio, da imposição divina, dos heroísmos praticados por ela e das tradições, relembrava ao povo os seus *pedigrees* dela e a ele se impunha, lhe impondo o deus, a religião, o rito, a subserviência humilde ao mais divino, mais forte e mais heróico. A burguesia, não. O que ela carecia justamente era se afastar, se distinguir do povo de que ela provinha. Daí o "esoterismo" da sua arte: uma temática que não a comunicava mais com o povo, temática só acessível à cultura livre e estética, a paisagem, a natureza-morta. Enfim: o abandono dos símbolos, o arrefecimento morno dos entusiasmos tradicionais. Esta a essência do fenômeno, a meu ver: a descoberta e abuso duma temática agnóstica. E não é à toa que estes temas de pintura, paisagem e naturezas-mortas, se tornaram conscientes e se fixaram, nas escolas flamengas, isto é, nas sociedades de conformação burguesa do Renascimento. E não a técnica propriamente, mas o cientificismo da técnica, proposto por impressionistas e as escolas seguintes, é admiravelmente coincidente, como derivação social do tempo, nisso de terem dado o milhor da sua criação, na paisagem e na natureza-morta. Duvido que se ache nos recortes de jornais e revistas que enfeitam a casa do povo, qualquer escolha sintomática ou sistemática de paisagens, ou naturezas-mortas. Mas na casa dum caipira da barranca do Mogi, já encontrei um retrato de Vítor Manuel, que ali funcionava, não como rei duma Itália que o caipira desconhecia, mas como retrato de homem. E a própria burguesia, pra aceitar a natureza-morta, que ela não pode compreender em sua hedonística função de beleza, fez dela uma arte aplicada, só adquirindo naturezas-mortas para as salas de jantar, ao passo que nos tempos aristocráticos as cabeças de javalis e cervos eram brasões de caçadas. Um burguês não poderia aceitar um quadro de peixes em sua sala de visitas. Foi objetivamente a aceitação duma temática impossível de reduzir a valores sociais, que decidiu do divórcio entre o público e o pintor. E estou quase afirmando que as chamadas belas-artes, em profundeza, não passam de artes aplicadas... morais.

Outro passo importante do livro, que careceria comentar longamente, é o estudo sobre arte aplicada, em que o ensaísta louva os grandes pintores modernos que estão desenhando modelos pra tapetes, fazendas e outros objetos de arte. "Tapetes de Picasso ou Lepape, de Rouault ou Lurçat são obras de arte que se entregam assim ao uso prosaico e quotidiano de qualquer burguês. A arte perde o seu aspecto esotérico para tornar ao artesanato." Aqui, então, estou em completo desacordo com Sérgio Milliet, quanto ao aspecto social da questão. A arte, com isso, não volta ao artesanato que é por essência anônimo, pois pra todos é o mesmo. O artesanato é que se enfuna perigosamente e se arroga os direitos de ser arte criadora. E cria-se, com isto, uma das mais curiosas pragas sociais do nosso tempo, o especialista do belo. Dentro do antigo artesanato anônimo do povo, qualquer indivíduo era um criador. Ele tinha, dentro das leis, regras e normas do seu artesanato, a liberdade exata, a criação livre, apenas condicionada pelas exigências técnicas do objeto, e sociais da tradição. Mas eis que se retira ao homem do povo esta última liberdade. A forma social da máquina, a criação do artigo em série desumano (em todas as épocas sempre houve o artigo em série; só que era humano, dirigido pela tradições, e não maquinístico como o de hoje), o artigo em série teve mais essa função: a de impor uma beleza vinda de cima, que não era mais do povo, que não lhe pertencia. E se criou esse tipo social novo: o especialista do bonito, o operário (?) qualificado no bonito! Elemento parasita da sociedade contemporânea, verdadeiro mumbava mal pago, nasce o indivíduo que estuda estilinhos nas escolas especializadas, e tanto sabe desenhar modelos egípcios como luís-quinze; o indivíduo que vive agregado, dependurado numa gaiola das fábricas pra cantar bonito o seu modelo de fazenda ou de papel de parede. O direito à beleza desapareceu. A beleza é hoje uma imposição. O que vale dizer, como conseqüência social, que ela é um vício, uma espécie de entorpecente. O simples fato dos operários qualificados serem, no caso, um Picasso e um Lurçat, não permite a Sérgio Milliet afirmar que "educam o gosto do público", e suas obras "são mais do que simples objetos de uso quotidiano, são expressões artísticas admiráveis que não se destinam apenas ao cemitério dos museus ou ao prazer de raros milionários, porém, à intimidade de grande parte da população". Lastimo que o notável ensaísta veja apenas, em tais condições da sociedade contemporânea, um altruísmo generoso, digno de louvor. No caso, o altruísmo é máscara. Há uma profunda deseducação do gosto público nesta forma nova de restrição à liberdade popular de criar. E nego ainda mais que só estas cerâmicas, tapetes e vitrais sejam expressões artísticas admiráveis. Peças idênticas, populares e anônimas, feitas em tempos passados, dentro do verdadeiro artesanato, também são expressões artistícas admiráveis.

A MULHER AUSENTE

(21-IV-940)

Em 1937 Adalgisa Néri tomava lugar de importância entre os nossos poetas, com o forte livro dos "Poemas". Com as novas poesias que acaba de publicar não só ela conserva a posição conquistada, como a solidifica. É visível que a poetisa não se satisfez com a contribuição pessoal dos "Poemas" e produziu um belo esforço para acrescentar ao seu conceito já muito exato de poesia, um valor outro, mais íntimo e incorruptível, que a enriquecesse em nossa lírica. Embora a mudança não seja do branco para o preto, existe uma originalidade nova, talvez ainda não muito segura de si, nos poemas de agora. A própria artista percebeu a sua mudança em profundidade, e pretendeu defini-la, nos avisando que deste novo livro a mulher se ausentara. Não é tanto assim. "A mulher ausente" ainda é, com vigor, um livro de mulher. Mas nos "Poemas" a originalidade era mais uma contingência, transpondo em feminilidade violenta, aquela solução poética de caráter mais ou menos bíblico, mais ou menos surrealistamente apocalíptico, *baseada* nos valores líricos sucessivos das imagens surgidas, e tão desenvoltamente desligada da inteligência lógica, solução admirável firmada por Murilo Mendes e Jorge de Lima.

Esta solução parece não satisfazer mais à personalidade, que se acentua, de Adalgisa Néri. Não creio que a vibrante mulher dos "Poemas" soltasse um grito como este: "A delícia do sussurro da morte (...) É que me ajuda a suportar o vazio total — O desencanto do espírito dos homens — E o nojo da união carnal." Como se vê, a mulher malferida em suas ilusões não está nada ausente desta confissão, como não o está em muitos passos do livro, e em principal no esplêndido "Poema pagão", que considero uma legítima obra-prima. Mas tanto nesse grito que é um juízo, como no desenvolvimento ideativo do "Poema pagão", a gente percebe uma instância da inteligência lógica que, a despeito das imagens líricas, tão bem inventadas pela poetisa, assume às vezes um nítido aspecto apologal. E mesmo rijamente didático, como em "Sabedoria". Essa a transformação mais sensível na Adalgisa Néri de agora. Há sobretudo um ângulo conceituoso, finalista, ausente, das exigências do ser físico, tendendo para a formação das profecias. A gente percebe o poeta que já vive menos a sua experiência, e antes prefere contemplá-la, dela tirando normas e verdades.

Como derivada natural dessa atitude, surge numerosa, em "A mulher ausente", uma poesia de exame de consciência, por muitas partes de curiosa e intensa qualidade. Deísta, dotada de uma visão pouco evasiva, pouco mística, mas antes cruelmente nítida de sua lei, a poetisa se maltrata com a noção do erro. Não há no livro um verdadeiro traço de arrependimento confessional, mas vibra, punge, clama o erro, apenas o erro, a noção de culpa, da sua e da alheia culpa, dum encadeamento de culpas fatais. Abre o livro: "Teu pai é aquele que tu olhas com a condescendência das mães. É aquele que errou e contou com a tua inocência — É aquele que te escandalizou com os seus pecados da carne." E no poema final ainda a poetisa se reconhece "no erro das (suas) ações".

Dessa consciência do erro, que percorre o livro, a catarse, a noção purgatória se desdobra interessantissimamente, não num panteísmo em que a artista transborda de si mesma para sofrer a fragmentaridade divina das coisas, mas numa espécie de pan-auto-ismo (desculpem!) martirizador. Uma mulher aos pedaços, se contemplando em fragmentos separados, se quebrando por incompetência trágica para assumir o direito da sua integridade. Já nos "Poemas" havia uma primeira experiência disso : "Agora espero no meio dos meus lados. — Descolada da esquerda; ou no forte "Eu me falo": "Meu pensamento levantou-se do meu nascimento — E escondeu-se atrás do meu corpo — Que foi rodeado pelo sono exterior. — Só minha cabeça acordou dentro de mim — E me espiou de fora." Em "A mulher ausente", essa catarse da fragmentação aparece por várias vezes. "A minha fragmentação está debruçada na borda do meu ser" a poetisa exclama, e pune doloridamente por isso. Noutro poema confessa: "Eu gosto de espiar — O meu olho direito — Ver o esquerdo chorar." E a autopunição culmina na admirável " Auto-análise", outra obra-prima do livro. Eis o seu final: "Uma coisa que num lampejo Deus colheu — E que depois, no imenso das ilimitadas — Novamente se perdeu. — Todo este nada, este tanto — Eu bem sei que sou eu!"

Sinto, aliás, que apaixonada pelo seu problema lírico, a artista se despreocupa um bocado da correção técnica, esquecida de se ouvir milhor em seus ritmos, ou sistematizando algumas receitas, sem mais longa crítica. Essa "Auto-análise" principia pela formação de um "quaquá" na ligadura intelectual dos dois primeiros versos: "Uma qualquer coisa muito longínqua — Quase imperceptível aos sentidos"... O processo de rimar, já surgido esporadicamente nos "Poemas", agora se sistematiza. Era, de resto, natural que a importância da rima se impusesse à artista de "A mulher ausente", porque a sua atitude poética atual elevou-a a... socializar a sua poesia nova. Ora, a rima é elemento socializador. É um dos elementos musicais de que serve-se a poesia pra coletivizar o indivíduo. Ela obriga a uma compreensão mais geral, mais unânime da palavra que rimou, passando esta a funcionar menos em seu sentido intelectual e mais em sua dinâmica rítmico-sonora. Digo também "rítmica" porque o som repetido age na memória com valor de repetição e de acento. Mas estas forças socializadoras da rima só se valorizam perfeitamente quando ela está sistematizada e ocorrente em lugares esperados. A rima em poesia erudita, arbitrariamente dispersa entre versos brancos, perde a sua identidade musical e sua função, pra imediatamente excitar em nós um qualquer pensamento crítico. E este apercebe, na maioria das vezes, como ressonância inatenta do artista, como eco desagradável. E quando sistematizada no final do poema, como faz agora a poetisa, soa com tal ou qual bruteza, fortificando demasiado o acento do fim (que é natural), criando uma atmosfera indelicada de excessiva "selfishness". As ordens em arte se diferençam das militares, pela sutileza e escondido em que são ditadas.

Parece que no ângulo atual de introspecção, no abandono da ação por si mesma, pra recolher dela as profecias; parece que em suas mudanças novas, a poetisa se sente desarvorada e sem sabor vital. E ela sofre, triturada pela cinza neutra do tédio. Já nos "Poemas", Adalgisa Néri, como que pressentira esse resultado, quando profetizou: "Até que a minha alma tivesse tédio à minha vida." A sensação do tédio, a confissão franca do tédio lhe vem freqüente no canto novo, e ela chega a desejar a prisão das meninas de asilo, porque o "sofrimento mais profundo" é "ter liberdade para o corpo — E sentir-se cada vez mais prisioneira, — Reparar-se terrivelmente acorrentada — Pela angústia da vida, — Pelo tédio e pelo nada".

Si já muito notável no fulgor mulheril dos "Poemas", a aventura lírica de Adalgisa Néri se tornou agora dum interesse apaixonante. Onde ela irá parar? A sua nova tendência conceituosa levou-a naturalmente a multiplicar suas rimas e a pender para a forma metrificada dos versos curtos, muito mais numerosos agora. Por outro lado, apesar de mais presa ao pensamento lógico e à conceituação de suas experiências, ela soube se libertar quase sempre do sabor didático. E a mulher violenta dos "Poemas" nos vem agora martirizada, alquebrada, dominada por uma tortura que não é mais aquela fulgurante e semostradeira dor dos seus paroxismos femininos de dantes, mas uma profunda miséria que busca se humanizar, útil, fecunda entre os humanos. O progresso foi em profundidades e deu a Adalgisa Néri alguns dos seus mais belos poemas.

UM CANCIONEIRO

(12-V-940)

Eu creio que de alguma forma a influência, ou antes, a interferência do Modernismo na obra poética de Ribeiro Couto, lhe foi prejudicial. Ainda "Um Homem na Multidão" era um livro de primeiro time, mas, em seguida, quando os processos do descritivo paisagístico e a notação de costumes locais, o dito de espírito regional e também é certo, as lembranças gratas deram ao poeta o "Noroeste" e a "Província", a qualidade lírica de Ribeiro Couto baixou bem. Embora conservando algumas das suas boas forças, se convertera em eco, e mesmo discípulo bem comportado de tendências e fórmulas muito discutíveis, um poeta de rara significação pessoal, que fora dono de seu lirismo e mestre da sua arte. Com o "Cancioneiro de Dom Afonso", só faz pouco distribuído, Ribeiro Couto readquire mais livremente o exercício da sua personalidade, nos mostra de novo o que é essencial nele e usa, com a mesma largueza da primeira fase, do que constituirá talvez o milhor da sua diferença. E nos dá um dos seus mais encantadores livros de poesia. Caberia, aliás, perscrutar onde estará o milhor da mensagem poética de Ribeiro Couto, si nos seus livros de poesia, si nos de contos. Desde o penumbrismo inicial do "Jardim das Confidências", o poeta nos apresentava uma curiosa espécie de intimismo que tinha muita coisa de coletivo. Ao invés do intimismo de Manuel Bandeira, seu contemporâneo, que era irreconciliavelmente individualista, o intimismo de Ribeiro Couto se relacionava a um pequeno mundo, que embora não atingisse expressões universalmente sociais, era de qualquer forma associativo. Não imitava a melodia arrabaldeira dos poetas argentinos mais ou menos da mesma época, porque se libertava do descritivo e quase sempre da dor alheia, dor de classe, e principalmente dos ofícios. Mas sempre, si Ribeiro Couto sentia a si mesmo, no silêncio do seu quarto e da sua "lâmpada acesa", cuja difusão de luz parava logo, tapada pela chuva escorrendo nas vidraças, si enfim tínhamos o sentido primeiro do intimismo: o certo é que, como afetividade, esse intimismo estava sempre em relação com o bairro, o quarteirão em que o poeta... sentia. Isto não só pela classe em que ele desindividualistamente se colocava, o empregadinho de aluguel, o estudante mais ou menos disponível, como pela própria maneira gentil e curta de sentir, suburbana, sem jamais se preocupar dos graves e universalizáveis problemas humanos. Mesmo o amor, Ribeiro Couto não o expressava de maneira universal ou individual, como poeta, mas como tema relativo a uma determinada classe estudantina e a uma determinada circunscrição arrabaldeira da cidade. Em vão o lírico terá falado algumas vezes na urbe universal do "homem na multidão". Era sempre um compromisso menos de sentimentos, dores e amores -uma poesia essencialmente suburbana. Não me lembro, mas creio que jamais Ribeiro Couto descreveu o seu subúrbio, que era mais uma criação de sensibilidade que uma verdade biográfica. Era no afeto, na maneira de sentir, de expressar e de comprometer o assunto, que o lirismo de Ribeiro Couto adquiria uma intensa expressão suburbana.

E com efeito, desde que o poeta passou a contista, foi o arrabalde, o subúrbio que descreveu e sentiu com mais integridade. Mas no artista que ele era, a cultura, o internacionalismo intelectual sobrepujava, alerta, a sensibilidade. E disso proveio, a meu ver, a expressão mais original (e que fez escola) da espécie literária de Ribeiro Couto — a sua força em conseguir o tragicomico suburbano, em que a gente percebe sempre o contista se condoendo dos seus personagens, sofrendo mesmo com eles, mas ao mesmo tempo reagindo intelectualmente contra essa qualidade pequenina e restrita de gente, engraçada nos seus costumes, minúscula na sua intelectualidade pobre e principalmente na sua moralidade sem armas suficientemente fortes pra entrar em luta contra qualquer elemento universal da cidade grande. A moral mais sensível dos contos de Ribeiro Couto, é que o homem suburbano fracassa, desde que entre em luta contra qualquer elemento urbano. Antes dele, em Lima Barreto, este princípio ainda não está bem estabelecido. A reação pessimista culta não era tão intrínseca em Lima Barreto, como em Ribeiro Couto. Mas depois deste, em Antônio de Alcântara Machado e Marques Rebêlo, sem imitação, mas indiscutível, o princípio pessimista fixado por Ribeiro Couto se desenvolve e sistematiza.

A curteza do espaço não me permite estudar mais largamente o assunto e lhe dar as provas objetivas. O biscatista, o médico, o carnaval, a revolução, o militar, enfim, todos os elementos urbanos (e por isso universais) desde que entram em qualquer espécie de luta com o suburbano, este fracassa. Esse é o tema. A reação intelectual culta (e burguesa) dos nossos milhores contistas, introduz no tema, como valor estético permanente, um dó relativo que reage pela comicidade. Criou-se desta forma o tragicômico suburbano, de que Ribeiro Couto é uma das milhores expressões.

Nos seus contos, são inumeráveis as pinceladas de um naturalismo sem brutalidade, mas que, pela agudeza ridiculizante da exatidão, atingem uma força lírica esplêndida, às vezes lancinante mesmo. Talvez o que haja de milhor em Ribeiro Couto seja essa mistura da comicidade suburbana, envolta em sentimentalismo, com a verdade psicológica mais profundamente dolorida. Isto, que está nos seus milhores contos, encontra-se também, mais transcendentemente, nos seus milhores versos. E o "Cancioneiro de Dom Afonso" está cheio disso. Si o capadócio (e o poeta possui, de assimilável ao capadoçal, o sentimentalismo brejeiro, corajosamente ingênuo e malicioso ao mesmo tempo), si o capadócio canta, ele se traduz logo numa verdade aguda que é também da mais intensa comicidade. E cria este refrão inesquecível:

> "Que ela me beije ou que me bata,
> Não sei amar sem serenata."

Nessa outra obra-prima, a "Valsa sobre temas do subúrbio carioca", o sentimental e a brejeirice se fundem, o cômico e a delicadeza, que não há por onde suspeitar si o poeta sofre ou caçoa. Na verdade, ele sofre e caçoa, numa admirável transposição culta, dessa carioquice sem comparação no mundo, que está nos sambas, nas modinhas, nas marchas de carnaval. Haverá sempre o perigo de Ribeiro Couto estar imitando a carioquice. Mas, no caso, mais que imitação, o poeta se apropria, no Brasil, da lírica nativa que mais coincide com o seu temperamento, e a transpõe em poesia culta, numa integração excelente, esta sim, inimitável.

O "Cancioneiro de Dom Afonso", de fato, incide num problema de poética que me parece bem perigoso para a poesia atual. Já pelo título se percebe que o artista de qualquer forma se inspirou na antiga poesia cancioneira de tradição portuguesa. É curioso notar, aliás, que porventura uma certa fadiga do verso-livre e das enormes dificuldades de conceituação poética que ele acarreta em seu compromisso com as manifestações do eu profundo, estão levando alguns dos nossos poetas mais altos, não apenas à volta aos versos metrificados, como aos metros curtos e mesmo à saudade das formas palacianamente estratificadas do trovadorismo lusitano. Manuel Bandeira notou inspiração cancioneira antiga no último livro de Cecília Meireles. O "Cancioneiro de Dom Afonso" ainda mais acentuadamente vem coincidir nesta inspiração.

Como problema de poética este princípio me parece perigosíssimo. É um lugar-comum da estesia atual que o arquiteto que se inspire neste ou naquele estilo do passado pratica erro grave de arquitetura: é um falsificador. Ora, si se proíbe ao arquiteto se inspirar no Tudor ou no florentino, parece lógico sentir a mesma falsificação de atitude relativamente aos elementos da poética moderna, em quem faça soneto camoneano ou uma elegia à maneira de Crisfal.

Estou apenas discutindo o princípio e não a poesia de Ribeiro Couto, o qual, com a sua poderosa organização lírica, apenas se inspirou no trovadorismo, daí partindo pra uma criação muito livre, a que de longe em longe tingem expressões ("tão bem falais") , disposições rítmicas e de rimas, que mais evocam que imitam processos antigos de versejar. Em todo caso, sempre se poderá verificar que o princípio de imitação trabalhando psicologicamente o poeta, se tornou mais ou menos sistematizado nele, por assim dizer, uma base de inspiração. O poeta se inspira nos refrãos populares e os sistematiza. Imita ainda as construções métricas tão inesperadamente variáveis das modinhas e sambas cariocas, a ponto, às vezes, de certos poemas ("Violão do Capadócio") se assemelharem a legítimas "bossas" pra músicas já feitas.

Essa facilidade do se basear no alheio o levou mesmo a se inspirar noutros poetas, como na deliciosa "Baixa do Serviço", em que há estrofes como esta:

> "No exército do Pará
> Não passaremos de cabos.
> Não passar de cabo é o diabo."

Aliás todo o poema respira a ambiência lírica de Carlos Drumond de Andrade, como ainda evoca (apenas evoca) a elegia do Rei de Sião, a "Sanfona do Menor Imperial". Muito curioso é o caso do "Encontro de Guaranis e Tapuias" em que, embora baseado num coco alagoano e em Gonçalves Dias, a inspiração indireta que o artista sofreu foi a de Manuel Bandeira nos "Voluntários do Norte", a que o poema de Ribeiro Couto ficará como resposta. Ora aqui, a criação do poeta do Sul não alcançou a caçoada do poeta pernambucano, contra essa rivalidade Norte-Sul da nossa literatice. Assim como, ainda, na paráfrase da "Canção do Exílio" (quantas paráfrases inúteis está canção provocou...), o artista do "Cancioneiro", longe do poema inimitável, rastreia o mau-gosto.

Mas o poeta vence. Inspirado ou não, em processos de poetar ou de sentir, a verdade é que vence nas suas características mais fortes. E o livro está cheio de invenções pessoais de primeira ordem. As duas elegias, o "Aquário da Cirurgia", o "Anoitecer em Amsterdam", as "Toadas do Wittenburgerweg", o "Adeus no Porto", o "São Benedito Medroso", além dos já citados, são todos peças magníficas, de uma segurança técnica, de uma riqueza de acentos sensíveis, em que o poeta se revela integralmente e no milhor da sua personalidade. Tenho a impressão de que Ribeiro Couto reverte agora ao primeiro time da nossa literatura, de que se afastara um bocado desque entrar no sanatório da Academia Brasileira. O antiacademismo, embora ainda um tanto conciliador, volta a fazê-lo esquecer a posição que ocupa. É de imaginar que, como Machado de Assis, o admirável lírico diplomata consiga resistir à jetatura do aurífero olhar da Academia. A que só raros escapam.

FRONTEIRAS

(14-VII-940)

Otávio de Faria continua a... perseguir o catolicismo, no mais recente dos seus livros, "Fronteiras da Santidade". O volume reúne alguns estudos profundos e ardorosos sobre a apaixonante figura de Leon Bloy essa espécie de católico sem Catolicismo. Aliás, não foi nem será nunca Leon Bloy o único desses católicos que tanto estão nas fronteiras da santidade como da heresia, aos quais a Igreja teme enquanto vivos e os espia meio de longe e meio de esguelha. Só depois de mortos e enterrados, e enfim definidos pela morte, ela os adota integralmente. Não tenho, com estas considerações, a menor intenção de censurar ninguém, estou verificando um fato. Se trata menos de uma falta de clarividência que de uma necessidade de qualquer organismo social. Pois estes organismos são eminentemente conservadores de seus princípios gerais que, em sua simplicidade primária, são mais próprios para unanimizar e conduzir as coletividades. Os organismos sociais, religiosos, políticos, de qualquer espécie, tendem necessariamente a expulsar do seu seio os não-ortodoxos, os derrapantes e os derrapáveis. Uma personalidade como Gide, por exemplo, ou o próprio Romain Rolland, devem ser profundamente incômodos dentro de uma entidade social... A Igreja vendo com olhos esquecidos ou silenciosos, os arroubos, as violências temperamentais e o excessivo apego à sua verdade dele, em Leon Bloy, agiu por essa necessidade orgânica de se conservar intacta.

Era natural que Otávio de Faria pudesse compreender com tanta predisposição e amar com tamanho ardor o grande escritor católico, ele também, à medida que o seu conhecimento se aprofunda, embora sempre gravitando no ambiente de irradiação do Catolicismo, cada vez mais busca com ansiada paixão um pouso ideológico pra si mesmo, ao mesmo tempo que cada vez mais o seu pensamento se personaliza e só parece se contentar de sua pessoal verdade. A bem dizer, Otávio de Faria é já hoje um católico, embora ainda esteja a certa distância do Catolicismo. O caso dele, "o credo interessando pouco" aqui, a incontestável exasperação do seu individualismo "intratável" e puro é um dos dramas mais notáveis, mais respeitáveis dentre os dos intelectuais brasileiros contemporâneos. Aliás, o que afirmo nem chega a ser elogio, porque a nossa intelectualidade é aguadamente isenta de dramas, o que não sei atribuir si à falta de honestidade, si à falta de cultura. O mais provável é que nos falte, à maioria, ambas as coisas. Otávio de Faria, a quem não falta nem uma nem outra destas duas qualidades, pelo seu drama, pela sua aproximação gradativa do Catolicismo através do respeito intratável pela sua verdade pessoal, se assemelha singularmente ao outro grande Faria da nossa inteligência, que aliás viveu no plural, Farias Brito.

É possível que Otávio de Faria tenha atingido a fase aguda do seu individualismo. Aquela sua magnífica e bastante herética paráfrase sobre o Deus Vivo e o Deus Morto, é sem dúvida uma das páginas mais intensas, mais clarividentes e mais socialmente perigosas que já escreveu. O autor dos "Caminhos da Vida" se recusa irreconciliavelmente a aceitar o Deus Morto, o Deus das "provas da sua existência", o Deus dos sistemas filosóficos, como um dos aspectos naturais, humanos do Deus Vivo. Pra ele o Deus Vivo é uma forma de paixão, e jamais uma forma de contemplação raciocinante. Ora, eu sei que estou agoniadamente longe de qualquer espécie normativa de concepção de minha vida, fora de qualquer "religião", quando digo que Deus não é uma forma de contemplação, mas uma forma de paixão. Onde porém se poderá, com justiça humana, afirmar que a paixão não seja também um processo de atingir a Verdade? Mas como é estranho, amargo, doloroso esse intelectualismo irredutível de Otávio de Faria que o leva a negar os direitos da própria inteligência! Ora talvez seja esta a maior lição dos tempos modernos, quando vemos alguns filósofos condicionar a inteligência a um limite que a impossibilita de penetrar umas tantas verdades, e ao mesmo tempo vemos a paixão milionariamente triunfante apontar os novos destinos do mundo. Talvez desagrade a Otávio de Faria, eu chame de forma de paixão o Deus do "impossível e do ilógico" que ele considera o único vivo, e estenda a forma de paixão para os sucessos do mundo vivo... A verdade é que jamais não me senti tão próximo de Otávio de Faria pensador, como nas violentas e bravias páginas da Introdução deste seu livro.

* * *

Os Srs. José Honório Rodrigues e Joaquim Ribeiro acabam de publicar um interessantíssimo estudo sobre a "Civilização Holandesa no Brasil", livro talvez feito um pouco às pressas, parece se ressentir um bocado do entusiasmo dos seus autores. Assim, noto de passagem certas idéias, que me parecem apressadas. Não creio se possa aceitar mais, uma afirmativa tão gratuita, como a que leva o livro, que evidentemente simpatiza muito (embora sem cegueira) com Maurício de Nassau, a criar uma antítese fácil com o príncipe artista, dizendo ser a "Lusitânia tão pouco propensa às artes" (página 63). Mesmo nas artes plásticas, si Portugal não tem um número de grandes artistas equiparável ao da Holanda, pelo menos um dos seus pintores está perfeitamente na altura dos maiores holandeses. Na arquitetura, Portugal nos deu não só uma solução nacional do Gótico, com o Manuelino, coisa que a Holanda não fez, como ainda nos deu, em seguida, formas e soluções, principalmente da casa familiar, muito mais originais e bonitas que as holandesas. Onde os portugueses não podem agüentar comparação é na música, aliás com os flamengos e não propriamente com os holandeses; mas em compensação apresentam uma das mais admiráveis literaturas de poesia, e não creio exista poesia lírica popular comparável, no mundo, à portuguesa. Na página 184, o Sr. Joaquim Ribeiro afirma que os colonos do Brasil seiscentista falavam uma "linguagem de nítida feição arcaica", coisa "fartamente ventilada por João Ribeiro" e provada pelos "numerosos arcaísmos" sobreviventes entre nós. Não tenho o meu João Ribeiro aqui, comigo, mas si é certo que ele observou a existência de arcaísmos entre nós, jamais afirmou tão categoricamente que a nossa linguagem colonial era "de nítida feição arcaica". No tempo dos holandeses, o Brasil ainda estava dia a dia reforçando a sua população com levas de colonos lusitanos, e não havia ainda no país núcleos sedimentados e mortos de população rural, que parassem a evolução genérica de sua linguagem. Diante dessa presença portuguesa em nós, como aceitar que então éramos arcaicos na linguagem? Também considero muito fraca, senão apaixonada, a afirmação da página 213, que, para provar a superioridade moral do Calvinismo sobre o Catolicismo, lembra que os padres católicos pediam à Coroa mandasse pra cá "mulheres erradas, enquanto os calvinistas procuravam proibir o tráfico de mulheres da vida". É se servir de uma verdade pra criar levianamente uma inverdade, puro sentimentalismo de apaixonado. Diante da falta de mulheres brancas, da dissolução dos costumes coloniais e o amancebamento e poligamia com índias e negras, os padres pediam brancas mesmo erradas, mas pra que se concertassem aqui, e aos colonos, pelo casamento. Não nego, nem me interessa negar que tenha havido aqui muitos padres "errados", mas duvido possa o autor dessa afirmativa provar que as "erradas" vindas de Portugal tenham se constituído aqui em tão grave foco de dissolução, como o provou, com tão convincente documentação, a respeito do Pernambuco holandês. Ainda o pequeno capítulo sobre a música na colônia holandesa me parece inaceitável, sem documentação comprovante. O autor dessa página afirma que houve "incremento musical" e parece querer prová-lo com a frase imediatamente seguinte, onde conta que os holandeses organizavam festas e diversões públicas na colônia. Os portugueses o fizeram também, desde o primeiro século, em festejos sacros e semiprofanos. Qual a documentação comprovante de terem os holandeses introduzido a música militar? Aliás creio que um dos perigos do espírito culto mas, audacioso, do Sr. Joaquim Ribeiro são as suas generalizações. Assim, após enumerar, em pequeno capítulo, os parcos documentos folclóricos referentes a holandeses, conclui que "todos esses dados folclóricos confirmam a existência de um ciclo da guerra holandesa". Ora, não me parece justo dar o nome sociologicamente importante de "ciclo", a um escassíssimo número de tradições, algumas das quais, as religiosas, mais propriamente cultas que populares, impostas ou pelo menos cultivadas habilmente pelos padres, em benefício da religião. Temo se trate apenas de três ou quatro tradições esparsas e não do que se possa, com justiça, chamar importantemente de ciclo. Da mesma forma, por causa de seis prováveis pintores holandeses que estiveram aqui, dos quais só três são conhecidos e destes só um verdadeiramente bom pintor, acho totalmente desarrazoado "admitir na história da pintura holandesa um capítulo especial dedicado ao estudo da paisagem brasileira".

Mas, com exceção destas pequeninas ressalvas de itinerário de leitura e notar que uma tal ou qual falta de sobriedade levou a numerosas e um tanto fatigantes repetições, só tenho louvores para a "Civilização Holandesa no Brasil". O plano do livro, devido ao Sr. Joaquim Ribeiro, é simplesmente admirável e por ele os dois estudiosos se conduziram inteligentemente munidos, de magnífica bibliografia, com nítido espírito de síntese e visão bastante moderna e acertada. O capítulo sobre "Psicologia" me pareceu exemplar como análise tanto individual como social de Nassau. Ainda excelente me pareceram as partes sobre os problemas do mar e da terra, pelos quais se percebe que o Sr. José Honório Rodrigues não só teve a honestidade rara de se munir da erudição histórica do seu assunto, como já define a sua personalidade de pesquisador das nossas coisas. Visão larga e já muito harmoniosa, de bastante superioridade desapaixonada, desejosa de compreender e de fazer compreender os fenômenos que regem a nossa formação nacional. E a bibliografia que conseguiu reunir é, de muito, a melhor que existe sobre o assunto. Deste ponto, o livro se toma complemento indispensável ao Barleus do Sr. Cláudio Brandão, cuja bibliografia é fraca.

SALOMÉ

(28-VII-940)

Menotti del Picchia, com a criação do seu último romance nos apresenta a milhor das suas obras. É pelo menos este livro o que consegue realizar com maior integridade e em plena posse de seu vigor, a personalidade vibrante, violenta, efusiva, brilhantíssima do escritor paulista. Antes de mais nada, cabe notar a pequena repercussão deste livro importante nos meios intelectuais brasileiros, embora, pelo que sei, a venda pública do romance seja muito grande. Não creio tenha havido, no caso, nenhuma campanha de silêncio, embora seja perfeitamente admissível uma certa indiferença da parte dos nossos intelectuais pela formidável popularidade do autor de "Juca Mulato" e das "Máscaras". Nem creio também haja Menotti del Picchia sacrificado os seus dons extraordinários de escritor em proveito de uma baixa popularidade. Menotti del Picchia, como artista, pode atingir até o requinte, si quiser; mas as suas disposições naturais, as suas tendências mais fortes e características, o seu brilho, a sua eloqüência, a sua impressionante e tão atual coragem pra acreditar em suas próprias verdades, o seu apaixonado desprezo pela unidade evolutiva do espírito, fazem dele o escritor popular por excelência, o escritor que o público gosta de ler pra se convencer das possibilidades do progresso e da grandeza, o escritor que deslumbra e convence o grande público. É possível que esta brutal ausência de silêncio que Menotti del Picchia consegue em torno da sua personalidade cause alguma espécie aos que, com igual sinceridade artística, preferem outras formas mais guardadas de ser: isso não destrói, porém, as qualidades do escritor nem a importância da sua contribuição para a literatura brasileira do nosso tempo.

Com "Salomé" Menotti del Picchia nos descreve, num largo e amargo painel, a sociedade paulista contemporânea. A meu ver, o que há de mais admiravelmente bem conseguido no romance é a criação e fixação dos caracteres psicológicos escolhidos. Está claro, Menotti del Picchia é o tipo do escritor incapaz de gastar dez páginas de análise pra estudar, por exemplo, esse forte sofrimento que é a gente se decidir entre sair de casa ou não, num instante de gratuidade vital. Proust e Joyce detestariam Menotti del Picchia, como talvez Menotti del Picchia deteste Joyce e Proust. Mas, o valor notável do autor de "Salomé" foi exatamente conseguir um perfeito equilíbrio entre a sua concepção sintética dos personagens e a escolha destes como formas psicológicas representativas da sociedade que quis descrever. Embora os personagens sejam aprofundados apenas em suas linhas mestras e ilustrados, nessas linhas, durante o encadeamento das pequenas cenas de que o livro se compõe, não são personagens toscamente descritos, incompletos em suas personalidades. O artista soube escolher o traço característico, a situação bem definidora, a palavra vigorosa, o tom agudo e direto. Os seus tipos são verdadeiramente "heróicos", personagens que vivem exclusivamente do seu drama particular, e o vivem como vítimas fatais da sociedade que os conspurca ou que eles conspurcam. Não há dúvida que sintéticos, mas vivos, contundentes, tomando lugar no espaço, impressionantemente reconhecíveis. Neste sentido, talvez, o único personagem menos vigoroso seja o Eduardo, o São João Batista do livro, tipo desse fracassado nacional, tão do gosto dos nossos romancistas e que já por várias vezes tenho indigitado. Menotti del Picchia quis lhe dar uma vida interior extraordinária, mas, por tudo o que eu já disse, não creio seja esta análise interior a grande força deste romancista. Eduardo me ficou menos convincente, mais vago. Em compensação, Salomé, que era a grande dificuldade técnica do livro por causa da excepcionalidade estranhíssima do seu caráter psicológico, é uma verdadeira vitória do escritor. Dando-a descritivamente, pelos seus gestos e palavras, por suas rápidas reflexões e seus atos nítidos, enfim, usando dos seus processos mais idôneos de criação psicológica, Menotti del Picchia realizou uma figura de carne e sangue, convincente, a sua mais audaciosa e bela invenção romanesca.

Cumpre notar ainda que, embora a concepção do personagem psicológico neste romance se aproxime da do "herói" antigo, simples e bem marcado, Menotti del Picchia soube regar as almas que criou de uma intensa e itinerante humanidade. Talvez seja isto mesmo o que torna tão reconhecíveis e verdadeiros os seus personagens, assim dotados de uma quotidianidade profunda e muito dolorosa. Creio que esta é mais outra grande vitória do artista sobre o seu temperamento natural, a sua abundância voluptuosa, o seu extravazamento eloquente, que o levam com frequência para as demagogias abertas. Este escritor tem pouquíssimo o senso do "humour", tudo ele exagera com eloquência, coisa em que é prodigiosamente ajudado pelo brilho excepcional e perigoso do seu estilo. Com Menotti del Picchia são oito ou oitenta; e foi isto que lhe deu a parte menos importante e menos apreciável, pra mim, do seu romance. As coisas que Menotti del Picchia deseja censurar, ele as transforma em caricaturas fáceis, e as que deseja provar, em discursos de câmara de deputados. O livro está às vezes prejudicado em sua vivacidade descritiva tão forte e probante, por diálogos de discussão ideológica e largas tiradas reflexivas de bem menor interesse. É possível que, com elas, o escritor consiga convencer a massa comum dos seus leitores, desejosos de poder pensar um bocado e ter alguma opinião; mas, em parte levado pelas próprias exigências do romance, em parte pela sua facilidade pessoal, essas digressões de autor ficaram a meu ver bastante superficiais, sem aquela mesma força de verdade, com que o escritor descreveu e fez viver a sociedade dissoluta, a politiquice rasteira, o individualismo vazio da progressista, caótica e brilhante civilização paulista do café.

Por outro lado me pareceram bem desagradáveis e mesmo injustamente pueris, as caricaturas com que o romancista quis atacar certos aspectos da vida paulista e universal. Está neste caso o quase rascunho inexpressivo com que o ex-modernista de "O Homem e a Morte" pretendeu ridicularizar as pesquisas e as possíveis extravagâncias das artes "modernistas". É nisto, aliás, que me separo irreconciliavelmente da atitude oito ou oitenta de Menotti del Picchia. Acaso o autor de "Chuva de Pedra" teria sido insincero quando escreveu os bárbaros e galopantes símbolos do seu "Homem e a Morte", ou quando pugnou pelo "futurismo" desde 1920 pelo menos, ou quando descobriu Vítor Brecheret em suas herméticas estilizações expressionistas? Tenho a certeza de que foi sinceríssimo. Por que agora e com que direito de inteligência pode o escritor acoimar de falsos e sentir ridículos os artistas que tiveram o drama de querer levar essas mesmas pesquisas às suas últimas conseqüências? Não tem dúvida nenhuma que há muitos aproveitadores do confusionismo artístico atual, como há aproveitadores de todas as políticas e de todas as reviravoltas da bolsa como da moral, mas, levado pela sua falta de distinções, pela sua falta de "humour", Menotti del Picchia generaliza com absurda infelicidade. A sua caricatura dos meios artísticos modernistas de São Paulo não chega siquer a ser mordaz, pela insinceridade, pela ausência de discrição com que não recua diante dos mais destemperados exageros. É nesses momentos que Menotti del Picchia fracassa em abusos da maior inconseqüência como aquele de inventar de sua própria invenção um bailado ridiculíssimo, cuja música diz ser de Stravinsqui e o cenário de Chirico. Seria muito mais justo dar simplesmente o nome de um dos bailados de Stravinsqui. Mas é que, assim agindo, o artista não conseguiria o efeito grosseiro e popular de caricatura frenética que quis obter. Mas neste caso o artista não poderá nunca se queixar dos espíritos mais exigentes que se afastam de tão rubicunda ausência de sutileza. A sua sátira dos artistas modernos me pareceu insincera e penosa.

Foi ainda essa mesma rapidez violenta de temperamento que levou o artista a numerosos descuidos de linguagem. Menotti del Picchia aportuguesa "chauffeur" em "chôfer", mas pluraliza a palavra em "chôfers", totalmente contra o espírito da nossa linguagem. Na página 329 coloca um *n* eufônico em "esperavam-os", mudando o pronome. Si na página 195 diz "todo bairro" onde devia estar "todo o bairro", na página 348 deixa escapar um "todo o crepúsculo é belo" onde muito milhor ficaria evitar o artigo. Ou escreve, por pura rapidez desatenta, "reimergir" onde queria "reemergir" (página 354). Noutro passo (página 382) em duas linhas apenas de distância (página 382) chama de "assoalho" um chão de "terra socada". E, sempre por desatenção, apesar do seu estilo tão expressivo, deixa escapar clangorantes lugares-comuns como aqueles "segundos que pareceram séculos" (página 397) ou aquilo de Salomé ter "esfregado os olhos" diante de uma visão horrível, puro gesto de teatrinho ou recitativo de educandário. E é sintomático: todos estes minúsculos defeitos se avolumam na segunda parte do livro, provando bem que o artista começou mais calmo, mais trabalhadamente o seu romance, e depois, empolgado, se extraviou em pequenas desatenções estilísticas.

Não se extraviou porém na construção do romance, que é forte e original, nem na unidade de caráter dos seus numerosos personagens. O livro está constantemente nos dando traços profundos e rápidos de análise, como aquela página sobre Eduardo ao saber do noivado da namorada, a notável análise dos sentimentos de D. Santa pra com Salomé (página 77), ou ainda aquela vigorosa descrição das sensações de Eduardo baleado.

Eu só tenho louvores para um escritor perseguido pela celebridade e pelas suas qualidades naturais, que após quatro dezenas de obras, ainda faz um esforço honesto pra se renovar e consegue se realizar tão integralmente como Menotti del Picchia em "Salomé". Sem esquecer o poeta de "Juca Mulato", o contista de croquizações fortes, e o mais brilhante dos nossos cronistas vivos, considero "Salomé" o melhor, o mais completo dos livros do grande escritor, a sua maior contribuição à novelística nacional.

SAGA

(1-IX-940)

Érico Veríssimo acaba de publicar, sinão o milhor, pelo menos o seu mais virtuosístico romance. Nele nós encontramos elevadas ao mais alto grau de firmeza e desenvoltura, as tendências, as qualidades e a técnica do seu autor. É certo que "Saga" não apresenta aquela harmoniosa unidade conceptiva que faz de "Caminhos Cruzados" uma espécie de obra-prima e lhe dá o seu valor excepcional, mas, em compensação, mais brilhante de fatura e muito mais rico de idéias, chegando mesmo, como nenhum outro romance brasileiro, a realizar o tipo moderno do romance-ensaio, do romance-manual mais ou menos diletante de filosofices, "Saga" é o triunfo do caso anglo-brasileiro de Érico Veríssimo. E manda a verdade observar que si a influência do romance inglês moderno, especialmente de Huxley, apesar de algumas pequenas recordações sem importância (como a identidade "plástica" da cena dos dois amantes se banhando de sol e observando as evoluções do avião no alto, existente em "Caminhos Cruzados" e em "Eyeless in Gazza"), si a influência inglesa tem sido benéfica, enriquecendo a técnica e firmando a maneira de realizar psicologias de Érico Veríssimo, agora principia lhe sendo prejudicial, com o desenvolvimento abusivo do lado ensaístico da ficção, a... *neo-pruderie* desabusada e amoralística (Wilde, Lawrence, Garnet, Huxley, etc.) , e o socialismo sentimental, idealista e individualista ao mais não poder.

Em "Saga" Érico Veríssimo reúne quase todos os personagens mais interessantes dos seus livros anteriores. Na verdade ele funde, com admirável firmeza de realização e lógica conceptiva, as técnicas psicológicas distintas de "Caminhos Cruzados" e "Olhai os Lírios do Campo". Si do primeiro emprega a técnica de expor processionalmente em ação numerosos caracteres psicológicos, do segundo ele aproveita o processo de um herói dominante, em função do qual tudo se passa. Só que agora, em vez dos heróis serem dois, Eugênio e Olivia, é apenas um, o pintor Vasco.

Mas si esplêndida a realização técnica de exposição psicológica, em "Saga", talvez mesmo por isso, jamais estiveram tão à mostra como agora as falhas, ou por outra, a fraqueza de criação psicológica de Érico Veríssimo. Já neste sentido, "Caminhos Cruzados" era um livro curioso de observar. Sem dúvida se trata duma obra admirável, mas a qualidade deste admirável é que me parece discutivelmente superior. Como Huxley, Érico Veríssimo contraponta numerosos seres vivos. Mais contraponta que cruza propriamente. Cruzar personagens é mais da técnica francesa, de um Malraux por exemplo, o Gide de "Les Faux Monnayeurs" e até mesmo Proust, apesar de ser caso muito especial. Em "cruzar" persiste a noção de apoio momentâneo e principalmente de oposição, enfim as angústias todas da com-socialização humana. O que caracteriza o "contraponto" de Huxley, a sua impressionante diferença, é a prodigiosa solidão, o deserto de alma em que vivem seus personagens, mesmo quando se ajudam mutuamente ou disputam. Mas estou me perdendo numa distinção bizantina que, ou merece um ensaio, ou não se diz. Fica o dito por não dito.

Chamei de "seres vivos" aos personagens de Érico Veríssimo, e o são incontestavelmente. Mas o que me surpreende é a extrema banalidade da sua invenção de almas. Em "Caminhos Cruzados" não aparece nenhuma criação, mais rara de alma. E desta fraqueza de criação mais original é sintomático não ter Érico Veríssimo conseguido sustentar a existência de Olívia, em "Olhai os Lírios do Campo", que foi um belo esforço do romancista pra se tomar mais profundo. Precisou matar a moça... pra que a vida continuasse. Estou imaginando as volúpias de criação a que se entregaria um Huxley, se tivesse nas mãos uma Olívia... E creio distinguir aqui quais as falhas do processo de criação psicológica de Érico Veríssimo. É que, no seu contraponto de seres, ele não consegue quase nunca isolar cada um dos seus personagens naquele seu deserto de alma, irreconciliável. Em vez de individualizar, ele generaliza. Onde Érico Veríssimo não soube aproveitar a lição de Huxley, enfim, é que este desenha sempre indivíduos, ao passo que o nosso artista põe em jogo principalmente caracteres psicológicos.

Si é certo que não existem dois indivíduos psicologicamente iguais neste mundo, sempre podemos reconhecer que, como na História Natural, todos esses exemplares únicos podem ser catalogados em ordens, espécies, subespécies de caracteres psicológicos gerais. Cada personagem de romance, pode se enquadrar necessariamente num destes caracteres psicológicos gerais. E neste caso, o fenômeno da criação novelística consiste justamente em dar a um destes caracteres uma tal força de independência e liberdade (mais de independência e liberdade que de originalidade exatamente), que o personagem se individualiza. É o que faz com que um molóide sem sangue se torne o Carlos de Mello, do Ciclo da Cana de Açúcar; é o que faz com que a Capitu seja indissoluvelmente "a" (artigo definido) Capitu. Ora nesta maneira de criação é que Érico Veríssimo fracassa enormemente, a meu ver. Os seus personagens de "Saga" são incontestavelmente, a maioria, caracteres psicológicos bem típicos. Mas o mal é que o autor não consegue partir da generalização do tipo para a unidade do indivíduo. Pelo contrário, se tem quase a sensação de que ele parte do geral para um ainda maior geral. Generaliza o geral, por maior número de tiques e cacoetes que julgue juntar aos seus personagens para os individualizar. Na verdade, com estes traços de individualização ele acrescenta guizos, apenas, e enluara numa aura omamental as Dodós e Noéis, os Pedrinhos e mesmo os mais raros Eugênios. Ornamenta em vez de desnudar. Epidermiza em vez de aprofundar. Ele não "combina". Quero dizer: não consegue fazer seus personagens serem capazes de alguma reação contra si mesmos, capazes de ultrapassar o seu caráter psicológico particular, capazes de ter um traço psicológico que brigue, que contraponte ou cruze dentro da vitrina fácil da sua generalização. Por onde, aliás, os seus personagens psicológicos têm um permanente tom de caricatura, mesmo os simpáticos.

Tom de caricatura, não é bem a expressão. Ar de simplórios, é milhor. São, antes, sínteses simplórias, mas jamais exageradas suficientemente, pra atingir as grandes caricaturas críticas, os grandes heróis-tipos, no sentido em que o são Prometeu, *Lady* Macbeth, a Dama das Camélias ou o Antônio Conselheiro de "Os Sertões". Será porventura um gênero de louvor afirma que não há nada mais compreensível e reconhecível que um personagem de Érico Veríssimo. São seres vivos, como falei. E si, os principais, em geral dotados de grande incapacidade vital, são, apesar disso, desprovidos de qualquer mistério, nenhum deles carregará jamais um segredo indevassável, como o Nelson, de Conrad. E é nesta falta de senso do "humour" que o nosso grande romancista se afasta dos seus modelos ingleses, onde estes lhe seriam da maior utilidade. Dos personagens de "Saga", Eugênio ainda continua dos mais interessantes, dos mais misteriosos, embora não aproveitado na sua substituição da Olívia morta por Fernanda, nem na dolorida insistência de conservar a memória da primeira. É verdade que tudo isto poderá ser motivo pra mais um romance futuro, e não devo me antecipar. Fernanda é que se tornou completamente insignificante na sua insistência por um vago socialismo sem lei nem rei. Noel está quase absurdo em sua cretinice. Chega mesmo a ser difícil saber si o autor quis nos dar com esse personagem o tipo do sonhador incapaz ou do cretino perfeito. Mas quem se tornou insuportável é Clarissa, que o autor conseguiu despir do seu lirismo, tornando-a de uma insignificância larvar. É possível que Érico Veríssimo tenha querido tratar delicadissimamente essa alma feminina que se anunciara tão bem em livro anterior. Mas cuidou tanto em nuançar suas tintas, que o retrato saiu de um cinza perfeitamente neutral. Só isso, aliás, bastaria pra justificar a gratuita fuga de Vasco para a guerra da Espanha, muito identificável à gratuidade esnobe com que o personagem de Huxley foge para uma qualquer revolução americana. Mas o certo é que apesar da extraordinária habilidade de Érico Veríssimo em movimentar e justificar seus personagens, Clarissa se tornou um verdadeiro trambolho para o autor de "Saga". Pela primeira vez a gente percebe o grande romancista atrapalhado, sem saber o que fazer com o seu personagem. Faz Clarissa aparecer inexpressivamente nas lembranças de Vasco na Espanha e, em seguida, chega a se esquecer dela em momentos em que já em Porto Alegre, o seu contingente psicológico é importante e a sua participação incontestável. Mas é que o romancista não podia prescindir dela para o pleno delírio demagógico em que termina o livro. Então Vasco, citando intempestivamente a Sinfonia Pastoral, de Beethoven (que absolutamente não é o seu caso), compara Clarissa à terra, na cena em que põe a mão sobre o ventre fecundado da adormecida. Mas eu creio que, em vez de comparável à terra, Clarissa se tornou demasiadamente terra-a-terra, o que não é a mesma coisa. Será possível ainda argumentar que é isso mesmo o que o autor quer de Clarissa. Não há dúvida. Mas é preciso não esquecer que do personagem mais medíocre, o fenômeno da criação consiste justamente em tirar o interesse do criador, o interesse, a valorização da insignificância. Isto é: literatura.

Mas verdade seja que apenas Clarissa Érico Veríssimo não consegue movimentar satisfatoriamente. Porque onde ele é incomparável entre nós, onde a sua arte assume verdadeiras forças de criação é no dom inventivo de situar os seus personagens no momento exato de ação em que eles mais se expandem em seus caracteres psicológicos gerais. As cenas admiravelmente bem achadas, a riqueza das situações caracterizadoras, o acertado das preparações para os diálogos (e que diálogos ótimos de apropositado e naturalidade!), o jeito finíssimo de enxertar a paisagem entre os personagens, o equilíbrio variado de coisas sentimentais, amargas, realísticas, caricatas, tudo isso é magnificamente bem achado. Mas jamais um exagero, uma paixão se animam, e levam tudo de cambulhada para o terreno dos perigos, dos abismos, dos grandes erros iluminados. Tudo é de um acerto miraculoso. Em "Saga" então, como em "Caminhos Cruzados", nenhuma intensidade maior, nenhum descuido de técnica, nenhuma personificação maior de autor. Uma total ausência dos abismos. Mas é preciso sempre reconhecer que acertar no acertado, com a prodigiosa eficiência de Érico Veríssimo, principalmente em suas obras mais bem realizadas, é também uma espécie de genialidade. Essa, Érico Veríssimo possui como ninguém nestas Américas.

E Vasco, o herói principal? Vasco é o livro. Vasco é o raciocinador inveterado e (em princípio, não na realidade) absolutamente superior, que passa o livro todo num eterno e muito elegante divagar sobre as grandes idéias, Deus, Religião, Morte, Felicidade humana, o Bem e o Mal, tudo enxertando agradavelmente de noções, citações e termos técnicos de artes e de ciências. E "Saga" é exatamente isso, um caleidoscópio, onde a profundeza jamais é atingida nem por sombra, e tudo paira à tona do barateamento das noções. Um romance gênero "Eu sei tudo", elegantissimamente disfarçado em chá-das-cinco, com base socialístico-moralista. "Saga" é o triunfo do bom-tom libertário, tão bom-tom que nem despreza o moralismo de crer num mundo milhorado depois da guerra atual. Mas não acredita muito nisso não. Não crê mas chega quase a crer, nas cartas do final, em que Vasco esboça vagamente um programa político socialistizante, de aparente bom-senso e bem discreto sentimentalismo.

Quanto ao seu final, "Saga" evoca certas novelas "morais" em que os heróis levam pecando, gozando e praticando as maiores imoralidades por 250 páginas de texto, para enfim, nas 50 páginas finais, se converterem e morrerem na santa paz do Senhor. Também "Saga", ou Vasco, vão por 312 páginas entregues a esse moralismo-amoralístico, de caráter profundamente paradoxal, que é a melodia de bravura, a canção napolitana do romance inglês contemporâneo. Principalmente dessa parelha Wilde-Huxley, intimamente irmã, mais irmã do que parecerá à primeira vista. "Saga" ou Vasco, deformando por certo o sentido de um texto de Frei Luís de León, de que cita apenas uma frase, prega amoral e anti-socialmente (apesar das fumaças socialistizantes do bom-tom) que "a beleza da vida está em que cada um proceda de acordo com a sua natureza e o seu ofício". E a conclusão de Vasco é a mais simplória, a mais sentimental possível, dum sentimentalismo nauseante de tão fácil: rumo ao campo e à monogamia conseqüente! Parece moral. Mas é moralidade aleatória, em menos de 20 páginas, depois de 300 de diletantismo semiculto, de superioridade displicente, em que a própria censura à sociedade atual não deixa, com muito bom gosto, de transpirar dos diálogos, das descrições e das sentenças.

Como deve fazer bem a uma senhora da alta sociedade, a um estupidíssimo futebóler recordista ou a uma vendeira das casas de dois mil-réis, ler um romance como "Saga"!... Todos têm seu quinhão de chicotada masoquista e a maravilhosa ilusão de que compreenderam a vida! Como hão de dizer satisfeitos: "É isso mesmo!" "No fundo a vida é isso mesmo..." E já então, esquecidos das 12 páginas um bocado mal-estarentas do fim, impossibilitados de realizá-las na vida, cada um verificando que afinal das contas, ele, sozinho, não pode mudar a marcha dos acontecimentos, e que Deus, a Verdade, o Bem, o Mal, no fundo são o que são, nem são nem não são, deve-se apenas desconfiar que existem, e que compreender a vida assim, além de ser muito confortável, é podre de chique.

Que conclusão tirar destas observações que a enfermidade me faz jogar um bocado a esmo no papel? Em primeiro lugar, fica sensível que o que eu disse no princípio, desdigo agora, e que "Saga", em vez de ser o milhor, é o pior dos livros de Érico Veríssimo. Estou convencido de que o autor de "Um Lugar ao Sol" é um grande romancista, possuidor de qualidades absolutamente excepcionais. Mas eu creio que já é tempo de Érico Veríssimo buscar saber a quanto montam as riquezas literárias que amealhou, e conseguir delas maior rendimento.

CORAÇÃO MAGOADO

(11-VII-941)

Eu estava sentindo muita dificuldade em dar um título que me satisfizesse, a este artigo sobre Henriqueta Lisboa. Era natural o chamasse "Prisioneira da Noite", nome do último livro dela, mas isso não me agradava, embora a poetisa se prove com efeito acorrentada a vários noturnos de pão e água.

Esses noturnos lhe pesam. Talvez a humilhem um bocado. Mas justo o que há de mais sensível, de mais emocionante na psicologia lírica de Henriqueta Lisboa, é repudiar de instinto, e também por grandeza de espírito, qualquer confissão mais diurna. Nenhum desses gritos e dessas antíteses violentas, muito comuns em nossa poesia feminina de agora, e a que só escapam Cecília Meireles e Oneida Alvarenga. Mas nem na irmandade psicológica destas duas, vive Henriqueta Lisboa. Si vivesse, faria de sua prisão aquele mesmo idílio, delicado sempre, mas violentamente amargo, de Ernst Toller, nos seus amores com a andorinha.

O que tem de mais específico no estado de prisão de Henriqueta Lisboa é a sua noturnidade. No próprio poema confessional que dá nome ao livro, há que buscar na escapatória lunar das imagens, as queixas íntimas da prisioneira que resolveu aceitar a sua prisão, intocada.

"Vejo madressilvas com seus pequenos dentes de pérola
Sorrindo enlaçadas aos troncos fortes..."

Mas:

"Alguém me espera, alguém me esperará para sempre
Porque sou a prisioneira da noite."

E a admirável confissão final :

"Oh! quem me ensina os caminhos da madrugada?
Por que não se iluminam as casas onde há noivas felizes?
Por que de tantas estrelas no céu ao menos uma não se
[desprende
Para vir pousar no meu ombro como um sinal de esperança?
Tenho um encontro marcado há longo, longo tempo...
Mas não chegarei porque sou a prisioneira da noite."

A responsabilidade de sua aceitação de prisioneira se fixou numa transferência lírica do lugar-comum "pesar sobre os ombros". Nos versos citados já vimos a poetisa pedir que uma estrela lhe alivie o ombro pesado, como um sinal de esperança. Noutro poema confessional, igualmente admirável e porventura mais profundo em sua síntese, "Expectativa", o símbolo se repete desesperançado:

"O silêncio é um punhal
Que por um fio se pendura
Sobre meu ombro esquerdo."

Outra imagem, também símbolo multissecular, a ação epitalâmica do vento, a poetisa reinventará e repetirá nesses mesmos dois poemas. Aliás, nada mais local e sensível nesta mineira das Alterosas, batida diariamente pelas ventanias de Belo Horizonte. Porém nada de grosseiro na poetisa nova. Ela seria incapaz da imagem fortíssima que teve sobre o mesmo símbolo, a poetisa dos "Cristais Partidos". Antes, a prisioneira consentida pedirá "forças para desvencilhar-se dos afagos numerosos do vento", em que o adjetivo é um magnífico achado psicológico. E na mais exigente "Expectativa", se queixará porque:

"Há uma etemidade
Que nenhum vento sopra neste deserto!"

Só mais um, quero lembrar, entre os exemplos delicados de transferência que denunciam a psicologia lírica de Henriqueta Lisboa, o poema "Renúncia". Sinto o espaço de jornal não me permitir reproduzi-lo, "Renúncia" é um poema perfeito. A verdade intensa da emoção, a beleza nítida das imagens-símbolos a que ela se transfere, a contenção antipalavrosa e sintética, realizadas num dizer simples mas clássico, firme e marmóreo, que atinge a força estilística de Gabriela Mistral. Não, vou citar por inteiro "Renúncia" :

"Oh palavra cruel:
Só de pronunciar-te
Meus lábios têm fel.

Martírio de sobra:
Vendados, os olhos
Ainda mais enxergam.

Disfarce de víbora
Sob musgos, típico
Disfarce de víbora.

Há cristais em sombra,
Superfícies falsas
Fiéis à refração.

Ciprestes se curvam
Sobre a terra sáfara,
Própria para túmulos.

Fontes em represa
Secam-se a si mesmas."

Ao chegar a este ponto das minhas hesitações, já decidido a não falsificar com o título de "prisioneira da noite" a esta prisioneira consentida, me lembrei de intitular esta crônica "Peito ferido". Aqui fiquei contente comigo. "Peito" pra mim se associa fatalmente em "peito de pássaro", sabei-me lá por quê! Ora Henriqueta Lisboa vive sempre esvoaçando em meus pensamentos, feito um passarinho. Quando os seus versos não se tingem de um certo didatismo que desejo esquecer, e maltratam a terceira parte deste livro novo, há neles a graça inquieta, simples e um pouco agreste, um pouco ácida, dos passarinhos. Sem ter imaginado nestas imagens explicativas, vejo agora que, um mês atrás, rabisquei está nota ao seu "Sonho Perfeito": "Um encanto. Quando

Henriqueta Lisboa, talvez presa em certos casos a uma espécie didática de pensamento lógico, se liberta disso, nasceu coisas como estas, de pura poesia esvoaçante, simples como um churriar."

É estranho... Com a preocupação alheia de escrever está crônica, procuro agora o verbo "churriar" nos meus dicionários e não acho. Afinal o Firmino Costa, de que me lembrei já no ponto da desistência, me recorda que existe "chirriar", voz de insetos. Mas não é de um "i" chirriado que eu preciso, muito indiscreto e de má ironia: é mesmo de um "u" mais brando e mais discreto, apenas tingido de humorismo. O "u" é a única vogal com *sense of humour,* do alfabeto. Nada amargo, apenas ácido.

Essa é bem a qualidade poética mais característica de Henriqueta Lisboa, esse churriar não raro soerguido pela discrição do espírito, num pequeno humorismo :

"Oh sonho perfeito
Dos cinco sentidos!
A Eleita e o Eleito
Em dias perdidos..."

Esse lado de simplicidade intensa e interior, com algum reflexo de *humour* e de místico — lembra, não sei, talvez Reine...

"Na transparência da luz,
Como um lago, em placidez
Talvez deslize o anjo da paz."

E então surgiu toda a evidência da minha verdade, o título para estas linhas: "Coração Magoado". A transposição incontrolável para o reino delicado e agreste dos passarinhos já não me interessa mais. "Peito ferido" se ajusta apenas a dois ou três poemas confessionais mais exigentes. E Henriqueta Lisboa é uma prisioneira consentida. O que lhe faz o caráter mais especial da sua qualidade poética é mesmo bem essa alegria esvoaçante e ácida de um coração magoado. Há todo um esplendor, todo um arrebatamento, toda uma felicidade sufocada com altivez, conscientemente. E o coração magoado sorri. Como em mais este idílio com o "Vento":

"O vento passou na noite
Apenas ouvi rumores.

. . . .

Tenho paredes espessas,
Guardam de ventos como esse.
O vento passou de longe.
(Imaginei cousas loucas:
Eu e ele... Bati na boca!)
E tudo está como dantes."

E é um churriar de algumas das mais delicadas formas da nossa poesia, "Passeio", "Repouso", "Vida Breve", o "Romance", obras-primas. Um coração magoado as armou, com firme e puríssimo feitio.

Porque Henriqueta Lisboa é tão meiga e cômoda em sua qualidade, que soube ultrapassar a dor viva dos ideais e das ânsias, completamente mulher, perdoando sem esquecer. Muitas são as suas compensações, está claro. E entre elas esse lirismo que a excetua, uma carícia simples, dor recôndita em sorriso leve e a frase contida — coisas raras na poesia nacional.

O BAILE DOS PRONOMES

(7-X-941)

Vai acesa em São Paulo a preocupação da "língua brasileira"; e de um clássico como o Sr. Mota Coqueiro, como de um novíssimo como o Sr. Mário Neme, têm sido muitos este ano, nos jornais e revistas do Estado, os depoimentos e as contribuições a respeito deste nosso gostoso falar e dificílimo escrever. Está inquietação nova, creio que em grande parte se deve ao discurso em que o Sr. Cassiano Ricardo lançou a "língua brasileira" na Academia Idem, no qual, aliás, com a generosidade costumeira, ele me tratou com tanta elegância intelectual. Achei prudente, portanto, retribuir a atenção que o distinto acadêmico me dispensou, com estes comentários sobre o pronome átono iniciando frase.

Há pouco menos de vinte anos atrás, quando também as minhas impaciências de moço me levavam a falar em "língua brasileira", e não, mais comodamente para minha consciência, em "língua nacional" como hoje falo, foi esse um dos problemas que mais me preocuparam. Tempo vivo aquêle, em que os meus próprios amigos mais sábios caíam em cima de mim por causa dos meus abrasileiramentos de linguagem... Eram discussões verdadeiramente angustiosas, sobretudo por causa da incompreensão e da leviandade de julgamento que levavam os meus próprios amigos, às vezes, a imaginar que eu estava querendo "criar" a língua nacional e cousas assim. Foi uma incompreensão inicial destas que me levou a quase romper relações com um dos meus amigos mais queridos, Renato Almeida, o autor da "História da Música Brasileira". Com outro, o douto calmante filosófico do nosso grupo, Couto de Barros, resolvemos ambos discutir na máquina de escrever, evitando de vez o numeroso "Não falei isso!"

das discussões bocórias. Couto de Barros me apareceu à noite, sentou à minha "Remington" e gravou o primeiro argumento. Lhe respondi do mesmo jeito. E assim se travou uma das discussões mais acaloradas que já tive, sem que uma só palavrinha machucasse o ar dormido do bairro.

Mas um dos que mais me atenazaram foi Manuel Bandeira. Concordando em princípio comigo, me conhecendo suficientemente pra não me atribuir mais que a modéstia de contribuição e experiências pessoais, me deixava tonto com duvidinhas e restriçõezinhas *que pingavam a cada carta semanal que então recebia dele, bons tempos*... Uma dessas dúvidas foi justamente a de que hoje vou produzir neste artigo as provas que ajuntei. Ele achava que eu não tinha direito de generalizar pra toda a série dos pronomes, o caso do "Me parece", que só freqüentava a primeira pessoa do singular. Mas me saí brilhantemente e o grande poeta pernambucano teve a franqueza de reconhecer que eu estava bem escudado, embora discutisse algumas das provas apresentadas por mim.

Porque, a meu ver, muito embora o caso compareça também na língua escrita de Portugal, o problema do pronome oblíquo iniciando frase, não é apenas uma questão de maiúscula. Muitas vezes no próprio decorrer da frase a tendência se revela. Pois não se trata apenas de iniciar realmente a frase, com a sua maiúscula erguendo orgulhosamente o pronome átono: o fenômeno é muito principalmente de ritmo, não só de ritmo no tempo, como também de ritmo psicológico. Assim, num dos mais bonitos sambas nacionais, o "Vejo Lágrimas", publicado em disco Colúmbia n. 22-65-B, o cantor argumenta :

> Si choras por alguém
> Que te enganou:
> "Te" conforma, pois Jesus
> Também se conformou.

Num caso destes, si não estivesse presente ao poeta e ao cantor a constância rítmico-verbal brasileira, tudo o levaria a dizer "conforma-te", não só o movimento musical que pára em som mais longo no fim de "enganou", como a própria pontuação intelectual da frase. Com efeito, terminada uma proposição dubitativa, o sentido do texto não conclui sobre ela, mas inicia outra proposição que é um conselho, e que o sentido inteiro do texto anterior, mesmo sem a proposição dubitativa, era suficiente para justificar. Mas na publicação impressa do texto, o poeta, a quem decerto puxaram as orelhas, substituiu o "Te conforma" por um paciente "Tem paciência"...

Já desde os tempos de Gregório de Matos, essa tendência se manifestava. Num dos sonetos ao governador Antônio Luís, ele escreve:

> Com olhos sempre postos na ordinária,
> "Vos" dou os parabéns...

Sintaxe que, embora gramaticalmente aceitável, juro que muito gramaticóide evitaria, tal a ênfase com que o pronome "enclítico", iniciando o verso, e refugiando a posposição, nos fere portuguesmente o ouvido e o olhar. Da mesma forma, em propostas de caráter enumerativo, cada uma delas é bem uma frase isolada e não é a vírgula que pode nos dar satisfação sintáxica. Como neste passo de Darci Azambuja em "No Galpão": "mas o gambá pediu muito, "se" ajoelhou, fez muita lábia"... E eis mais um bom e insistente caso popular, com o Se e o Lhe, publicado no folheto paraibano "Conselhos de Padre Cícero a Lampião":

> Disse-lhe (sic) o padre: — Meu filho,
> Não persista no pecado,
> Deixa a carreira dos crimes,
> "Se" torne regenerado,
> Si me promete deixar,
> "Lhe" prometo trabalhar
> Pra (sic) você ser perdoado.

Primor de estilo pachorrentamente padresco, como se vê... Enfim ainda a tendência pode ser entrevista no caso do pronome intercalado entre o verbo auxiliar e o no infinito. Se observe este exemplo deliciosamente ofensivo, que colho no folheto da literatura de cordel nordestina, "Bento, o Milagroso de Beberibe":

"Fiz Romano atropelar-se (sic)
E fiz Germano correr,
Abocanhei Ugolino
Porém não pude "o" morder."

Mas vamos aos casos insofismáveis. A obliquação do pronome da primeira pessoa do singular, quase nem merece exemplos, por todos reconhecida como normal em nossa língua. Não citarei dela nenhum exemplo popular. Mário Marroquim já os recenseou com riqueza em "A Língua do Nordeste". Lembro apenas três exemplos eruditos. Nas "Minas de Prata", José de Alencar, patrono santo da língua brasileira, faz Estácio dizer ao amigo velho: — "Me" guiareis com a vossa experiência (Garnier, I volume, página 67). Aluízio de Azevedo também aceita que um dos seus personagens do "Cortiço" diga ao vendeiro: — "Me" avie, *seu* Domingos! (Garnier , página 57). E vemos Fagundes Varela encampar a sintaxe no "Evangelho nas Selvas" :

— Naída ! — Padre, "vos" espero, vamos.
— O que fazias, filha? – "Me" lembrava...

E ainda no Canto VI, bem psicologicamente, são usados os dois ritmos numa só frase: "Me" interrogaste em nome do Senhor... "cala-te" e escuta.

A segunda pessoa também dará exemplos numerosíssimos. "Te vejo, te procuro" inicia Gonçalves Dias uma das estrofes dos "Harpejos", insofismavelmente. E ainda nas pródigas "Minas de Prata" (III, 168), Raquel ameaça o pai judeu: "Te denunciarei sim!" Nos "Matizes" (1887) F. A. Nogueira da Gama inicia a fala da cidade do Rio se dirigindo a São Paulo: "Te saúdo, caipirinha"... E outro paulista da gema, Brasílio Machado, nas suas "Madressilvas" de 1876, nos oferece uma poesia intitulada "Te esqueceste", que é da maior força... Aliás, creio que foi João Ribeiro quem analisou primeiramente a diferenciação psicológica entre o mansinho "Se sente" nosso e o mais imperativo "Sente-se" desses portugueses, durante vários séculos acostumados a mandar nas suas colônias. Eu reconheço o valor da psicologia organizando as sintaxes nacionais, mas tenho um pouco de medo disso. Levaria a generalizações monótonas e sem sabor estilístico. Creio que o fenômeno das diferenciações sintáxicas é muito mais um problema fonético de ritmo verbal. Silva Ramos (Revista de Cultura, I, página 22) fornece argumentação justamente contrária ao valor imperativo do enclítico: "A mim, por exemplo, diz ele, ser-me-ia impossível, falando ou escrevendo, iniciar uma proposição por pronome átono, e, entretanto, tendo uma vez, posto em dúvida a um colega que um projeto de lei que nos interessava tivesse parecer favorável, ele me atirou com um "te garanto que ele será aprovado", com tal intimativa ferindo com ênfase o pronome, que confesso me senti mais garantido"... E pra acabar com o Te, colho na "Revista da Academia" (fevereiro, 1933), um exemplo folclórico de Goiás:

"Te" compreendo, morena
Já sei que queres dizer,
Como canguçu ou tigre,
Felizes temos de ser.

Com a terceira pessoa do singular, cito primeiro um exemplo erudito, o Dr. Severino de Sá Brito nos seus "Trabalhos e Costumes dos Gaúchos", que na página 30 assim abre um parágrafo: "Se cultivava muito milho, também feijões, abóboras, melancias"... Semi-eruditamente, um anúncio de cabaré paulistano avisa os concorrentes dum campeonato de tango: "Se recebem (sic) as inscrições na gerência." E Mário Marroquim nos fornece um exemplo popular :

"Se" vendo o compadre pobre
Naquela vida apertada...

No plural, a primeira pessoa é reconhecida por Lúcio Cardoso na boca de um homem do alto São Francisco, em "Maleita": "Nos salve agora." Conheço outro exemplo impresso, num folheto recifense "História do Menino da Floresta" do célebre cantador Martins de Ataíde, em frase brasileira até debaixo d'água:

"Nos" façasestá caridade,
Deus há de lhe (sic) agradecer.

Da segunda pessoa, além das "Minas de Prata " (III, 400) em que vem a pergunta: "Vos serve este meio?", conheço uma quadra paulista da dança de São Gonçalo (Revista do Arquivo, XXXIII, 108) que canta:

"Vos" peço, meu São Gonçalo,
Com muito gosto e alegria,
Aceitai está promessa
E também nossa romaria.

Com Lhe e Lhes, não me ocorre exemplo, é mais provável ter eu perdido alguma nota. Mas assim como nos Açores, nas festas do Espírito Santo, o povo, se referindo à coroa, diz ao Imperador:

"A" coloque no altar
E junto o seu cetro lindo, etc.

(verso, aliás, de origem erudita). Mota (Sertão Alegre, 89), colheu na boca dum cantador, o romance em que vem:

O padre disse: "O" protejo!

protegendo com a mesma energia a sintaxe nacional. Com tudo isso, como esquecer o epigrama de Alberto Ramos...

"Me dá! — Dá-me! — Me dá! digo eu — Erra, imbecil!
Bruto! erro em Portugal, acerto no Brasil!"

O DESAFIO BRASILEIRO

(23-XI-941)

O Brasil já muito deve ao Professor Roger Bastide, da Universidade de São Paulo. A objetividade brasileira que ele deu aos seus estudos, baseada numa largueza de conhecimentos muito rara entre nos, o fez autor de alguns dos mais percucientes estudos de certas manifestações nacionais. Recentemente a coleção do Caderno Azul ("Psicanálise do Cafuné") reuniu alguns dos estudos de estética sociológica com que o ilustre professor vem nos dando interpretações profundas e às vezes insuspeitadas, das nossas expressões artísticas tradicionais. Livro indispensável em qualquer biblioteca de estudos brasileiros.

Um dos capítulos importantes do livro esclarece comparativamente as origens multimilenárias dessa competição popular entre dois cantadores, a que chamamos "desafio". Mostra Roger Bastide que "todos os jogos de competição se originam da organização dualística da sociedade primitiva", em que dois grupos, seja oposição de sexos ou de frátrias, "ao se defrontarem levantam-se um contra o outro". "Mas como essa dualidade não impede a cooperação (...), a luta toma a forma de um jogo." Ora como a arte é uma forma superior de jogo, "sempre que nos encontrarmos diante de uma sociedade dualística, a arte dessa sociedade apresentará, forçosamente, a aparência de uma luta ou de uma justa".

Roger Bastide apresenta e estuda então o exemplo das lutas poéticas que se realizavam, na estação propícia, entre os grupos dos homens e das mulheres, na China primitiva. E se aproveitando também de uma deixa de Luís da Câmara Cascudo, que virá nas disputas cantadas dos pastores gregos a imagem mais antiga do nosso desafio, prova ainda, com os estudos de Luís Gernet, que foram exatamente formas dualísticas de sociedade primitiva, na Grécia arcaica, que deram origem aos desafios pastoris dos gregos. "O desafio dos gregos antigos, tal e qual o desafio brasileiro, deve ser ligado, para que se compreenda bem, à existência de uma sociedade dualística, em que ritos de união são preceitos de ritos de luta amistosa."

Assim, "o desafio brasileiro, tal como o conhecemos, é um momento de uma longa história. E essa história começa pela justa entre as duas metades antitéticas das sociedades arcaicas. O combate poético é então uma luta coletiva. Mas já vimos que o indivíduo aí desempenha um importante papel, uma vez que a escolha amorosa se faz, dentro das regras exogâmicas, segundo o valor individual dos improvisadores".

E numa exposição magnífica, com exemplos muito bem escolhidos, reconhecendo sempre a intromissão crescente de individualismo nessas lutas poético-musicais de fundamento social, Roger Bastide prova que, no entanto, ainda subsistem substancialmente, no próprio desafio brasileiro, aparentemente uma simples competição artística entre indivíduos, as oposições dualísticas da sociedade, sejam estas de sexos, sejam rivalidades geográficas ou raciais.

Em nota, ainda o Professor Roger Bastide comenta Luís da Câmara Cascudo que até agora foi quem mais desenvolvidamente estudou o desafio brasileiro. Conforme Câmara Cascudo, o desafio é de pura importação ibérica, pois nada encontrou de equiparável a ele, entre os ameríndios do Brasil e os negro-africanos. Dando como certas estas afirmações do admirável pesquisador norte-rio-grandense, procura Roger Bastide explicar semelhante curiosidade. Segundo ele, o desafio teria vindo ao Brasil já como gênero literário perfeitamente definido, não sendo "de espantar, portanto, que os elementos de sangue indígena ou africano que nele tomavam parte, não tenham sentido a ligação" com seus costumes ancestrais, já perdidos.

Realmente não me recordo de pronto de manifestação ameríndia que se possa equiparar ao princípio de competição já meramente ritual, do nosso desafio. E seria abuso, tomar como competição... de longe, os famosos discursos noturnos da nossa indiada, em que, na descrição dos feitos, os maiores basofiavam à vontade, e insultavam os seus inimigos a valer. Bem mais aparentáveis ao desafio, embora ainda não convertido a jogo, eram as dialogações de parolagens e insultos, entre o prisioneiro inimigo e o guerreiro que o matava..

Quanto aos africanos, acho impossível aceitar não haja entre eles o costume de lutas poético-musicais. Luís da Câmara Cascudo chega a afirmar serem os negro-africanos infensos ao improviso ou só se entregarem a este pra fazer louvações. E conclui: "o desafio de improviso, acompanhado musicalmente, não há nas terras da África".

Eu creio que são muito numerosos os exploradores e viajantes que nos contam ser a improvisação textual um dos processos mais tradicionalizados no canto dos negros da África. Dei textos sobre isso, no meu estudo sobre o "Samba Rural Paulista". Newman White o garante. Geoffrey Gorer também, esclarecendo particularizadamente que o processo mais generalizado de cantar entre os afro-negros é o improviso solista intercalado por estribilho coral. Chauvet também se refere ao improviso do negro africano e André Gide também. E o mais freqüente não é de forma alguma a louvação, pois o espírito satírico é uma das características do canto afro-negro. Natalie Curtis estuda justamente isso, ao comentar a canção "Kufamba", por ela colhida, e originária da Africa portuguesa. Se trata justamente de uma canção satírica e a seu modo improvisada, pois que "as palavras podem ser substituídas por outras", conforme o que se quer satirizar na pessoa visada. E a folclorista se apóia então no testemunho de Krehbiel, o qual via nas canções satíricas dos negros desta América uma sobrevivência africana.

Mas julgo ser possível descobrir o próprio desafio cantado, na Africa. Já Chauvet, descrevendo os cantos de improviso, a solo e coro, dos remeiros afro-negros, conta que às vezes o solo se distribuía por dois solistas se alterando. Infelizmente mais não diz, que possa esclarecer o nosso problema. Mas o diz Landerset Simões, — claramente, para a Africa portuguesa, descrevendo não só "tensões" de maldizer entre "blufos" (cantadores profissionais) como, noutra passagem da sua "Babel Negra", escrevendo textualmente: "cantam durante toda a noite, havendo rapazes que, ao desafio (sic) cantam durante , três dias e três noites". Enfim é ainda a Sra. Curtis, com sua bem maior ciência, estudando negros bantos, quem nos relata uma verdadeira reprodução zulu das competições poéticas entre o grupo dos homens e o das mulheres, na estação matrimonial. É verdade que competição faz aqui parte das cerimônias de casamento de um só par, mas parece incontestavelmente tratar-se de sobrevivência ritual dos matrimônios coletivos de estação, como entre chins e gregos arcaicos. "Na noite anterior ao casamento se realiza uma competição cantada ("a contest of song") entre os homens e as mulheres, divididos em dois grupos, pra ver que lado agüenta mais tempo." (E não me parece inoportuno lembrar que, entre os bascos ibéricos, os "bertsularis" profissionais são especialmente chamados a cantar seus desafios, com assunto obrigatório sobre males e benefícios de casar ou ficar solteiro, nas festas de matrimônio.) Por tudo isto tenho como incontestável a existência de competição poético-musicais na África negra, bem como sobrevivências do dualismo sexual de sociedades primitivas entre algumas tribos bantos e os bascos europeus.

Não tenho a menor pretensão a sociólogo, e justo por isso, a exposição arguta e convincente do Professor Roger Bastidé, me faz perguntar si não será possível ir ainda mais além, e buscar nas formas irracionais da vida animal as similaridades primeiras do desafio brasileiro... Tanto a luta de verdade, não raro seguida da morte de um dos contendores, como a luta já transformada em mero jogo de competição, são encontráveis em diversas sociedades irracionais. As aves se entregam muitas delas, a verdadeiros torneios esportivos e coreográficos, especialmente na época do cio. E tudo isso culmina justamente na ordem mais desenvolvida dos passeriformes, entre os quais vamos encontrar já, e perfeitamente... tradicionalizado, um legítimo e completo exemplo do desafio brasileiro. Até o desenvolvimento individualístico aí se verifica, pois, como diz Delamain no seu livro célebre, só os passarinhos de vida individual chegam ao canto virtuosístico "car l'esprit de troupeau tue l'artiste"!... Pouco mais longe, entre as razões que levam o pássaro ao canto, Delamain reconhece que ao "hino à companheira" se junta a intenção de desafio diante da fêmea tímida, os rivais se afrontam pelo canto. Seria necessário citar todo esse delicioso trecho do poeta.

Porque Delamain ainda é bastante poeta, apesar da firmeza das suas observações. Mas si entrarmos pelo seminário dos cientistas, ainda mais assombra a similaridade entre as competições cantadas dos irracionais e o desafio humano, seja este brasileiro, norueguês, zulu, ou esquimó. Nenhum estudioso de zoofonia nega a existência do desafio entre os passeriformes. Nicholson e Koch que, pelo que sei, nos deram em data mais recente o que de mais científico e exemplificativo se fez a respeito, também insistem sobre a natureza individualista da virtuosidade entre os passarinhos. Em geral as aves de costumes gregários chegam quando muito ao que eles chamam de "subsong", sem atingir a "full-song" dos pássaros que se dispõem a conquistar e defender sozinhos o seu território, em língua de hoje: o seu espaço vital. O verdadeiro cantor "só poderá suportar junto de si um ou dois rivais, e ficará realmente muito estimulado por esta competição".

Mais inesperadas são as conclusões desses autores sobre a função do canto dos passarinhos. A condição que leva ao mais alto nível de musicalidade virtuosística é o desafio territorial ("territorial challenge"). É assombroso como isso concorda com a guerra em que vivemos, aliás, também baseada no irracional! Num ponto menos elevado de nível artístico, desaparece, como estimulante da cantoria, o desafio territorial, só permanecendo os três outros estímulos, o anúncio do adulto, a excitação sexual e o bem-estar vital. E só em nível ainda inferior, vêm as canções de amor, dirigidas mais em segredo à companheira. Não há mais desafio, não há mais competição. E o Inácio da Catingueira emplumado perde o estímulo que o levara a improvisar coisas lindas, na luta social. Poderão me responder que o amor é também social, será. Mas é que no momento, ninguém está pensando nisso...

NOTA — Luís da Câmara Cascudo, pelo "Diário de Notícias" (Rio) de 28 de dezembro de 1941, respondeu a este artigo. Citou em sua resposta numeroso grupo de africanólogos, dignos como ele de todo respeito, que não se referem a desafio entre afro-negros. Conclui daí o ilustre folclorista norte-rio-grandense, diante da documentação que cito, "numa assimilação de habilidade dos brancos feita pelo negro". Não sou desta opinião, embora esteja longe de mim acusar o meu amigo, de leviandade.

MÁRIO NEME

(março de 1942)

A coleção do "Caderno Azul" teve a idéia excelente de apresentar em livro o contista Mário Neme. Com "Donana Sofredora", apesar de sua importância, estamos diante de um livro tipicamente de estréia. O que não deixa de me agradar. Tenho certa desconfiança dos escritores que estréiam com livros deslumbrantes de realização humana e artística, como se fossem já destinos amadurecidos. No geral essas mocidades se estiolam no fogo vivo dessa primeira brilhação. "Donana Sofredora" está longe de ser um livro admirável, as suas deficiências são grandes, e não raro hesitantes as soluções dadas por Mário Neme aos problemas que topou em caminho. Mas a sinceridade e a coragem com que ele se decidiu diante dos problemas de que estava mais consciente, assim como as qualidades patenteadas no livro, prometem ao artista um futuro capaz de grandeza muita.

O problema que Mário Neme abordou com mais violência dirigida, foi o da transposição artística das falas nacionais. Neste ponto, as soluções apresentadas pelo artista foram quase sempre acertadas. A milhor de todas, por indiscutível, foi o autor conceber os seus contos como relatados por alguém, e não descritos impessoalmente. Às vezes mesmo, ele entra, como escritor, dentro do conto, com efeitos muito engraçados, como no final feliz do caso do Setembrino.

Ora esta solução de contar na primeira pessoa é uma ressalva excelente pra evitar o conflito entre a língua falada e a língua escrita, tão incisivo e angustioso em períodos de plena formação de linguagem cultivada, como é o que atravessa a inteligência nacional. Ora esta língua que a gente deseja cultivar em escrita, ainda impregnada dos perfumes mais facilmente aprendíveis de português de Portugal, essa língua se vê na conjuntura de codificar e normalizar no seu estilo, os ritmos fonéticos, as diferenciações vocabulares, as psicologias sintáxicas da fala em que se exprimem as várias camadas sociais do país. Mas tal codificação quando é de fato uma codificação, isto é, a sistematização de uma técnica socializável e não apenas um prurido sentimental de individualismo, atinge necessariamente formas e fórmulas, ritmos e melodias, instintivamente repulsivos à preguiça intelectual (também instintiva...) do leitor-ramerrão. E até repulsiva (por que não confessar?), ao próprio artista que se deu problema tão aventuroso. Tanto mais que ele historicamente já está cansado de saber que ninguém não faz uma língua coletiva, quem a cria é ninguém, e que, por mais que ele generalize, as suas generalizações não passam de uma criatura individual.

Mário Neme se utiliza de um personagem, no geral o protagonista do caso, que vem nos contar em linguagem falada. Bom, os espécie-de-gramáticos e os cautelosos podem não gostar da fala desse indivíduo contador, mas não há por onde contradizer as frases dele. Pois que nascidas de um personagem com individualidade, classe, cultura, influências que lhe são próprias. E, conseqüentemente, com linguagem própria. Embora nos casos de organização filológica, o escritor tenha visado uma língua mais genericamente do Brasil, é certo que o personagem psicológico com que ele nos conta os seus casos, é mais particularmente regional. O artista soube escolher muito habilmente um tipo de transição — o que lhe deu maior liberdade expressiva. Não se trata mais de uma fala popular, uma fala que diríamos folclórica, como a transposta artisticamente por Valdomiro Silveira. Mas criou o que seria a fala de um caipira popularesco de qualquer cidadinha já bastante urbanizada e escolada do interior paulista. Caipira muito escutador de rádio e vitrola. Tem toda a largueza e o inesperado do popularesco. E, embora com uma audácia verdadeiramente um pouco audaciosa por demais (de que adiante comentarei as razões possíveis), reconheço que o artista conseguiu um estilo agudo, desnuançado em geral, porém muito colorido e expressivo, embora o seu tanto contraditório por se passar com freqüência para o caricato intencional. Isto me parece um defeito grave. Os que, como Mário Neme, se propõem o trabalho intencionalmente agressivo de justificar em nacionalidade a língua importada e culta de um país, deveriam se proibir o caricato intencional de expressão lingüística. Que o sentimento do caricato nasça no leitor preconceituoso, isso não faz mal, é uma fatalidade do problema. Porém si o caricato é aceito pela própria consciência do artista e reconhecido como tal, ele invalida de muito o seu propósito. Que é legítimo.

Si já não o tivesse provado em artigos nos jornais paulistas, Mário Neme provaria com este livro que para ele, o problema da transposição escrita das falas brasileiras constitui consciente e honestamente uma técnica. Isso me parece a importância singular deste escritor, pois que em geral os nossos literatos, quando se abalançam a escrever "em brasileiro", ou se limitam a rechear de brasileirismos vermelhos os seus escritos ou então praticam a todo instante verdadeiros dispautérios filológicos. Na verdade estão praticando "erros de brasileiro", como já disse atiladamente Prudente de Morais, neto, uma vez.

Mário Neme não. As constâncias gramaticais brasileiras sistematizadas no livro, provam que ele procura se especializar numa técnica, que está muito raciocinando sobre ela, e lhe aceita as leis, as normas e as tendências. Assim, por exemplo, o emprego abundante do pronome pessoal, que no Brasil não é galicismo, como afirmam gramaticóides de gabinete, mas uma constância normal, encontrável até nos analfabetos. Mário Neme emprega o pronome com abundância caracterizadora e sem o menor engano de mau gosto. Outra normalização que me parece excelente e aplicada com muita firmeza de estilo, é o emprego do qualificativo posposto ao substantivo qualificado. De fato: esta é uma sintaxe bastante nossa. A horas tantas Mário Neme chega a chamar de "construção quase francesa" dizer "uma fina gravata". Decerto ainda foi o esqueleto da galofobia que lhe assombrou o espírito distraído. É verdade que os franceses não poderiam dizer essa expressão de outra maneira, mas isso não é suficiente para denunciar uma quase francesia. No ritmo em que a frase estava não sei si algum português antepunha o qualificativo, mas garanto que nenhum brasileiro em linguagem escrita ou falada (mas sincera) faria esse "erro" de sintaxe. Os portugueses em geral colocam o qualificativo com bem maior variedade rítmica que o nosso povo, especialmente o rural. Mas dado o valor substancial do substantivo pra entendimento meramente lógico da frase, parece que a nossa tendência, pondo o qualificativo em relevo pela posposição e conseqüente acentuação rítmica dele, demonstra no brasileiro interesse menor pela fixação intelectual da imagem que pelo valor sentimental lhe dado pela sua modalidade. Si modificamos a frase escrita por Mário Neme e dizemos "de seda não, porque isso era pros afeminados grãfinos, mas uma vistosa camisa, um sapato de quatro solas e uma fina gravata", é certo que a compreensão guarda muito mais as imagens absolutas (grã-fino, camisa e gravata) que si escrevermos, como o artista, "de seda não porque isso era pros grã-finos afeminados, mas uma camisa vistosa, um sapato de quatro solas e uma gravata fina". Aliás, não quis dizer que a primeira construção será fatalmente a portuguesa, Deus me livre! Já reconheci atrás que a sintaxe do qualificativo é mais variada em Portugal. O que pretendi mostrar é que a posposição sistemática do qualificativo, tão da nossa constância, si menos estilisticamente rica, não é exatamente mais pobre por isso. Não deixa de ser intelectualmente clara (pois é impossível ao entendimento ignorar a substância universal da imagem) , mas atribui de preferência um intenso valor sentimental à modalidade com que se apresenta essa imagem. Aliás o problema é muito mais complexo que o exposto nesta síntese deficiente. Na frase citada a modalidade era imprescindível, pois não se tratava de ter ou não gravata, mas possuir uma que fosse fina. O que devo reconhecer é que Mário Neme emprega o qualificativo com uma percepção rara da melodia brasileira.

Num caso, acho que Mário Neme se engana francamente em linguagem escrita. É na solução fonética de não designar graficamente a crase, na contração de "para a" em "pra" (sem acento). Parece mesmo que em pronúncia desatenta ou iletrada, nós não clarificamos as crases, nem siquer ritmicamente por meio de maior acentuação. Mas isto é duvidosa sensação auditiva, que si já tivéssemos um laboratório de fonética experimental, poderia ser destruída num segundo. Porém o problema do escritor era muito outro e nada tem que ver com laboratório. Nem ele escreveu foneticamente o seu livro nem poderá nunca deixar de escrever gramaticalmente, pelo fato óbvio do escrever livros ser manifestação de cultura. Si Mário Neme escreve "for pra fila", "voltava pra cadeira", como fez sistematicamente no livro dele, sem denunciar a crase por um qualquer elemento gráfico, eu não sei nunca si ele está generalizando abusivamente a tal ou qual idiossincrasia que as nossas populações rurais sentem pelo artigo ou si apenas a crase lhe passou despercebida. Aliás Mário Neme já terá observado por certo que este problema é uma das provas provadas de ignorância lingüística de muitos dos escritores que se utilizam do "pra" contraído. Mas Castro Alves, que foi um dos iniciadores mais melodicamente hábeis dessa fonetização luso-brasileira da grafia do "para", eu não me lembro de o ter pegado nunca em erro.

Já não quero discutir o discutível "apeei" usado pelo artista e que pode ser uma dicção regional de sua terra piracicabana. Creio que o exemplo mais encontrável no Brasil, mesmo em São Paulo, é a formação irregular , "apiei", freqüentemente pronominalizada, "eu me apiei". Em todo caso não ter usado o verbo na sua forma pronominal é de bom caráter brasileiro. Temos uma tendência fortemente acentuada pra isso até na linguagem desatenta das camadas cultas: "Sente, faz favor", "Enganei de quarto". E também, pra Mário Neme o advérbio "meio" é invariável, "uma vontade meio doida". Já não o é em Portugal e ainda menos na boca brasileira, e o artista se decidiu muito à minuta. Mas estou fazendo crochê.

Nesse continente qual o conteúdo dos contos de Mário Neme? A meu ver há um defeito e uma qualidade essenciais no artista jovem: a utilização "verista" da crueza de expressão e especialmente do anedótico (de sucesso garantido nas pessoas fáceis) e a acuidade de observação psicológica. Mais de observação naturalista, aliás que exatamente psicológica. Mas disto falo mais adiante.

O que me aborrece muito, na concepção contística do artista, é a tendência para o anedótico deformador. A meu ver, Mário Neme nasce claramente de um ótimo tronco genealógico, o processo contístico de Antônio de Alcântara Machado em "Laranja da China". Como neste livro admirável, o que interessa mais ao estreante é a fixação humorística de um personagem psicológico. É específico dessa tendência o talvez melhor conto publicado, o "Donana Sofredora" que dá nome ao caderno. O que Mário Neme ajunta de seu ao processo básico de "Laranja da China", é botar o personagem retratado numa situação que não serve exatamente pra caracterizá-lo mais, porém o toma mais cômico. Não raro francamente apalhaçado. O Antônio de Alcântara Machado já mestre, de "Laranja da China", jamais que não derraparia em semelhante deslize. Já então ele possuía uma técnica e uma consciência amarga do ridículo, que transpunha com segurança em dados de universalidade e humor, os personagens que criava. Mas ele também se desperdiçara muito nas comicidades do "Pathé-Baby" de estréia...

Si na linguagem, Mário Neme tende a fixar com bastante freqüência o caricato expressional, como que se colocando caçoisticamente superior ao que escreve, com muito mais freqüência ainda, ele bastardiza os seus contos no anedótico. Às vezes são anedotas puras, puras piadas finais: Daí defeitos graves de composição, como a "História de Assombração", anedota conhecida que o artista encompridou fastidiosamente pra lhe dar o metro e meio dos contos, ou o próprio "Donana Sofredora" desvirilizado na sua admirável criação psicológica, pela piada final. Si o problema da linguagem me parece já bem consciente no artista, não creio que ele tenha discutido suficientemente o da criação. Mário Neme é novo. Mas neste sacrifício de si mesmo pela piada de sucesso garantido, ele acabará escrevendo casos de papagaio pra qualquer Quaresma em jejum de arte. A existência do papagaio não é um mal. Mas não me parece estar na existência de Mário Neme o jejum de arte.

Não me seria possível perdoar ao estreante essas facilidades, si não julgasse interferir no caso um problema bem mais fundamental, que as explica. Esse problema é o próprio caso psicológico-social do artista. Mário Neme sofre de um intenso complexo de, me desculpem, de marginalismo, como se diz. Sírio de origem, carregando um rosto abusivamente siriesco e ainda por cima caipira inveterado, caçoado na sua pronúncia botocuda: mais que nenhum outro escritor seminacional de origem, Mário Neme demonstra ruminar o complexo de afirmação brasileira. Mas si os próprios brasileiros caçoam dele... Mas si ao mesmo tempo o aceitam de braços abertos...

Mário Neme não tem pela frente o problema intrincado dos negros brasileiros, problema que é de uma delicadeza realmente irrespirável e nunca tão acentuado como agora. Era fatal: à medida que a racialidade brasileira se... moreniza numa tal ou qual coloração social consciente, mais ela tende a repudiar o negro, virulentamente "de cor". Mário Neme não tem semelhante problema pela frente. O seu "marginalismo" de sírio-brasileiro, na verdade não existe como problema social, ou é mínimo, atirado pras bandas do anedotário. Como também o dos ítalo-brasileiros e até dos portugueses nacionais.

Isso o mocinho não soube superar e ainda se reflete no contista de agora. Contra o anedotário, Mário Neme reagiu com o anedotário, homeopatia já conhecida dos portugueses de Portugal, e que no caso individualista do escritor, ainda tinha a possibilidade de disfarçar, na risada, outras deficiências de valor que o artista temia, em sua consciência de inferioridade. E, da mesma forma, contra o seu caipirismo de pronúncia, o artista reagiu por meio de um caipirismo estilístico que não hesitou siquer diante do caricato expressional.

Os modernistas de 22 estouraram na literatura nacional com uma violência que se explicava pelo "marginalismo" cultural deles. Estavam, mais como mentalidade que pela cultura, quarenta anos adiante do brasileiro culto com saliência, um Bilac por exemplo. Mário Neme, vinte anos depois, vem repetir o fenômeno, com maior tolice pessoal e talvez maior drama humano. "Donana Sofredora" prova um complexo de inferioridade muito vaidoso, que se desmandou em desmarginalizações aparentemente gozadas, expondo as angústias da covardia em vários tons de troça e de ridículo.

Porque o que surpreende mais neste Caderno Azul, é a inspiração matriz de todos estes contos. Uma leitura mais lida de "Donana Sofredora", nos mostra que apesar de toda a sua rica lucilação de observações, o livro é de uma vasta pobreza psicológica. Todos os protagonistas dos dez contos deste livro (com exceção, assim mesmo discutível, da Donana inicial) não passam de um único tipo, o covarde, colocado numa só contingência psicológica, o acovardamento. É certo que o Autor se propôs estudar o covarde. Mas em vez de o estudar, o cantou — o que não é a mesma coisa — só percebendo o seu tipo em estado "heróico" de se acovardar. O autor se limita a disfarçar tão obsessiva monotonia, fazendo a sua covardia passar de uma pra outra classe, e principalmente a colocando em situações diferentes. E é no pegar o instantâneo da situação mais engraçada, na observação de frases e de gestos esplêndidos como deformação afirmativa do tipo, no pôr em relevo coisas da vida comezinha que todos nós conhecemos sem lhes dar o valor justo de expressividade, nisto é que Mário Neme se apresenta já com forças absolutamente excepcionais. Mas como criador de seres, o seu poder ainda é fraco e principalmente monótono.

Mário Neme varia, com bonita fartura de observação naturalista, as situações em que o seu covarde se vê metido. Mas si este sente tamanha volúpia em se confessar covarde por toda esta série de contos, e si ao próprio Setembrino, o mais achado e sutil dos personagens do artista, o contador interfere lhe chamando injustissimamente covarde: não é que Mário Neme tenha se proposto apenas o problema consciente de estudar e expor o fenomeno psíquico da covardia. A verdade, a meu ver, é que o criador está escravizado a si mesmo e este livro foi a válvula da autopunição. Pouco importa si gozada.

A importância especial, pra mim, deste livro, é exprimir com uma virulência ainda não conhecida entre nós, um fenômeno de desmarginalização. O artista estava consciente e vivido da sua condição de filho de sírio; sabia que é um ser apenas supostamente à margem da nacionalidade; reconhece que ninguém lhe nega o direito longínquo de ser presidente da república até; e também está vagamente cônscio que o seu problema se resume especialmente a caçoadinhas de bar. E por tudo isso o seu marginalismo não passava duma covardia. O criador acabou aceitando galhardo a sua turquice. E se desmarginalizou fácil. Daí o exaspero nacional da sua linguagem voluntariamente acaipirada, o desperdício intelectual no anedótico e principalmente a volúpia pueril com que caçoisticamente ele se confessa não exatamente covarde, mas acovardável, por estes seus personagens.

E por isso o "Donana Sofredora" é um dos raros livros que funcionam muito mais que a realidade, embora notável, do seu próprio valor. Um dos raros livros que me satisfazem um bocado da nossa funcionalidade americana do Brasil. Especialmente do Brasil... Aparece um escritor branco-brasileiro que, por causas particulares, se percebe num tal ou qual marginalismo racial. Como reagiu? Por uma fácil e divertida superação do seu sofrimento. É uma desgraça esses racistas que vêm estragar nossa funcionalidade humana... Embora consciente do tema da covardia que escolheu, Mário Neme afirmou, sem querer, que a terra do Brasil são dois braços abertos.

A presente edição de O EMPALHADOR DE PASSARINHO de Mário de Andrade é o volume número 21 das Obras de Mário de Andrade. Capa de Cláudio Martins. Impresso na Líthera Maciel Editora e Gráfica Ltda., à rua Simão Antônio 1.070 - Contagem, para a Editora Itatiaia Ltda., à Rua São Geraldo, 67 - Belo Horizonte. No Catálogo Geral leva o número 1103/3B. ISBN: 85-319-0416-1.